JANE AAMUND

Sommernächte

Buch

Kopenhagen zu Beginn des Jahrhunderts. Erzählt wird die Geschichte einer armen Arbeiterfamilie, in der die Frauen das Sagen haben. Im Mittelpunkt steht dann auch folgerichtig eine Frau: Jane Aamunds Großmutter Juliane – ein Vollweib, das weder auf den Mund noch auf den Kopf gefallen ist. Und die auch noch stolz darauf ist. Sie pfeift auf die Meinung der Leute und ihrer Familie und heiratet in zweiter Ehe einen zehn Jahre jüngeren Mann, mit dem sie ein Kind nach dem anderen bekommt – vier insgesamt, zu den zweien, die sie vorher bereits hatte. Das Leben zeigt sich Juliane nicht eben von seiner strahlenden Seite, doch sie ist eine Kämpfernatur und versteht es immer wieder, sich und ihre Familie aus dem Sumpf des Elends zu ziehen. In diesem zweiten Teil der Trilogie – der problemlos auch unabhängig vom ersten zu lesen ist – verliert Juliane ihren geliebten Mann auf tragische Weise und muß sehen, wie sie ihre Kinder alleine durchbringt. Joseph, Julianes Lieblingssohn, und Thora, die Tochter aus erster Ehe, unterstützen sie dabei – auch wenn mal wieder nicht alles so läuft wie geplant...

Autorin

Jane Aamund ist Journalistin und eine der erfolgreichsten Unterhaltungsschriftstellerinnen Dänemarks. In der »Groschenwalzer«-Trilogie erzählt sie von den Frauen ihrer eigenen Familie.

Jane Aamund bei Blanvalet
Groschenwalzer. Roman (35073)

JANE AAMUND

Sommernächte

Roman

Aus dem Dänischen
von Gabriele Haefs

BLANVALET

Die dänische Originalausgabe erschien 1989 unter dem Titel
»Klinkevals« bei Host & Son, Kopenhagen

Umwelthinweis:
Alle bedruckten Materialien dieses Taschenbuches
sind chlorfrei und umweltschonend.
Das Papier enthält Recycling-Anteile.

Blanvalet Taschenbücher erscheinen im Goldmann Verlag,
einem Unternehmen der Verlagsgruppe Bertelsmann

Deutsche Erstveröffentlichung Juli 1999

Umschlaggestaltung: Design Team München
Umschlagfoto: Artothek/Remmer
Satz: Uhl + Massopust, Aalen
Druck: Elsnerdruck, Berlin
Verlagsnummer: 35088
RK · Herstellung: Heidrun Nawrot
Made in Germany
ISBN 3-442-35088-3

1 3 5 7 9 10 8 6 4 2

Für meinen Mann Niels zum Dank
für seine liebevolle Hilfe und Unterstützung.
Dieses Buch ist außerdem meiner großen,
wunderbaren Familie gewidmet.

1

Schwerfällig drehte Juliane sich im Bett um. Sie war wach, öffnete jedoch nicht die Augen, sie blieb einfach liegen und horchte auf die Geräusche. Auf die Stimmen der Kinder, auf das Klatschen ihrer bloßen Füße. Sie wollte den Tag in kleinen Portionen an sich heranlassen. Schließlich öffnete sie die Augen doch, setzte sich im Bett auf und nahm den Kaffeeduft wahr. Otto war mit den beiden Kleinen, Joseph und Otto, in die Küche gegangen. Sie drehte sich auf die Seite und legte die Hände über den Bauch. Sie war wieder schwanger, im siebten Monat.

Seit ihrer Hochzeit mit Otto hatte Juliane alle siebzehn Monate einen Sohn bekommen, präzise wie ein Uhrwerk. Wie eine Kuh, dachte sie. Den beiden großen Kindern aus der Ehe mit Simon, dem siebzehnjährigen Johan und der fünfzehnjährigen Thora, war das schrecklich peinlich. Sie hatte gehofft, dieses neue Kind länger geheimhalten zu können. Otto, ihr junger, vierundzwanzigjähriger Ehemann, war fast schon stolz darauf. Aber er hatte ja auch nicht die ganze Arbeit damit.

Es war Sonntag. Sonntags stand Otto immer als erster auf und brachte ihr den Kaffee ans Bett. Jetzt trat er mit dem Kleinsten, Klein-Otto, auf dem Arm in die Tür. Der dreieinhalbjährige Joseph hatte die Arme um die behaarten Beine seines Vaters geschlungen. Der Junge hatte dichte, glänzende, dunkelbraune Haare, die sich im Nacken ein wenig lockten, und große, runde, braune Augen. Der kleine Otto war noch dunkler mit seinen struppigen, blauschwarzen Haaren, er hatte eine leicht gelbliche Haut und schrägstehende Mandelaugen. Er war ein nervöses Kind, das nur dann nicht schrie, wenn es den Mund voll hatte. In der Familie wurde er der »Dicke« genannt. Wenn er Juliane sah, rief er immer: »Essen, Essen!«

Julianes ältere Kinder waren blond und blauäugig, mit heller, porzellanglatter Haut. Auch im Wesen bestanden große Unterschiede zwischen beiden Kinderfolgen. Die kleineren waren aktiv und verlangten die ganze Zeit nach der Aufmerksamkeit ihrer Mutter. Bei den blonden Kindern war das nie der Fall gewesen, die hatte sie immer auf Distanz gehalten. Sie liebten sie, fürchteten sie aber auch. Die beiden kleinen dunklen Knaben schienen keinerlei Respekt vor ihrer schroffen Art zu haben. Sie war ihnen gegenüber schwach, denn sie kamen ihr vor wie zwei kleine Ableger ihres geliebten Mannes.

Joseph riß sich von seinem Vater los und hüpfte zu seiner Mutter ins Bett. Sie hielt ihn von ihrem Bauch weg und fuhr ihm über den Kopf. »Ach, was habe ich geschlafen.« Otto ließ das dicke Kind einfach ins Bett plumpsen; der Kleine fiel wie ein Sack Zement und blieb mit breitem Grinsen liegen. »Nun sieh ihn dir an, er bleibt einfach liegen, er kommt wirklich auf deinen Vater«, lachte Juliane. Ottos Vater, der Vorsitzende der Kopenhagener Gastwirtsinnung, wog gut drei Zentner. Bei den Generalversammlungen der Innung wurden zwei Stühle für ihn bereitgestellt.

Otto setzte sich aufs Bett und nahm Juliane in den Arm. Sie schob die Hand in den Halsausschnitt seines weißen Hemdes und streichelte seine Brust. »Gott sei Dank, daß Sonntag ist, dann können wir es uns doch ein wenig gemütlich machen«, sagte Otto. Juliane sah ihn an. Sie wußte, daß er das sagte, weil die beiden Großen nicht zu Hause waren. Thora besuchte ihre Tante Josephine, und Johan wurde erst später erwartet. Er hatte sich in der Stadt ein Zimmer genommen. Mit Otto und den beiden Großen gab es immer Ärger ...

Otto legte sich auf die Seite und zog sie an sich. Die beiden Kleinen tobten am Fußende des Bettes herum. Otto drückte sich an sie. Er hatte eine Erektion, das merkte sie, und sie schob ihn weg. »Nein, jetzt reiß dich zusammen! Ich trinke noch Kaffee, und außerdem sind die Kinder da!« Sie lachte. »Ach, Juliane, wo wir jetzt doch frei schießen haben«, sagte er und versuchte lachend, sie festzuhalten. Sie zog ihr Nachthemd fester um sich und sagte mit scharfer Stimme: »Sonst ist dir das doch ziemlich egal. Ich habe es allmählich satt, die ganze Zeit schwanger zu sein. Du mußt auch ein bißchen an mich denken.« – »Du willst das doch genausogern wie ich«, sagte Otto. »Manchmal sogar mehr als ich.« Sie lachte und setzte sich vor den graugestrichenen Frisiertisch, die Zierde ihres Schlafzimmers. Sie sah Otto im Spiegel an und bürstete und frisierte sich in aller Ruhe die Haare. Sie saß gern vor ihrem Frisiertisch, so einen hatte keine andere Frau in der Overgade oven Vandet. Sie hatte ihn für ihr letztes selbstverdientes Geld auf einer Auktion ersteigert. Ihr Blick glitt über den Kristallflakon mit Esprit de Valdemar, einen geriffelten Kristallkrug für ausgekämmte Haare, eine Bürste, einen silbernen Spiegel, eine Schachtel mit weißem Puder, das nach Lavendel roch, und ein Porzellangefäß mit Blumenmuster, in dem sie Haarnadeln aufbewahrte. An einem Nagel hing ihr Frisierumhang, hellrote Seide mit chinesischem Blumenmuster in Lila. Der Toilettentisch und der dazugehörige Schemel waren ihr privates Reich.

Nach der Heirat war Otto zu ihr gezogen. Ab und zu

hatte sie das Gefühl, er habe alles übernommen, ihren Körper, ihre Gedanken, ihr Zuhause. Manchmal ärgerte sie sich darüber; sie hatte das Gefühl, etwas verloren zu haben, den Überblick. Der Frisiertisch war ihre letzte Bastion. Otto saß im Bett und betrachtete verliebt ihren Nacken, der so jung war mit dem vollen blonden Haar und den helleren Strähnen. »An dem, der jetzt unterwegs ist, sind doch nicht wir schuld«, lachte er. »Wir haben schließlich diese neumodischen Kondome benutzt, die deine Schwester uns empfohlen hat.« – »Ich habe mir schon überlegt, das Kind als Reklamation in die Fabrik zu schicken«, sagte Juliane mit einer Haarnadel im Mund. Otto stand auf und schüttelte den Kopf. »Du bist wirklich nicht auf den Mund gefallen«, sagte er mit einem schiefen Lächeln. Joseph bohrte derweil Löcher in die breite, gestreifte Barchentdecke. »Vater, ich habe Löcher gebohrt«, sagte er. Das gehörte zu ihrem Sonntagsritual. Otto rief: »Bohr du nur«, und brachte aus der Küche dampfenden, heißen Kaffee und warme Zwiebäcke. Juliane setzte sich mit ihrer feinen Frisur und zwei Kissen im Rücken noch einmal ins Bett und leerte genüßlich die große Tasse Kaffee. Joseph schmiegte sich an seine Mutter und tunkte vorsichtig seinen Zwieback in ihre Tasse.

»Wir haben es doch gut, Juliane«, sagte Otto. Sie nickte ihm zu. »Diesen Tag will ich richtig genießen. Es war eine harte Woche.«

»Aber du mußt wirklich deine Mutter besuchen«, sagte Juliane. »Du warst seit einem Monat nicht mehr bei ihr. Nimm die Kinder mit, dann freut sie sich. Ich kann nicht mitkommen, ich habe versprochen, Thora bei einer Arbeit für die Nähstube zu helfen. Sie kommt nach dem Mittagessen, und dann wollen wir anfangen.«

»Ach, ich hab keine Lust, das alte Arschloch zu besuchen«, protestierte Otto verärgert und rührte in seiner Kaffeetasse.

Joseph sah seinen Vater an und formte dabei das Schimpfwort mit seinen Lippen. Er war ein beredtes Kind, das Wörter zu sammeln schien. Immer wieder überraschte er seine großen Geschwister mit seinen Bemerkungen, und in der Regel gaben sie nach, wenn er sie plötzlich fest und entschlossen aus seinen braunen Augen ansah. Vor allem Johan hatte für ihn eine Schwäche, obwohl er anfangs eifersüchtig auf den Kleinen gewesen war. Aber wenn Joseph seinen großen Bruder anstrahlte und die Hand in seine schob, dann schmolz Johan dahin. Himmel, das Kind konnte ja schließlich nichts dafür.

Johan würde seine Setzerlehre bald beenden. Er war tüchtig, aber sein Meister fand, er habe zuviel Phantasie. Für Otto war er ganz einfach verlogen.

Johan konnte Wirklichkeit und Phantasie nur mit Mühe auseinanderhalten. Seine Erlebnisse nahmen ganz neue Dimensionen an, wenn er sie seiner Mutter erzählte. »Er lügt aus purer Begeisterung«, sagte Otto. Diese Behauptung machte Juliane zu schaffen. »Warum lügst du, Johan?« – »Ihr versteht mich einfach nicht«, schrie Johan. »Ich muß doch dichten, sonst ist alles so traurig. Manchmal habe ich das Gefühl, daß alle Türen verschlossen sind. Ich möchte nicht nur in der Druckerei stehen müssen. Bei unseren Theateraufführungen bekomme ich immer den meisten Applaus. Aber nirgendwo ist Platz für mich. Du hast Otto, aber ich soll mich um meine Arbeit kümmern und Geld verdienen, damit ihr weiter Kinder machen könnt!« Otto stürzte sich auf ihn. Johans Eskapaden fand er unerträglich, und es ärgerte ihn, daß Juliane für ihren großen Sohn noch immer eine Schwäche hatte. Wenn die beiden allein waren, lachten sie oft miteinander, doch wenn Otto dann in die

Tür trat und sie mißtrauisch musterte, verschlechterte sich die Stimmung schlagartig, und Juliane war unglücklich und hatte ein schlechtes Gewissen. Zu wem soll ich denn halten? fragte sie sich. Ergriff sie für Johan Partei, dann wurde Otto eifersüchtig und war tagelang böse, hielt sie zu Otto, verschwand Johan für mehrere Wochen. Das ging nun schon seit Monaten so. Es kam vor, daß sie mitten in der Nacht aus dem Schlaf auffuhr und Johan vermißte. Immer hatte sie Angst, es könne ihm etwas passieren.

Otto und Johan waren sehr verschieden. Otto war Asket. Er aß nicht viel, trank nur selten, war ordentlich und fast krankhaft sauber; um seine Wäsche und seine Schuhe kümmerte er sich selber. Alles mußte an seinem Platz liegen. In Gedanken ordnete er alles in Systeme ein, gute Menschen und schlechte Menschen, Menschen, die logen, und solche, die die Wahrheit sagten. Einige, auf die Verlaß war, und dann die anderen. Seine Prinzipien waren ebenso glänzend poliert wie seine schwarzen Stiefel. Er war stur und wurde bleich vor Wut, wenn er gereizt wurde.

Aber er hatte auch eine weiche Seite, er weinte offen und ohne sich zu schämen über traurige Geschichten, über soziale Ungerechtigkeiten und immer dann, wenn er eine Rede halten sollte.

Johan hatte großen Erfolg bei allerlei komischen Käuzen. Er zog die seltsamsten Sonderlinge an. Wenn er mit merkwürdigen Menschen sprach, wurde er zum Chamäleon. Er nahm ihre Farbe an, ahmte ihre Aussprache nach, kroch unter ihre Haut. »Johan redet allen nach dem Mund«, sagte Otto. Die Originale, die er in den Schenken der Stadt traf, verstanden ihn, sie hörten sich seine Anekdoten an. Er erfand Geschichten über seine Matrosenzeit, über seinen verstorbenen Vater, der in Wirklichkeit ein Grafensohn aus einer irrsinnigen Familie gewesen sei.

Immer wurden diese Geschichten Juliane zugetragen, die sich voller Sorge fragte, wie das alles enden sollte, falls aus dem Jungen nicht doch noch ein Schauspieler werden könnte.

Otto stellte klirrend die Tassen auf das Tablett, Juliane hatte die beiden Arme um die beiden kleinen Jungen gelegt. Klein-Otto war eingeschlafen.

»Otto, wenn du doch zu deiner Mutter gehst, dann ziehe ihnen die neuen roten Mäntel an.«

Otto nickte ihr zu. Er machte sich an den Abwasch. Sie hörte, wie er das Wasser heiß machte und spülte, Teller und Tassen sorgfältig abtrocknete. Otto war so anders, er übernahm Hausarbeiten, von denen Männer sonst nichts wissen wollten. »Das habe ich bei der Marine gelernt«, sagte er stolz. Er putzte sorgfältiger als Juliane, und wenn ihre Schwestern sie wegen Ottos schön gebügelter Hemden lobten, dann grinste er. Juliane durfte seine Kleidung nicht anrühren, aber das konnte man der Verwandtschaft ja nicht sagen.

Juliane suchte die Kleidung für die Kinder heraus und ging dann zu Otto in die Küche. Er stand vor dem Spiegel über dem Spülbecken und rasierte sich sorgfältig. »Man darf niemals einen Mann ansprechen, der sich rasiert, Juliane. Dann ist er nämlich allein mit seinen Gedanken«, sagte er ernst, als Juliane ihm zeigte, was sie den Jungen für ihren Sonntagsausflug anziehen wollte.

Er war ein großes Kind. Da hatte sie nun einen Mann von vierundzwanzig Jahren, und sie war vierunddreißig. Aber sie dachte nur selten darüber nach, auch, wenn es an Bemerkungen von dritter Seite nicht fehlte. In der Verwandtschaft konnten alle nachäffen, wie Juliane plötzlich eiskalt sagte: »Soll das ein Witz sein?«

Und diese Bemerkung fiel unausweichlich, wenn jemand

einen Witz über den Altersunterschied des Ehepaares Jensen machen wollte.

Juliane winkte aus dem Fenster, als Otto mit den Jungen loszog. Die Kleinen trugen rote Mäntel und kleine Kosakenmützen. Otto zeigte zum Fenster hoch, damit die Kinder zurückwinkten. Juliane bemerkte voller Stolz, daß eine Frau sich beim Anblick der Kleinen bewundernd umschaute. Normale dänische Kinder sahen oft aus wie hellrote Schweinchen, verrotzt und bleich. Ihre dagegen waren zwei kleine Kaffeebohnen, und das war etwas ganz anderes, fand Juliane. Sie schaute auf die Uhr. Es war halb zwölf. Vor vier würden sie nicht zurücksein. Die Reise mit der Pferdebahn dauerte fast eine Stunde, und dann wurde gegessen. Ihr blieben also über drei Stunden allein zu Hause, was für ein Luxus. Sie hatte immer schon das Bedürfnis gehabt, allein zu sein. In der kleinen Wohnung, wo meist sechs Menschen beisammen waren, hatte sie ab und zu das Gefühl, daß die ständige Unruhe, die klebrige Nähe, ihr nicht guttaten. Sie sehnte sich nach Zeit für sich selber. Otto ging das nicht so; er mußte nur eine halbe Stunde allein zu Hause sein, schon wurde er nervös und unruhig.

Sie hatte oft das Gefühl, von ihnen umklammert zu werden. Joseph und Klein-Otto schliefen bei ihnen im Schlafzimmer. Klein-Otto schrie immer, bis er in ihrem Bett liegen durfte, und sein Vater konnte nur schlafen, wenn er ein Bein über ihres und seine Hand auf ihre Brust legte.

Manchmal ging sie deshalb nur aus dem Grund zu den Abtritten hinunter, um mit ihren eigenen Gedanken ein wenig alleinsein zu können.

Juliane ging summend in die Küche und holte sich noch eine Tasse Kaffee. Sie trank ihn langsam im Stehen, um Stille und Ruhe in ihren Körper sickern zu lassen.

Heute würde sie in der großen Holzbütte baden und sich die Haare waschen, danach würde sie Thoras Näherei beenden oder sich einfach ins Bett legen und nachdenken.

Sie badete nur, wenn sie allein war. Es war ihr peinlich, daß die anderen riechen konnten, daß sie sich gewaschen hatte. In der kleinen Wohnung gab es keinen Platz für Intimitäten, aber viele Frauen wuschen sich ohnehin nur selten, manche nur nach der Menstruation. Juliane spritzte sich immer ein wenig Eau de Cologne auf ihre Röcke, wenn sie schon lange nicht mehr gebadet hatte.

Nach dem Bad sammelte sie die schmutzige Wäsche ein, ließ sie in den Wäschekorb fallen, zog sich saubere Unterwäsche an und legte sich aufs Bett. Das Kind strampelte, ihr Bauch beulte sich aus, sie berührte die Beule, das mußte eine Ferse sein.Mit den vielen Kindern konnte es so nicht weitergehen. Ihre alten Kolleginnen aus der Druckerei hatten ihr geraten, ein Schwämmchen mit Essig einzuführen, dann könnte sie nicht schwanger werden. Diese Gummidinger platzten ja doch nur und waren viel zu teuer. Sie machten alles kaputt, sie und Otto hatten nur noch gelacht, als Otto zum ersten Mal eins überstreifen wollte. Und geholfen hatte es auch nicht. Sie mußten versuchen, ein wenig vorsichtig zu sein. Die Kinder mußten satt werden und brauchten neue Kleider, und sie konnte doch nicht arbeiten gehen. Otto hätte das auch gar nicht gewollt. Sie atmete tief durch. Es war still, in der guten Stube tickte die Uhr, in der Ferne spielte ein Leierkasten einen Walzer. »Ich bin trotzdem glücklich, obwohl wir kein Geld haben und obwohl wir ein Kind nach dem anderen kriegen«, flüsterte sie. Das gehörte zu ihrer Religion. Dankbar für das Gute zu sein und in schweren Zeiten die Zähne zusammenzubeißen und den Mund zu halten. Und nie vergessen, dankbar zu sein, niemals.

Joseph kniete in der Pferdebahn am Fenster. Sein Vater hielt ihn an den Stiefeln fest, damit er den Sitz nicht beschmutzte. Auf der Fahrt nach Frederiksberg erklärte Otto seinem Ältesten alles, was sie sahen. Der Junge schwieg, nickte aber ab und zu. »So, da wären wir«, sagte Otto, erhob sich und nahm Klein-Otto auf den Arm. Eine Frau bedachte die kleine Familie mit gerührten Blicken: »Gott, was für niedliche Kinder.« Otto strich sich stolz über den Schnurrbart und lächelte: »Wir besuchen die Großmutter«, erzählte er. Klein-Otto streckte der Frau seine fetten Ärmchen hin und stöhnte: »Essen!« Joseph zupfte seinen Vater peinlich berührt am Hosenbein.

Das letzte Stück gingen sie zu Fuß. Vor dem Wirtshaus stand ein Fahnenmast in einem kleinen Garten. Jeden Sonntag flatterte dort die dänische Flagge. »Da ist der Dannebrog«, rief Joseph, der schon wußte, wie diese Flagge hieß. Otto nickte und öffnete die Tür mit den weißen Spitzengardinen. Die Luft, die ihnen entgegenschlug, roch nach Tabak, Essen und Bier. Und hinter dem Büfett stand sie. Ottos Stiefmutter. Sie war klein und lebhaft, wie eine eilige Maus mit munteren Knopfaugen. »Ach, da seid ihr, Omas süße Kleine«, rief sie glücklich und breitete die Arme aus. Joseph sprang auf ihren Schoß und rief: »Guten Tag, du altes Arschloch!«

Totenstille senkte sich über die Schankstube. Die Gäste ließen Messer und Gabel sinken. Dann prustete Jens Peter, der gewichtige Wirt, los. Mühsam kam er auf die Beine, durchwühlte seine Hosentasche und reichte Joseph ein Fünförestück. »Habt ihr gehört, was der Knabe gesagt hat«, rief er, dann schlug er mit seiner schinkengroßen Faust aufs Büfett. »Das war verdammt gut!« Die Gäste stimmten in sein Lachen ein, der Witz wurde von Tisch zu Tisch weitererzählt.

»Hat das Kind das von dir gehört, Otto?« fragte die Großmutter leise. Otto behauptete, der Junge habe es sicher im Hinterhof aufgeschnappt, er spiele dort häufig mit einem ungezogenen buckligen Jungen. Er packte Joseph am Arm, aber der Junge schaute stolz und glücklich zu seinem Vater hoch.

Die Großmutter befreite den Kleinen aus Ottos Griff und hob ihn und Klein-Otto auf das Büfett. »Und jetzt schaut mal, was Oma für euch hat«, sagte sie. »Komm, mein Junge, das war ja nicht so geschickt gesagt«, lachte Jens Peter und zog einen Stuhl für ihn heran. Otto zog den Mantel aus und setzte sich zu den anderen Männern. Man mußte wirklich jedes Wort auf die Goldwaage legen, wenn der Kleine in der Nähe war. Juliane würde sich köstlich amüsieren, wenn sie davon hörte.

»Kann ich dir irgendwie helfen, Mutter?« fragte er. Seine Stiefmutter zog Joseph und Otto gerade die Mäntel aus. »Nein, Oma soll«, verlangte Joseph mit verliebtem Blick auf den kroß gebratenen Schweinebraten. »Ach, das Engelchen«, sagte die Oma.

»Engelchen! Das wird ja wohl eher einer von der schwarzen Sorte«, widersprach Josephs Großvater stolz.

Otto kam erst spät nach Hause. Vater und Stiefmutter hatten ihm einen Henkelmann mit kaltem Fleisch mitgegeben. Die Kinder wurden ins Bett gesteckt, Juliane deckte in der guten Stube den Tisch. Thora war jetzt zu Hause. Irgend etwas ging in ihr vor, man mußte sie im Auge behalten. Sie war erst fünfzehn, und seit ihrer Konfirmation durfte sie lange Röcke tragen. Sie sollte jedenfalls noch keine Liebschaften anfangen. Juliane musterte sie von Zeit zu Zeit forschend. »Warum schaut Mutter mich heute so an«, fragte Thora. »Das wirst du schon noch erfahren«, erwiderte Juliane grimmig. Thora zog eine Schnute und warf den Kopf in den Nacken. Otto beobachtete die beiden Frauen, irgend etwas braute sich da zusammen.

Sobald Thora die Wohnung verließ, durchwühlte Juliane ihre Schubladen und Taschen. Das wußte Thora, und deshalb hatte ihre Mutter auch noch nichts gefunden. Die drei begannen zu essen. Otto erzählte von Josephs unglücklicher Begrüßung, und alle drei lachten. Juliane merkte, daß Thora glaubte, die Gefahr sei vorbei, doch nun schlug sie zu. »Hast du heute diesen Aalschinder gesehen?« – »Ich weiß nicht, wen Mutter meint«, antwortete Thora. Juliane sah, daß ihre Tochter bis zu den Haarwurzeln errötete. »Warum muß Mutter den Leuten immer Spitznamen geben? Ein Fischhändler ist doch so gut wie ein Schmied, auf jeden Fall sind sie reicher als wir und haben eine größere Wohnung.«

»Woher weißt du das, du bist doch wohl nicht mit ihm gegangen?« fragte Juliane scharf.

»Laß sie doch in Ruhe, Juliane, jetzt, wo wir gerade so gemütlich hier sitzen«, sagte Otto. Juliane aß ruhig weiter und beschloß, bei der nächsten Gelegenheit mit der Fischhändlersfrau zu sprechen.

Thora konnte die Gedanken ihrer Mutter lesen und verfluchte sich, weil sie sich selbst verraten hatte und rot geworden war. Otto erzählte wieder vom Besuch bei seinen Eltern. Juliane betrachtete ihn und genoß seine Schilderung.

Thora stand auf, wünschte gute Nacht und verschwand im kleinen Verschlag hinter der Küche, wo sie jetzt schlief.

Der Raum hatte kein Fenster, nur ein Bett und einen Stuhl. Sie faltete ihre Kleidung ordentlich zusammen, dann zündete sie die Kerze in dem kleinen Leuchter an, der auf dem Stuhl neben dem Bett stand, schob die Hand unter ihr Kopfkissen und zog das Buch »Die Flucht des Hirsches«

hervor. Dieses Buch hatte sie zur Konfirmation bekommen. Zuerst war es ihr langweilig erschienen, doch seit sie Viggo kennengelernt hatte, schienen die Verse sich verändert zu haben. Den ersten konnte sie immer wieder lesen. »Wo funkelt nun mein Stern, wo ist mein Schatz versteckt.« Als ihr dabei plötzlich das Wort »Aalschinder« einfiel, traten ihr die Tränen in die Augen, und sie konnte die Buchstaben fast nicht mehr sehen. Sie haßte ihre Mutter wirklich, immer mußte sie alles kaputtmachen.

Juliane schaute Otto an. »Josephine und Linders hatten Gäste zum Essen. Es gab acht Gänge. Wir werden nicht mehr eingeladen, und deshalb soll Thora sich für sie auch nicht mehr abrackern. Ich bin von Josephine enttäuscht, sie ist doch schließlich meine Schwester.« Otto zuckte mit den Schultern. »Du weißt doch, warum sie uns nicht mehr einladen, Juliane.«

»Ja, weil du nicht die Klappe halten kannst, wenn es um Politik geht«, sagte Juliane und holte den Kaffee.

»Nein, weil sie wissen, daß etwas passieren wird. Die feinen Pinkel schließen ihre Reihen, Juliane, sie haben Angst. Sie teilen die Leute in die ein, die Geld haben, und in die, die sie nur hinnehmen, weil sie sie brauchen. Sie behaupten immer, jeder sei seines Glückes Schmied, und wer arbeiten wolle, brauche sich auch keine Sorgen zu machen. Aber das stimmt nicht, oder, Juliane? Im Moment jedenfalls nicht. Denk an die vielen Arbeitslosen, denk an unseren Lohn. Früher haben die Gesellen beim Meister gegessen. Davon ist plötzlich nicht mehr die Rede. Wir sollen nicht wissen, wie gut es ihnen geht. Der Unterschied zwischen ihnen und uns ist zu groß, und das werden wir uns nicht gefallen lassen. Es wird etwas passieren, und zwar bald.«

Juliane sah ihn an. Sein Sozigerede machte sie immer

nervös. Sie fühlte sich gespalten. Ihr Mann hatte ja recht, aber es brachte doch nichts, machte nur Ärger.

»Idealistisches Gefasel«, sagte sie dann. Und er war verletzt, weil sie nicht zu ihm hielt. »Dir ist nichts wichtig, Juliane«, sagte er. »Eine Idee kann mir nicht wichtig sein. Das Leben ist zu kurz. Wir leben hier und jetzt, und die Kinder müssen essen«, sagte sie hart. Es war immer die gleiche Diskussion. Sie beschloß, diesmal den Mund zu halten. Otto aber redete weiter. Es ärgerte sie, daß er plötzlich in einem ganz anderen Tonfall sprach, wie auf einer Rednerbühne. Und dann explodierte sie und rief: »Mir ist es doch schnurzegal, ob es anderen in zwanzig Jahren besser geht! Die Kinder und wir sind dann vielleicht schon an Hunger und Unterernährung gestorben, bloß weil du im Fælledpark auf einem Bierkasten stehen und dich wichtigmachen mußtest.«

Otto sah sie an, seine Augen funkelten warnend. Sie bereute ihre Worte, aber warum sollte sie sich verstellen?

»Ich dachte, du würdest es langsam so sehen wie ich.«

»Das tue ich auch, Otto, aber können wir im Moment nicht an uns selber denken? Mußt du denn die ganze Welt retten? Wir brauchen dich, die Kinder und ich.«

»Man kann doch nichts für das, was man denkt, Juliane. Du denkst nur an uns beide und an die Kinder. Ich denke an euch, aber auch an vieles andere, an meine Genossen, und es geht nicht, daß du mich nicht mit ihnen teilen willst. Du kannst nicht über meine Gedanken bestimmen, Juliane.«

Er sprang auf, der Stuhl kippte um. Juliane biß sich auf die Lippe, Himmel, nun gab es wieder Streit. »Otto, hör auf, es war doch gerade so gemütlich.« Er ging ins Schlafzimmer, zog sich aus, legte sich ins Bett und starrte die Wand an.

Juliane sagte nichts mehr. Sie zog sich ebenfalls aus und legte sich hin, stand dann aber wieder auf und öffnete das Fenster. Es war noch hell, oben in den Bäumen auf dem Wall zwitscherte ein Vogel. Beide schwiegen.

Juliane legte sich wieder ins Bett und preßte die Arme an die Seiten. Sie wollte nicht nach seiner Hand fassen. Sie wollte nicht immer den ersten Schritt tun. Das bekam den Männern nicht gut. Sie biß die Zähne zusammen, um nicht weinen zu müssen, aber die Tränen wollten sich nicht verdrängen lassen. Ihr Herz war so schwer, sie hatte so bange Vorahnungen. Wenn er sich nun eine suchte, mit der er seine politische Arbeit teilen konnte? Was sollte dann aus ihr und den Kindern werden? In zehn Jahren würde sie doch alt sein.

Otto drehte sich um. Sie hielt die Luft an, dann spürte sie seine Hand und warf sich in seine Arme. Sie schmiegte ihr Gesicht an seinen Hals und schlief ein. Doch Otto lag noch lange wach und dachte nach.

2

Es war ein schöner Maimorgen. Die kleine Wohnung in der Overgade oven Vandet war im Frühling so anders, größer, fand Juliane. Im Winter roch sie feucht, muffig und nach den nassen Mänteln, die zum Trocknen am Kachelofen hingen. In der Küche stank es nach Kohl, weil es mindestens einmal in der Woche Kohl gab. Die tiefroten Veloursvorhänge mit den Troddeln waren immer vorgezogen, damit es in der Wohnung gemütlich war. Aber am 1. Mai nahm Juliane die Vorhänge ab, klopfte sie aus und lagerte sie in Mottenkugeln bis zum Oktober ein. Nach dem großen Hausputz wurden dann Sommergardinen mit Spitzen aufgehängt.

»Glaubt Mutter, wir machen auch in diesem Jahr unsere Landpartie?« fragte Thora. Sie flocht ihren langen Zopf und sprach mit Haarnadeln zwischen den Lippen. »Ja, warum denn nicht?«

»Weil Mutter und Tante Fine sich zerstritten haben.«

»Wir haben uns nicht zerstritten«, sagte Juliane und bearbeitete die Fensterbank ein wenig härter mit der Scheuerbürste. Es war höchste Zeit, richtig sauberzumachen. Die Sonne hatte am Vortag so hell geschienen, daß man deutlich gesehen hatte, wie schmutzig die Fenster waren. Jetzt waren sie sauber und rochen nach Spiritus. Es war verschieden, was das Gesicht einer Wohnung bestimmte. In der Overgade oven Vandet waren das die Fenster und die auf dem Hof zum Trocknen aufgehängten Windeln. Die Fenster sollen geputzt sein, die Windeln sauber und ohne gelbe Ränder. Doch Juliane hatte ein gutes Gewissen. Noch war sie zu Hause, viele andere Frauen aus der Straße ließen entweder putzen oder arbeiteten selber aushäusig als Putzfrauen. Otto verdiente im Moment gut. Er hatte Arbeit als Hufschmied gefunden. Er kam mit den Pferden gut zurecht, obwohl es eine gefährliche Arbeit war. Sie hatte immer Angst, wenn er nicht um sieben zu Hause war.

Thora zog eine Haarnadel nach der anderen aus dem Mund und steckte den Zopf fest. »Aber ihr seid doch nicht mehr so viel zusammen wie früher. Tante Fine und Tante Rikke waren sonst doch immer zum Kaffee hier. Und wenn ich bei ihnen bin, fragen sie nie mehr nach Mutter.«

Das machte Juliane traurig. Ihr Herz schlug schneller, weil sie verletzt war. Sie griff sich an die Brust. »Ach, das geht vorüber. Tante Fine hat eben ihren Ehrgeiz«, sagte sie, trat zwei Schritt zurück und bewunderte ihr Werk, die funkelnden Fenster und die saubergescheuerte Fensterbank.

»Was meinst du mit Ehrgeiz?«

»Sie trägt die Nase ganz hoch.« Juliane lachte.

»Sind sie viel feiner als wir?«

»Sie haben mehr Geld. Linder ist Meister, Otto ist nur Schmiedgeselle, das ist ein abgrundtiefer Unterschied, meint Tante Fine.« Juliane wischte sich an der Schürze die Hände ab.

»Sie sagen, Otto ist so rot, daß man ihn für einen Nihilisten halten könnte. Das sind doch die, die den Zaren umbringen wollen, nicht wahr?« fragte Thora. Dieses Wort hatte ihr schon lange auf der Zunge gelegen. Nihilist, das klang gefährlich, und da sie im Moment Probleme mit ihrer Mutter hatte, fand sie es wunderbar, irgendein Drama in die Wege zu leiten. Mit dieser Bemerkung war sie offenbar auf dem besten Weg dazu. Thora machte ein unschuldiges Gesicht und zog ihren Mantel an. Dabei genoß sie den Anblick, wie Julianes Wangen langsam feuerrot wurden und wie diese Röte sich dann als Flecken über ihren Hals ausbreitete. Gleich würde sie explodieren.

Julianes Mund war jetzt zu einem Strich zusammengekniffen. Was bildete sich dieses kackvornehme Weibsbild eigentlich ein! Nihilist! Als ob ihr Mann Bomben legte! »Ich glaube, ich werde mal ein Wörtchen mit Tante Fine sprechen. Ich würde ihr gern ein paar Fragen stellen. Ich bitte Madame Olsen, sich so lange um Joseph und Klein-Otto zu kümmern.« Juliane stürzte zur Nachbarin und war gleich wieder da. »Sie macht das immer so gut, die Madame Olsen, und sie hat Joseph sehr gern, er singt ihr etwas vor, sagt sie.« Juliane nahm ihre Schürze ab. »Und du sollst dich auch nicht mehr für diese Leute abrackern. Die Frau von Ottos Meister hat gefragt, ob du ein Kleid für sie nähen kannst.«

»Ich finde, Mutter sieht so hitzig aus. Sollte Mutter nicht hierbleiben? Es ist doch noch so kühl draußen«, sagte Thora.

Es war zu spät. Juliane lief durchs Schlafzimmer und versetzte den Möbeln Tritte. Joseph blickte von seinem Bilderbuch hoch und betrachtete seine Mutter mit ernster Miene.

»Mutter geht eben zu Tante Fine. Madame Olsen paßt auf euch auf, Thora muß ja zur Arbeit.« Er nickte und blätterte weiter in seinem Buch. Klein-Otto lag vor dem offenen Fenster in der Wiege und schlief. »Wenn er hinausklettern will, dann rufst du Madame Olsen, ja, Joseph?« Er nickte zerstreut. Sie steigerte sich immer weiter in ihre Erregung hinein. Innerhalb von fünf Minuten war sie stramm geschnürt und vollständig angezogen. Ihre karierte Jacke mit der großen Schleife saß über der Tournüre. Sie zündete den Spiritus in der kleinen Tonschale an, machte die Lockenschere heiß, um sich im neuen Sarah-Bernhardt-Stil den Pony zu kräuseln. Als die Schere heiß war, nahm Juliane ein Stück Papier, hielt es an die Schere, das Papier wurde schwarz, roch verbrannt, und sie machte sich rasch an die Arbeit.

Thora stand dabei und betrachtete ihre feuerspeiende Mutter. »Mutter sagt doch nicht, ich hätte das mit den Nihilisten verraten?«

»Nein, so dumm bin ich nicht, ich werde das schon selber aus ihr herauslocken.« Juliane zupfte ihre Stirnkräusel zurecht und setzte sich den Hut mit den grünen Vogelfedern auf. Sie verließ eilig die Wohnung und rief aus dem Treppenhaus noch einen Abschiedsgruß. Thora hörte, wie sie auf hochhackigen Schuhen die Treppe hinunterklapperte. Es klang wie spanische Kastagnetten. Thora beugte sich zum Winken aus dem Fenster. Juliane winkte nicht, sie lief leicht vornübergebeugt davon und sah aus wie ein Schoner mit Wind in den Segeln.

»Verrückte Alte«, murmelte Thora und schlug das Fenster wieder zu. Dann riß sie es wieder auf. Auf der anderen Straßenseite stand Viggo und winkte. Thora schaute die Straße hinab. Juliane hatte schon die Brücke erreicht. Thora beugte sich aus dem Fenster und winkte Viggo zu. »Gehen wir zusammen, Thora«, rief er. Thora nickte und stürzte los.

Viggo kam ihr entgegen. Wenn er nur nicht ins Haus kam. Die Mutter würde es sicher riechen, wenn er hier gewesen wäre. Thora rannte die Treppen hinunter, aber Viggo blieb brav unten stehen. »Nach oben trau ich mich nicht, mit deiner Mutter möchte ich mich lieber nicht anlegen«, sagte er und bot Thora den Arm. Zusammen traten sie aus dem Haus. Zwei fensterputzende Frauen bedachten das junge Paar mit vielsagenden Blicken. »Das hätte sie mal sehen sollen«, rief die eine zwei Fenster weiter. »Ja, der Hering schwärmt«, antwortete die andere grinsend. »Und das geschieht der Königin nur recht.«

Josephine öffnete die Tür. Sie trug ein hellgraues Kammgarnkleid mit Keulenärmeln und einem weißen Kragen. Ihre dunklen Haare waren in der Mitte gescheitelt und zu einer strengen Frisur nach hinten gekämmt.

»Ach, bist du's, Juliane? Ist etwas passiert?«

»Nein, ich möchte nur kurz mit dir reden«, sagte Juliane, nahm den Hut ab und zog ihre Handschuhe aus. Josephine bat sie ins Haus, und die kleinsten von Josephines sechs Töchtern kamen angestürzt. »Da ist Tante Jane, da ist Tante Jane!« Juliane war die Lieblingstante der Kinder. Sie liebten ihren Humor und ihre Wärme. Sie hatte alles, was ihnen an ihrer strengen, verschlossenen Mutter fehlte. Juliane befreite sich aus ihrer Umarmung.

»Und zwar unter vier Augen, Josephine.« Josephine blickte die Kinder streng an. »Raus«, sagte sie nur. Die Kinder verschwanden. Josephine wurde nie laut, aber ihre Kinder wußten den Tonfall zu deuten.

Josephine setzte sich mit ernster Miene kerzengerade hin, faltete die Hände im Schoß und starrte zu Boden. »Na, ist er durchgebrannt, Juliane?«

»Wenn du meinen Otto meinst, so ist er bei der Arbeit. Er verdient gut, und mir geht es besser denn je. Aber ich will dir eine klare Frage stellen, Fine, und ich verlange eine klare Antwort. Was habt ihr, du, Rikke, Helbig und Linder, eigentlich gegen Otto? Warum wollt ihr uns nicht sehen? Wenn die Antwort ist, daß wir nicht fein genug sind, dann sag das bitte offen. Wir kommen gut allein zurecht, Otto und ich, denn wir sind sehr gern zusammen.«

Julianes eine Hand lag auf ihrem Knie, die andere auf der Armlehne. Sie sitzt so breitbeinig da wie ein Mann, dachte Josephine gereizt, dann blickte sie Juliane ins Gesicht und holte tief Luft. »Dein Mann ist Sozialist und Revolutionär. Er hat im Gefängnis gesessen und schwängert dich rücksichtslos alle siebzehn Monate. Und damit nicht genug. Unsere Familientreffen hält er für politische Kundgebungen. Linder und Helbig haben im Moment genug Ärger mit den Gesellen. Ordentliche Leute bekommt man nicht, weil die Gesellen lieber in die Fabriken gehen. Die Kunden warten auf die Arbeit, und meinst du, daß Linder und Helbig sich dieses ganze Gerede anhören wollen, statt ihren Sonntagskaffee zu genießen? Und außerdem ist er noch ein Knabe. Linder könnte sein Vater sein, also sollte er zwei ältere Meister mit Respekt behandeln.«

»Was wissen du und Rikke denn vom Kampf ums Dasein? Ihr habt doch nie für andere gearbeitet. Wißt ihr, was ihr habt? Ihr habt euch alles erschlafen!« rief Juliane. »Ihr solltet lieber Achtung vor Otto haben, weil er sich für die Kinder und mich abarbeitet. So jung, wie er war, hat er gleich zwei dazu bekommen, das weißt du. Er ist jung, ja, aber das ist ja wohl kein Verbrechen, und daß er ins Gefängnis mußte, war auch nicht seine Schuld. Auf Otto ist Verlaß. Er ist ein richtiger Mann. Und er treibt sich auch nicht in der Stadt herum, um sich den Hintern versohlen zu lassen, so wie deiner. Und wenn ich mit ihm schlafe, dann tue ich das gern. Das ist mehr, als du von dir behaupten kannst. Du würdest deinen Hintern hergeben, um frei sein zu können. Dir geht es nur um deine Position als Frau Schornsteinfegermeister Linder. Ihr könnt machen, was ihr wollt, aber zieht nicht über Otto her, und nennt ihn nicht einen Nihilisten! Ich habe einen guten Vorschlag: Von jetzt an kümmert jede von uns sich um ihren eigenen Kram.«

Juliane erhob sich, raffte ihre Röcke zusammen und ging zur Tür. Josephine lief hinterher und packte sie am Arm. Juliane riß sich los, aber Josephine griff wieder nach ihr.

»Jane, hör auf, du bereust deine Wutanfälle immer, das weißt du. Du bist doch meine Schwester. Die Mannsbilder sollen uns nicht auseinanderbringen!«

Juliane blickte sie überrascht an. So hatte sie ihre strenge, vornehme Schwester noch nie erlebt. Josephine schien sich fast schon zu fürchten. Sie war ganz blaß, sie zitterte. »Juliane, du kannst doch nicht einfach so weglaufen. Du hast mir gefehlt. Aber Linder und Helbig können mit Otto einfach nicht in einem Zimmer sein. Juliane, du hast mir gefehlt, ich kann doch sonst mit niemandem reden. Ich bin immer allein.«

»Wer sechs große Mädels und einen Mann im Haus hat, kann doch nicht allein sein«, sagte Juliane und verschränkte die Arme.

Josephine setzte sich und sagte leise: »Sogar mit Mann und Kindern im selben Zimmer ist das möglich. Das weißt du doch, Juliane?!«

»Nein, ich bin nie allein«, erwiderte Juliane. »Du hast doch die Mädchen.«

Josephine schaute zur Tür hinüber. »Meinst du?«

»Du liebst deine Kinder doch?« fragte Juliane und musterte ihre Schwester fragend. Josephine war seit Dagmars Tod nicht mehr sie selber. Rikke meinte, die Lage sei inzwischen ernst, Josephine habe lange Phasen, in denen sie verstummte oder weinte.

Sie schwiegen lange, aber schließlich redete Josephine, die ganze Zeit im selben Tonfall. Juliane bekam eine Gänsehaut, sie streckte die Hand aus und streichelte das Kleid ihrer Schwester. »Ich habe niemanden, den ich wirklich liebe. Und du bist die einzige, der ich die Wahrheit zu sagen wage.« Josephine weinte nicht. Sie starrte vor sich hin. Ihre weißen Hände mit den breiten Knöcheln öffneten und schlossen sich in gleichmäßigem Rhythmus. Juliane stand auf: »Es ist schon ein Chaos. Aber wir haben alle unsere Probleme. Du darfst dich nicht immer so in Grübeleien verlieren. Das führt zu nichts, und du solltest es nicht an die Oberfläche lassen. Ich weiß, wovon ich spreche. Sag Linder, daß ich hier war und daß ich stocksauer bin. Laß uns Klarschiff machen, Fine. Linder und Helbig sind meine Schwäger, und sie müssen Otto und mich so nehmen, wie wir sind. – Ich werde Otto schon dazu bringen, von der Politik den Mund zu halten, und dann kommt ihr wie früher am ersten Sonntag im Monat zu uns zum Essen.« Juliane schlich zur Zimmertür und riß sie auf. Ingeborg und Carla, zwölf und vierzehn Jahre alt, fielen ins Zimmer und fingen sich von ihrer Tante eine Ohrfeige ein. »Damit ihr euch merkt, daß man nicht an Türen horcht«, sagte Juliane und knallte die Türe wieder zu. Sie zog ihre Handschuhe an und wischte sich über ihr Kleid. »Meine Töchter kann ich selber schlagen«, sagte Josephine mit zusammengekniffenen Lippen. »Besser eine Ohrfeige als die ewige Kälte«, sagte Juliane und segelte aus der Wohnung.

Josephine lief hinter ihr her ins Treppenhaus. Als Juliane den Treppenabsatz erreicht hatte, schaute sie am Geländer hoch. Josephine beugte sich vor und sagte: »Juliane, jetzt ist alles wieder gut, nicht?«

»Sicher, am Sonntag gibt's Rosinenpudding«, erwiderte Juliane.

Josephine trat ans Fenster und schaute im Fensterspiegel ihrer Schwester hinterher. Juliane drehte sich um, zog ihr Taschentuch hervor, winkte übertrieben heftig und schaute lachend zu Josephine hoch.

Josephine lächelte ein vages Lächeln, und ihre Augen

füllten sich langsam mit Tränen, die dann über ihr bleiches Gesicht liefen, das unbeweglich blieb wie eine Maske.

Juliane drosselte auf dem Heimweg ihr Tempo. Sie war jetzt wirklich außer Atem. Das Kind trat heftig, und sie mußte sich die Hand an den Leib pressen. Sie zog ihre Börse hervor und zählte die Münzen auf ihre Handfläche. Vielleicht reichte es für eine Kalbszunge, aus der sie eine Suppe kochen könnte. Sie plante den Speisezettel drei Tage im voraus. Das mußte so sein. Ottos Wochenlohn wurde am Donnerstag ausbezahlt, und oft gab es mittwochs nur noch Milch und Zwieback. In den letzten zwei Monaten jedoch hatten sie noch etwas übrig gehabt, wenn die Miete bezahlt war. Die beiden Großen verdienten auch etwas dazu. Sie ging zu Schlachter Hansen, bei dem sie bis kurz vor Josephs Geburt gearbeitet hatte.

Als er ihre Stimme hörte, kam er aus dem Hinterzimmer gestürzt. Der Geselle stand hinter dem Tresen, zog sich aber zurück, als er den Meister sah. »Wie schön, dich zu sehen, Juliane. Und du siehst wirklich gut aus! Was für eine Farbe!«

»Ich bin ja auch den ganzen Weg bis zu meiner Schwester und zurück gelaufen. Ich hätte gerne eine Kalbszunge und ein Stück Leberwurst.«

Der Schlachter griff ins Schaufenster, suchte sorgfältig aus und ließ eine große, blaurote Kalbszunge auf den Tresen fallen. »Bei der großen Familie braucht ihr ja doch allerhand.«

»Ja, und stell dir vor, der Kleinste ist der Schlimmste. Er schreit immer nach Essen, wenn er mich sieht.« – »Das ist wirklich seltsam bei dir, Juliane, entweder schreien die Männer nach Essen oder nach etwas anderem, wenn sie dich sehen«, lachte Hansen und schob sich seinen runden Hut in den Nacken.

Juliane ignorierte die Bemerkung und erzählte stolz weiter von ihrem Kind. »Er wiegt fast schon doppelt soviel wie andere in dem Alter.« – »Dann wird er später sicher Schlachter. Schick ihn einfach her, wenn er konfirmiert ist«, sagte Hansen, schnitt eine dicke Scheibe Leberwurst ab und packte die Waren sorgfältig in Zeitungspapier. Er beugte sich über den Tresen und sagte vertraulich: »Hast du keine Lust, wieder bei mir auszuhelfen, Juliane? Die Großen können doch auf das Neue aufpassen, wenn es da ist.«

Juliane nahm die Einkäufe, verstaute sie sorgfältig in ihrem Korb und lächelte Schlachter Hansen an.

Plötzlich erklang die eindrucksvolle Altstimme einer energischen Frau, die dicht hinter Juliane stand. Sie trug einen Pelzkragen und einen dichten Schleier vor dem Gesicht. »Wird man hier auch bedient, oder störe ich vielleicht?« fragte sie heftig. Juliane fuhr herum und maß sie von Kopf bis Fuß. »Halt die Luft an, Schwester. Wenn ich meine Einkäufe erledigt habe, bist du dran!«

Die Frau machte auf dem Absatz kehrt, warf den Kopf in den Nacken und verschwand.

Juliane blickte den Schlachter schuldbewußt an. »Was für eine Schreckschraube, aber sie ist sicher eine gute Kundin?« Hansen schüttelte den Kopf. »Ich habe sie noch nie in meinem Leben gesehen, aber du änderst dich wirklich nicht.«

Juliane klopfte bei Madame Olsen an die Tür. »Haben sie sich gut benommen?« fragt sie und griff nach Klein-Otto, der an ihren Röcken zerrte und schrie: »Muttärr, Essen!« Madame Olsen faltete die Hände über ihrem dicken Bauch. »Ja, ich muß schon sagen, Frau Jensen, Joseph ist wirklich ein außergewöhnliches Kind. So etwas habe ich noch nie gehört. Joseph, sing doch deiner Mutter mal das

Lied vor, das ich dir vorhin beigebracht habe.« Madame Olsen zwinkerte Juliane vielsagend zu. Joseph ging auf den schmalen Flur hinaus, verschränkte die Hände im Rücken und sang:

»Im Schwarzen Walfisch zu Askalon,
da sprach der Gast: O weh!
Mein bares Geld ging alles drauf
im Lanun zu Niniveh.
Im Schwarzen Walfisch zu Askalon,
da schlug die Uhr halb vier.
Da warf der Hausknecht aus Nubierland
den Fremdling vor die Tür.
Im Schwarzen Walfisch zu Askalon
wird kein Prophet geehrt,
und wer vergnügt dort leben will,
zahlt bar, was er verzehrt.«

Juliane starrte Joseph an. Der holte tief Atem und wiederholte:

»Und wer vergnügt dort leben will,
zahlt bar, was er verzehrt.«

Madame Olsen preßte sich ein Taschentuch auf den Mund und schlug sich auf die Schenkel.

Juliane runzelte die Stirn. »Ich weiß ja nicht, ob unserem Vater dieses Lied so recht gefallen wird.«

»Ach, das wird doch bei den Soldaten gesungen«, kicherte Madame Olsen.

»Aber trotzdem«, sagte Juliane und nahm Klein-Otto auf den Arm. Joseph sprang neben ihr her und sang aus Herzenslust.

»Ja, das ist ein schönes Lied, Joseph, aber das darfst du nur Mutter und Madame Olsen vorsingen, aber niemals Tante Fine und Tante Rikke.«

»Warum nicht, Mutter, es ist doch so schön?«

»Weil sie solche Musik nicht mögen«, sagte Juliane.

3

Ab und zu hielt Juliane aus dem Fenster nach Otto Ausschau. Er kam fast immer pünktlich. Die Zunge lag in der Suppe und köchelte vor sich hin. Sie sollte butterweich gekocht werden, und dazu gab es eine scharfe Soße. Juliane tunkte den Finger in die Soße, kostete und trocknete ihn an ihrer Schürze ab. Klein-Otto saß auf dem Küchentisch und spielte mit dem Kochlöffel. Er klopfte damit auf die Tischplatte und musterte seine Mutter vorwurfsvoll. »Essen, Mutter, Essen.« Juliane blickte ihn für einen Moment lang gereizt an, dann griff sie zur Suppenkelle, fischte die Zunge aus der Soße und legte sie auf eine Platte. Langsam schnitt sie die fette Wurzel ab und arrangierte sie auf einem Teller. Klein-Otto machte große Augen und griff nach dem Fleisch. »Ja, das ist wirklich nur für dich«, sagte Juliane. Sie blies den lauwarmen Fettklumpen an und reichte ihn dem Kleinen. Der starrte ihn begeistert an und biß hinein. Das Fett lief ihm übers Kinn. »Jetzt hast du vielleicht genug zu essen«, sagte sie. Joseph saß auf einem Küchenstuhl und betrachtete die beiden aufmerksam, dann glitt er zu Boden. »Das will ich nicht sehen. Das ist unappetitlich«, sagte er und ging ins Schlafzimmer. Juliane schaute verdutzt hinterher. Sie hatte schon seltsame Kinder. Joseph redete mit seinen vier Jahren wie ein Professor. Klein-Otto litt an Freßsucht. Gott mochte wissen, wie Nummer drei ausfallen würde.

Sie hörte den Schlüssel in der Wohnungstür, lief in die

Diele. Otto schaute sie ein wenig überrascht an, als sie ihn herzlich umarmte. Sie wartete sonst immer im Wohnzimmer oder in der Küche auf einen Kuß von ihm.

»Was gibt's denn zu essen, Jane?«

Er entdeckte Klein-Otto, der hingebungsvoll schmatzend die Zungenwurzel verzehrte. »Man könnte meinen, man wäre im Zoo«, sagte Otto. »Seit er damit beschäftigt ist, hat er nicht ein einziges Mal nach Essen verlangt«, lachte Juliane. »Joseph, komm und sag deinem Vater guten Tag.« Joseph kam verlegen in die Küche und lehnte sich an die Beine seines Vaters. Otto streichelte seinen Kopf. »Stell dir vor, er ist ins Schlafzimmer gegangen, weil er Klein-Otto unappetitlich fand. Stell dir vor, dieses Wort hat er benutzt.« – »Und er hat ja auch recht.« Otto warf sein Arbeitshemd auf einen Stuhl und begann, sich im Küchenwaschbecken zu waschen. Juliane ging zu ihm, küßte seinen Nacken und schnupperte an seinem Rücken. »Laß das, Juliane, ich stinke«, sagte er verlegen und schob sie beiseite. »Aber ich riech das gern.« Sie blickte ihn verliebt an. Otto schrubbte sich sorgfältig Fingernägel und Arme. Der Schaum verteilte sich unter seinen Achselhöhlen und seinen behaarten, sehnigen Armen. Seine Haut war weiß, fast durchsichtig, deshalb waren die kräftigen Adern an den Unterarmen zu sehen.

»Seltsam, daß ein Schmied so sauber sein kann.« – »Das ist es doch gerade, Jane. Ist dir noch nie aufgefallen, daß kein Schmied je nach seiner Arbeit aussehen will? In seiner Freizeit will er anders sein. Ein Büroangestellter ist immer derselbe, das ist bestimmt todlangweilig«, sagte Otto und schaute sie über die Schulter hinweg an.

»Ich bin froh, daß du kein Feder- und Tintenfuchser bist«, lachte sie, setzte sich auf den Stuhl und nahm Klein-Otto auf den Schoß. »Ich war heute bei Josephine.«

»Ach, bei deiner feinen Schwester.« – »Es geht ihr nicht gut, Otto. Wir sind ordentlich aneinandergeraten, weil Rikke und Josephine doch eine Nummer zu kack... zu rotzfein geworden sind«, sagte sie mit vielsagendem Blick hinüber zu Joseph, der seine Eltern aufmerksam beobachtete. »Aber ich glaube, jetzt ist alles wieder gut.« Sie schwiegen. Es war heiß, das Fenster war beschlagen. Otto riß es auf. »Na, essen wir?«

Juliane stand auf. »Das ist noch nicht alles, Otto. Sie kommen am Sonntag zum Essen, die ganze Familie. Ja, ich will nämlich auch Rikke und Helbig sehen.«

Otto blickte sie wütend an. »Was soll denn das, zum Teufel? Meinst du vielleicht, ich könnte mir leisten, deine Drecksfamilie zu füttern?«

»Sag nicht Drecksfamilie, wenn die Kinder das hören können. Versteh doch, das sind meine Schwestern«, rief Juliane. Joseph schlang die Arme um den Kopf und kroch unter den Tisch. Er wußte, daß gleich das Gewitter losbrechen würde. Und er fand es entsetzlich, wenn seine Eltern sich anschrien. Er kauerte unter dem Tisch. Sein Mund war wie ausgedörrt, und sein Herz hämmerte, er hatte Bauchweh, kroch an die Wand und hielt sich die Hände vors Gesicht. Klein-Otto brüllte los. »Fresse halten, du!« schrie Juliane und schüttelte ihn.

Jemand klopfte energisch an die Küchentür. Juliane und Otto tauschten einen wütenden Blick. »Wenn sich die Nachbarn schon wieder einmischen wollen, dann werde ich...«, sagte Otto und riß die Tür auf. Draußen stand ein Dienstmann mit einem Brief. »Das soll ich von Schornsteinfegermeister Linder und Gattin abliefern.« – »Gattin, mein Arsch«, sagte Otto und riß ihm den Brief aus der Hand. Er suchte in seiner Hosentasche nach einer Münze. »Das ist bezahlt«, sagte der Dienstmann und tippte an seine Mütze.

Otto reichte Juliane den Brief. »Bist du sicher, daß deine feine Schwester noch mit dir zu tun haben will?« fragte Otto. Juliane riß den Umschlag auf. »Nein, Otto, stell dir vor, das sind Karten fürs Casino, für Sonntag. Wir gehen alle zusammen hin, Johan, Thora, Linders, Helbigs, du und ich. Das ist doch wirklich nett von ihnen. Es gibt ›Die Reise um die Erde in achtzig Tagen‹, noch dazu zum letzten Mal.«

»Also, ich muß schon sagen«, meinte Otto. »Ich war erst einmal im Casino. Ja, wenn es das Königliche Theater wäre, dann würde ich ablehnen. Aber das Casino, das ist doch etwas fürs Volk, finde ich.« Juliane fiel ihm um den Hals. »Ach, ich freue mich ja so. Gut, daß wir uns ordentlich anziehen können, Otto, nicht? Wenn wir uns feinmachen, dann sind wir ein fesches Paar. Und ich würde meinen Mann nicht gegen zwei Handwerksmeister eintauschen.« Sie aßen schweigend. Sie wußte, daß die nächste Bemerkung von Otto kommen mußte. Sie wußte auch, daß er alles wieder gutmachen würde, wenn sie ihm nur Zeit ließ.

Joseph starrte das Essen an. »Iß, Junge«, sagte Otto mit Blick auf Juliane. »Was für eine leckere Zunge!« Sie nickte und aß weiter. Otto griff zu einem Lappen und wischte sich damit über den Schnurrbart. Dann lächelte er sie an. »Du hast Josephine ja offenbar ordentlich die Meinung gesagt.«

Juliane sprang auf und setzte sich auf seinen Schoß. Er küßte sie auf den Hals. »Es war zu ihrem eigenen Besten, zwischen mir und meinen Schwestern hat es niemals Feindschaft gegeben. Auf jeden Fall nie länger als zwei Monate.«

Es war Sonntagabend. Die Familie hatte bei Juliane gegessen. Sie waren früh nach Hause gegangen, »nachdem wir die Friedenspfeife geraucht hatten«, wie Otto sagte. Denn es stand der große Abend bevor, an dem die drei Familien ins Casino gehen wollten.

Juliane hatte schon einen Blick auf die Straße geworfen. Zum Glück waren an diesem schönen Abend viele unterwegs. Hoffentlich sahen alle, daß sie und Otto von einer Droschke abgeholt wurden. Es war nett von Linder und Fine, auch Johan und Thora einzuladen. Die Karten kosteten schließlich zwei Kronen, und das war viel Geld.

»Ganz Kopenhagen hat dieses Stück gesehen«, sagte Juliane und band die große karierte Taftschleife über ihrer Tournüre. Sie drehte sich um. »Du siehst so glücklich aus, Juliane«, sagte Otto und legte ihr die Hände um die Taille. Sie schaute ihn an. »Du solltest dich immer so fein machen, Otto.« – »Findest du?« Sie zog ihn vor den großen Kommodenspiegel im Schlafzimmer. Sie hakten einander unter und stellten sich vor den Spiegel, wie zu einem Hochzeitsbild. Otto hatte einen Arm auf den Rücken gelegt und stand ganz gerade da. »Wir sind ein fesches Paar.« Schweigend musterten sie ihr Spiegelbild. »Man sieht doch nicht, daß ich zehn Jahre älter bin als du, Otto?« Er schüttelte den Kopf und schaute in eine andere Richtung.

Man sah es, und Juliane wußte das sehr gut. Bei der Arbeit mußte er sich das oft genug anhören. Aber die anderen sahen nicht in ihr Herz, und das war liebevoll, treu, ja, und auch hitzig. Aber sie war eine gute Ehefrau und so richtig weiblich. Sie gab ihm solches Selbstvertrauen, vielleicht weil es im Bett immer so gut klappte, zu gut vielleicht. Die vielen Kinder, aber er liebte sie eben, und sie sah doch immer noch gut aus, auch wenn sie bei jedem Kind ein wenig in die Breite ging.

Juliane bewunderte ihn schweigend. Er zupfte an seiner hellgrauen Weste, die wie angegossen saß. Er trug einen hellgrauen Schlips mit einer Perle im perfekt gebundenen Knoten. Juliane trug karierten Taft und einen überaus eleganten Hut mit Vogelfedern und einem Wald von Samtblumen. »Das ist ja ein wirklich auffallender Hut, Jane, willst du den im Theater nicht abnehmen?« Sie nickte. »Doch, aber erst, wenn wir unsere Plätze gefunden haben.« Johan lief nervös hin und her. Es war der große Abend seines Lebens, sein erster Besuch im Casino.

»Ach, Johan. Das ist doch sicher das richtige für einen Schauspieler wie dich, was?« fragte Otto und schlug ihm energisch auf die Schulter. Wenn nur Otto und die Mutter sich im Theater nicht blamierten, so daß er sich schämen müßte, und wenn sie nur friedlich blieben. Er wollte den Besuch im Casino so gern genießen. Er war so gespannt. Es war wie Verliebtheit, seine Haut brannte geradezu.

»Pio spielt den Passepartout«, sagte er. »Ihr wißt doch, dieser witzige Bursche, der Diener von Phileas Fogg, und ...«

»Jetzt erzähl uns nicht alles schon vorher, Junge«, sagte Otto und wischte sich einige unsichtbare Staubkörner von der Jacke.

Thora lief mit feuerroten Wangen ans Fenster. »Mutter, da sind sie, da sind sie, Mutter.«

»Immer mit der Ruhe«, sagte Juliane und musterte ihre Herde.

»Nicht zu aufgeregt, sonst hält Linder sich noch für den Herrgott persönlich. Wir in dieser Familie achten auf unsere Würde, nicht wahr, Otto?« Otto nickte seiner Frau zu. Juliane blickte Thora scharf an. »Reib dir Kartoffelmehl auf die Wange.« – »Aber warum denn, Mutter?« – »Weil du aussiehst wie ein Küchenmädchen, wenn du das nicht ein bißchen dämpfst.« Thora verrieb Mehl auf ihrer Haut und hatte blanke Augen. Ihr Bruder legte ihr den Arm um die Schultern. Otto öffnete langsam die Wohnungstür, und die Familie ging gemessenen Schrittes die schmale, dunkle Treppe hinunter. Hinter Madame Olsens Tür erscholl Gebrüll. »Ich will mit Mutter gehen, ich will ins Theater!« Das waren Joseph und Klein-Otto, die in Madame Olsens Obhut gegeben worden waren. Joseph warf sich gegen die Tür. »Mutter bringt dir Bruchpfefferminz mit«, rief Juliane.

Vor dem Haus standen zwei Droschken. »Guten Abend, Schwester, guten Abend, Schwager, ach, wir freuen uns ja so sehr.« – »Ja, steig erst einmal ein, Juliane. Guten Abend, Jensen«, sagte Schornsteinfegermeister Linder aus dem Wageninneren heraus. Zwischen den weiten Röcken der Frauen und ihren Florentinerhüten war er kaum zu sehen.

Juliane und ihre Familie stiegen ein. Der Kutscher drehte sich um, um sich zu vergewissern, daß er niemanden vergessen hatte, dann setzten die Pferde sich in Trab. Juliane schaute zu den Fenstern hoch. Ja, welch ein Glück, da standen die Nachbarinnen hinter den Vorhängen und glotzten. Zufrieden ließ sie sich auf dem verblichenen grünen Plüschsitz zurücksinken.

»Meine Güte, so viele Menschen«, sagte Josephine und hielt ihren Hut fest. »Hierher, Juliane, wir müssen zusammenbleiben, sonst werden wir getrennt. Linder hat die Karten.« Die beiden Schwestern führten ihre Familien an. Die Männer bildeten die Nachhut. »Du hast ganz feuchte Hände«, sagte Thora zu Johan und wischte sich ihre am Kleid ab.

Es war noch reichlich Zeit. Josephine und Juliane standen, umgeben von ihren Familien, im Theaterfoyer. Sie schauten sich nach allen Seiten um und hielten Ausschau nach Bekannten. »Ich bin zu stramm geschnürt«, beklagte Juliane sich stöhnend bei ihrer Schwester. »Du bist ja auch nicht ganz gescheit, denk an deinen Zustand, was ist, wenn das Kind einen Wasserkopf bekommt?« tadelte Josephine und betrachtete empört Julianes Taille. Julianes Bauch ragte waagerecht darunter hervor.

»Daran mag ich überhaupt nicht denken. Jetzt bin ich hier, um mich zu amüsieren. Was man hat, das hat man«, lachte Juliane. Mit den Augen gab sie ihrer Schwester ein Zeichen, nach rechts zu schauen. Dort lehnte eine elegante Frau in herausfordernder Haltung an der Wand. Sie war weiß gepudert, trug ein schwarzes Monokel an einer schwarzen Schnur und war tief dekolletiert. Ihr Busen drohte aus der weißen Tüllkante herauszuquellen. Ihren Kopf zierte ein kleiner spanischer Lackhut. Ihre offenen Haare waren blond.

»Leichte Kavallerie, immer die Seiten wechseln«, lachte Linder und versetzte Otto einen Seitenstoß.

Otto musterte die Frau, ohne ein Wort zu sagen. Die Frau bemerkte seinen Blick, sah ihn an, bewegte unmerklich das Auge, und das Monokel fiel heraus. Juliane kniff die Augen zusammen und schielte zu Otto hinüber. Er war rot angelaufen und zwirbelte an seinem Schnurrbart herum. »Ja, Sie kommen wirklich an, Jensen«, sagte Linder neidisch. Es schellte zum dritten Mal. Johans Herz hämmerte. »Thora, das war das dritte Mal.« Die Familien setzten sich in Bewegung.

Juliane und Otto betraten den Theatersaal, ohne nach rechts oder links zu schauen. Sie setzten sich. »Runter mit dem Hut, wir sehn ja nix!« rief hinten ein Mann. Otto drehte sich um. »Wenn es etwas zu sehen gibt, wird meine Frau Ihnen das schon mitteilen, und sie nimmt ihren Hut ab, wenn es ihr paßt.«

Der Mann schimpfte weiter. Otto erhob sich. Juliane zog ihn an den Frackschößen wieder auf seinen Sitz und nahm ihren Hut ab. Der Schornsteinfegermeister beugte sich vor und sah seine Frau an. Gut, daß sie diese Einladungen ausgesprochen hatte. Josephine bedachte ihren Mann mit einem dankbaren Blick.

Johan holte tief Luft. Ach, was roch es hier gut nach Plüsch und Schminke, nach Parfüm und heißem Lampenglas!

Die Musik setzte ein, und langsam öffnete sich der Vorhang. Johan flüsterte, fast an sich selber gerichtet: »Jetzt geht's los.« – »Wie viele Bilder gibt es?« fragte Thora ganz leise. »Zwölf«, antwortete der allwissende Johan.

Juliane nahm Josephines Hand und drückte sie. Sie tauschten in der Dunkelheit ein Lächeln.

Im Saal herrschte atemloses Schweigen. Die erste Szene hatte begonnen, und Passepartout trat an den Bühnenrand und sagte: »Endlich habe ich eine Stellung nach meinem Geschmack gefunden. Ach, wie ich dieses ruhige Leben genießen werde!«

Der Herr hinten sagte laut: »Das bildet er sich aber nur ein, was, Louise?«

Juliane drehte sich um. »Man spricht nicht mitten in einem Stück, mein guter Mann. Aber Sie gehen vielleicht nicht so oft ins Theater?«

4

Gequält streckte Otto seinen schmerzenden Rücken und setzte den Pferdehuf wieder auf den Boden. Er hatte einen Kreis um den schwarzen Flecken im Huf geschnitten. »Das war ein Geschwür«, sagte er. In dicken, gelben Tropfen quoll jetzt der Eiter hervor. »Wer hat das Tier letzte Woche beschlagen?« rief der Meister. Otto gab keine Antwort. Schmiedgeselle Hansen trat vor, nahm den Huf und schaute sich ihn an. »Der ist falsch genagelt, Hansen.« – »Das sieht ja wohl ein Blinder«, fuhr Hansen ihn an. Der Meister bedachte ihn mit einem langen Blick und kratzte sich unter seinem blauen Hemd auf der Brust.

»Mutter, wir brauchen Seifenlauge«, rief er dann, ohne sich umzuschauen. Hinten in der Schmiede waren schlurfende Schritte zu hören. Die Frau des Schmieds brachte einen Eimer mit heißem Wasser. Sie war dünn und blaß, die schwarzen Strickstrümpfe hingen immer über die abgetretenen Hacken ihrer Holzpantinen. Sie bückte sich und stellte den Eimer vor Otto ab. Ihre Haare waren fettig. Otto wich zurück, sie roch wie ein Putzlappen. Er dachte an Juliane. Es war gut, eine Frau zu haben, die keine Schlampe war, auch wenn Juliane es mit der Putzsucht vielleicht bisweilen übertrieb. Die Frau rührte mit einem braunen Rührholz in der Seifenlauge. »Bss, bss«, sagte Otto beruhigend zu dem Pferd, das den Huf hob. Er schob sich unter den Pferdebauch, hob das Bein des Pferdes noch weiter an, zog den Eimer herbei und stellte den Huf dann in das warme Wasser. Rasch zog das Pferd das Bein heraus und trat nach dem Eimer. »Wir müssen wohl zupacken, Hansen.« Hansen ging auf die andere Seite des Pferdes. »Jetzt halt schon das Bein fest, zum Henker.« Hansen stemmte sich mit dem Rücken gegen den Pferdebauch. Das Pferd richtete sich ein wenig auf. »O verdammt, mein Rücken«, rief Hansen laut und krümmte sich zusammen. »Fresse halten und festhalten«, brüllte der Meister. Otto bugsierte das Pferdebein wieder in den Eimer. Zwei Pferde, die auf dem Hof standen, wieherten nervös. Otto streichelte beruhigend das glänzende Fell. Das Tier hob ab und zu den Huf ein wenig, verhielt sich ansonsten aber ruhig.

Hansen schleppte sich zum Regal an der Wand. »Ich krieg meinen Rücken einfach nicht mehr gerade, es hat nur noch geknackt.« Er war blaß, und der Schweiß strömte nur so an ihm herab.

Hansen war der älteste Geselle in der Schmiede. Er hatte schon lange Probleme mit dem Rücken. Jeden Morgen trank er zwei Glas Schnaps, um die Schmerzen erträglich zu machen. Doch jetzt brannte sein Magen wie Feuer, wenn der Schnaps dort ankam. Vor kurzem hatte er einmal Blut gespuckt.

Der Meister schenkte ein Glas Schnaps ein. »Hier, Hansen, du siehst total kaputt aus.« Hansen kippte den Schnaps, mußte entsetzlich husten, fiel ohnmächtig zu Boden, und ein dunkelroter Blutfaden sickerte aus seinem Mundwinkel.

»Mutter, Mutter, Hansen ist umgekippt, hol den Doktor«, brüllte der Schmied und beugte sich über Hansen.

Otto hielt noch immer das Pferd. Der Meister hockte vor dem Kranken. Der hustete wieder, wieder kam Blut dabei heraus. Er war wieder bei Bewußtsein. »O verdammt, das ist ja schrecklich«, sagte der Meister besorgt. »Ich will nicht ins Krankenhaus«, flüsterte Hansen. »Da muß ich doch sterben.«

Vor der Tür zur Schmiede strömten die Menschen zusammen. Die Kinder aus der Nachbarschaft und auch einige Frauen schauten herein. »Weg mit euch«, rief Otto. »Wir haben hier genug, worauf wir achten müssen, bleibt weg von den Pferdebeinen, Kinder.«

Hansen setzte sich auf. Er war grau im Gesicht, hob langsam seinen Arm und betrachtete mit kindlichem Erstaunen das Blut auf seinem Hemd und seinen Ärmeln. »Ich habe Angst, Meister, glaubst du, es ist aus mit mir?«

Otto nahm den Eimer weg, verhakte die lange Eisenkette am Zaumzeug des Pferdes, setzte sich zu Hansen und griff nach seiner Hand. Hansen drückte Ottos Hand, und der sagte leise: »Ich verstehe ja nicht viel davon, aber Schwindsucht ist das nicht, dann hat das Blut eine andere Farbe, das habe ich selber gesehen. Es ist sicher der Magen, du darfst jetzt nur Suppe und Brei essen.«

»Vielleicht ist es Krebs«, sagte Hansen und wischte sich über den Mund. Er schaute nach, ob noch mehr Blut an seiner Hand klebte.

»Ach, verdammt«, sagte der Meister und klopfte ihm auf die Schulter. »Wo bleibt denn bloß die Alte mit dem Doktor?«

»Ich glaube, ich kann jetzt aufstehen«, flüsterte Hansen heiser. »Gib mir einen Schluck Wasser, Jensen.« Otto holte Wasser. Hansen trank vorsichtig.

»Der Doktor kommt«, rief eine Frau. Die Frau des Schmiedes kam angelaufen, gefolgt vom Arzt. Der Arzt betrat die Schmiede, ohne guten Tag zu wünschen. Der Schmied machte ihm respektvoll Platz. Der Arzt war ein hochgewachsener, blonder junger Mann. Er hatte die Hände auf dem Rücken verschränkt. »Der Patient hatte also einen Blutsturz?« Hansen nickte und versuchte verzweifelt, auf die Beine zu kommen. »Sie müssen ins Krankenhaus«, sagte der Arzt. »Ich werde Sie abholen lassen, Sie dürfen sich nicht bewegen, das macht alles nur noch schlimmer.«

Hansen sank in sich zusammen und schlug den Arm vors Gesicht. »Das schaffst du schon«, tröstete Otto. »Wir sagen deiner Frau Bescheid.« Hansen schüttelte den Kopf. »Die hat mich verlassen.« Der Meister und Otto wechselten einen Blick. Davon hatte bisher keiner etwas gewußt. Die Frau des Meisters schlug sich die Hand vor den Mund und blickte ihren Mann erschrocken an. Der junge Arzt trat unruhig von einem Fuß auf den anderen. »Ja, ich kann nichts für den Patienten tun, er muß ins Krankenhaus, wir können doch nicht den ganzen Tag hier stehen und …« – »Wieviel?« fragte der Schmied und griff in die Hosentasche. »Fünf Kronen.« Langsam zählte der Schmied das Geld ab. »Danke, Meister«, flüsterte Hansen. Der Arzt nahm das Geld. Er war unsicher und fühlte sich nicht wohl in seiner Haut. Der Mann, der die Hand des Patienten hielt, sah nicht gerade vertrauenerweckend aus. Aber er tat doch seine Pflicht, und nicht alles war gratis. Er hatte immerhin seine Patienten verlassen, um herzukommen. »Ich sage im Krankenhaus Bescheid, dann wird er abgeholt.« Alle schwiegen. Der Arzt hob seine schwarze Tasche vom Boden auf, machte einen Bogen um die Hinterbeine des Pferdes, setzte seinen Hut auf und ging.

»Wichtigtuer«, murmelte Otto. Er sprang auf und rannte hinter dem Arzt her. »Er soll aber nicht in das Allgemeine Hospital«, verlangte er. »Er soll ins Kommunehospital, auch, wenn das ein weiterer Weg ist.« Der Arzt nickte. »Ich werde dafür sorgen. Übernimmt der Meister die Kosten?« Otto nickte und machte kehrt. »Du kommst ins Kommunehospital.« Hansen nickte dankbar. Der Meister sah Otto an. »Gut gemacht, Jensen, ich wollte das gerade selber sagen.«

Als der alte Geselle in den grünen Krankenwagen getragen wurde, weinte er laut. Otto beugte sich über ihn. Er hatte einen Kloß im Hals und konnte kaum sprechen. »Juliane und ich werden dich besuchen, Hansen. Juliane weiß immer Rat. Ihr wird schon etwas einfallen. Sei froh, daß du nicht ins Allgemeine mußt.« Hansen nickte und drehte sich auf die Seite. Otto breitete die graue Decke über ihn. Der Wagen fuhr an und rollte durch das Tor.

»Das schafft er nicht«, sagte der Meister. »Und dann ist ihm auch noch die Frau durchgebrannt.« Die Frau des Meisters schüttelte den Kopf. Otto kämpfte mit den Tränen. Er drehte sich um, schluckte zweimal, dann ging er zu den Pferden auf den Hof. Er bückte sich und betastete ihre Beine und Hälse. Der Geruch und die Wärme der Tiere beruhigten ihn. Er fuhr sich mit dem Handrücken über die Augen und ging hinein. Als Otto die Schmiede betrat, hob der Meister gerade die Schnapsflasche an den Mund. Er wischte sich ab und reichte sie Otto. »Hier, Jensen.« Otto trank, stellte die Flasche weg, ging zum Pferd hinüber. »Bsss«, rief er. Das Pferd hob ein Hinterbein. Otto griff nach seiner Zange und fing an, die Nägel aus dem linken hinteren Hufeisen zu ziehen.

Meister und Gesellen waren ziemlich angetrunken, als der Feierabend anbrach. Otto trank sonst nie. »Ich habe zuviel davon gesehen«, wehrte er gewöhnlich ab, wenn die anderen Gesellen ihn bedrängten. Er war im Bierdunst in der Schankstube seiner Eltern aufgewachsen und hatte gesehen, wie die Gäste im Suff verkamen. Er kannte die Anzeichen, die aufgequollenen Mägen, die hoch unter den Rippen zu sitzen schienen, Arme und Beine, die immer dünner wurden. Die blauroten Knöchel. Sein eigener Vater konnte sich kaum noch bewegen. Er saß nur breit und mächtig hinter dem Büfett und trank mit den Gästen. Ottos Stiefmutter sagte, seine Beine machten jetzt wirklich Ärger. Es würde noch beim Kalten Brand enden.

Otto ging langsam nach Hause. Er war schon lange nicht mehr so müde gewesen, sein Rücken tat weh, seine Lenden spannten. Was zum Teufel war das für ein Leben! Er versetzte einer Blechdose einen Tritt, und sie kullerte scheppernd über das Pflaster. Hansen hatte sein Leben lang geschuftet. Er war noch nicht sehr alt, er war erst fünfunddreißig. Aber er sah aus wie ein Greis, mit tiefen Runzeln im Gesicht, graubleicher Haut und schlechten Zähnen. In der letzten Zeit hatte er noch elender ausgesehen, aber niemand hatte das mit der Frau gewußt. Wo mochte sie wohl stecken? Kinder waren keine da. Aber das war nur gut, dann mußten auch nicht so viele Mägen satt werden.

Hansen konnte wirklich lustig sein. Er war in Frankreich auf der Walz gewesen und sprach Französisch; das machte er immer, wenn er ein paar Glas intus hatte. Er kannte auch alle möglichen Tricks und handelte nebenbei ein wenig mit Sätteln und Geschirr. Die Gesellen nannten ihn »le Schieber«, wenn er sie nicht hören konnte. Wenn Hansen an Schwindsucht litt, dann hatte er sicher einige von ihnen angesteckt. Otto spuckte zweimal aus und stapfte weiter. Dabei bohrte er die Hände in die Hosentaschen. Na, wenn er sich hätte anstecken können, dann wäre das sicher schon längst passiert. Und er hustete ja auch nicht. Plötzlich hatte er Sehnsucht nach Juliane. Sie war so stark, so gesund. Er fühlte sich stark, wenn er nur bei ihr war. Manchmal schien ihr alles möglich zu sein. Und sie liebte ihn auch, das wußte er. Er ging schneller. Es würde so schön sein, nach Hause zu kommen.

»Hast du getrunken«, fragte Juliane und schnupperte an ihm herum. Otto gab keine Antwort. »Das ist doch sonst nicht deine Art.« Sie zog ihn vor dem Fenster ins Licht, lächelte ihn an und streichelte seinen Kopf. »Betrunken bist du nicht, das sehe ich, aber du riechst nach Schnaps.« Otto zog sie an sich und küßte sie ausgiebig. Seine Hände fuhren über ihren Rücken, und er drückte sie an sich. Sie schwieg und erwiderte seine Liebkosungen. »Juliane«, flüsterte er. »Wir werden aufeinander aufpassen, nicht? Manchmal habe ich Angst, uns könnte etwas passieren. Hansen mußte heute ins Krankenhaus gebracht werden. Er hatte einen Blutsturz, aber er kränkelt auch schon lange. Seine Frau ist ihm davongelaufen, und ich glaube nicht, daß er es schafft.« Juliane drückte ihn an sich, schlang die Arme um ihn und wiegte ihn wie ein Kind. »Mein Geliebter, ich weiß genau, wie das ist, mir geht es auch manchmal so, so ist es eben, wenn man glücklich ist. Als ich mit Simon verheiratet war, hatte ich niemals Angst, aber jetzt, jetzt haben wir so viel. Aber wir sind stark, nicht wahr? Und du bist doch gesund Otto, oder? Du hast doch keine Schmerzen?« Sie musterte ihn besorgt. »Nein, mir geht's gut, Juliane, mit mir ist alles in Ordnung.« Er küßte sie noch einmal und drückte sie an sich. »Komm«, sagte sie und knöpfte ihre Bluse auf. »Ich stecke die Kinder in die Küche.«

Otto zog sich aus und legte sich aufs Bett. Er breitete die Arme aus und lächelte sie an. Sie legte sich neben ihn, er fuhr mit den Händen über ihren runden Bauch. »Das Kind ist schon so groß, ich habe Angst, wir könnten ihm schaden«, sagte er ernst. »Das sitzt doch fest«, lachte Juliane. »Kinder brauchen Liebe, die wärmt und wiegt sie nur. Du brauchst mich, das merke ich.« Er zog sie an sich und liebkoste sie. »Hast du Lust?« flüsterte er. »Du bist nicht so feucht wie sonst.« – »Mach nur weiter so, dann kommt es schon.» – »Ach, Juliane, laß mich jetzt zu dir.« Er drang in sie ein, sie gab nach. Es tat ein wenig weh, dann war alles heiß und gut. Er richtete sich über ihr auf und stieß zu. »Otto, nicht so hart, was ist denn los mit dir, ruhig, ruhig«, sagte sie und zog sich ein wenig zurück. Seine Augen waren ganz schwarz, er hörte sie fast nicht, kam plötzlich mit einem Schrei, warf sich über sie und bohrte sein Gesicht zwischen ihre Brüste. Sie konnte gerade noch einen Arm beschützend über ihren Bauch legen. »Aber, aber, Otto, uns passiert doch nichts. Ich bin stark, wenn du schwach bist, und wenn du stark bist, dann brauche ich dich. Das ist unser Geheimnis, nicht?« – »Ich habe dir doch nicht weh getan, Jane?« Sie streichelte seine Stirn und zog sich ein wenig von ihm zurück, er schlief schon fast. Sie stützte sich auf einen Ellbogen und sah ihn an. Plötzlich sah er älter aus als sonst.

Sie ließ ihren Finger über die Linien in seinem Gesicht wandern. Ihr Otto, ihr schöner Mann. Sie war glücklich, das war sie immer, wenn er sie brauchte. Wenn andere Frauen ihn ansahen, wußte sie, was die dachten. Warum er mit einer soviel Älteren verheiratet war. Sie wagte nie, an die Zukunft zu denken. Was würde in zehn Jahren sein, wenn sie Mitte Vierzig wäre? Er konnte die Kinder hart behandeln. Sie liebte die beiden schwarzhaarigen Kleinen so sehr, war ihnen auf andere Weise nah als den Großen. Aber Simon hatte die Kinder nie geschlagen. Er hatte selber eine harte Kindheit gehabt. Otto war anders. Im einen Moment küßte und herzte er sie, im nächsten schlug er zu. Er war sich über seine Kräfte gar nicht im klaren. Er war so jung. Ab und zu war es anstrengend, so ein erwachsenes Kind zu haben.

»Muttärr, Brüderchen klettert auf den Herd«, hörte sie

aus der Küche. Juliane sprang aus dem Bett, hielt sich den Rock vor den Busen und stürzte in die Küche. Klein-Otto schrie auf, er hatte sich an den heißen Eisenringen verbrannt. Sie setzte sich den schreienden Kleinen auf die Hüfte und wühlte in ihrem Medizinkasten in der Speisekammer. Sie rieb seine Hand mit Perubalsam ein, er schrie und schrie. Plötzlich stand Otto verwirrt in der Tür. »Was ist denn passiert?« – »Er hat sich verbrannt und kriegt Blasen.« Otto fuhr herum. »Kannst du nicht auf deinen Bruder aufpassen?« fauchte er Joseph an. Dann schlug er zu; der Junge fiel gegen die Tür und brach in Tränen aus.

Juliane zog Joseph auf die Beine und drückte ihn an sich. »Schlag ihn ja nicht noch mal!« Sie musterte Otto warnend. »Ich war gerade eingeschlafen.« Schweigend aßen sie. Juliane legte die Kinder ins Bett und blieb lange bei ihnen sitzen. »Singen, Mutter«, bat Joseph. Juliane fing an: »Es war ein später Abend, der Mond am Himmel hing, ein Knabe saß im Boote, wo der Vater Fische fing.«

Als die Kinder schliefen, ging sie leise ins Bett. Otto war noch wach. Er nahm ihre Hand und drückte sie. Sie drehte sich zur Wand. Er sagte unruhig: »Bist du mir böse, Juliane?« – »Du bist zu hart zu Joseph, das will ich nicht«, sagte sie und zog die Decke an sich.

Otto schwieg, es war still im Schlafzimmer. Draußen war es noch immer hell. Sie konnten den Atem der Kinder hören. Klein-Otto wimmerte leise im Schlaf. Otto schmiegte sich an sie. »Entschuldige, Juliane. Es war ein schwerer Tag. Ich mag den Hansen gern, und er schafft das nicht. Es war ekelhaft, das ganze Blut. Er hat geweint, als sie ihn weggebracht haben.« Juliane sagte nichts.

Otto zog sie an sich. »Kommst du mit, wenn ich ihn besuche?« – »Vielleicht«, sagte sie und wandte ihr Gesicht ab.

»Wenn er krepiert wäre, hätten wir das sicher erfahren«, sagte der Schmied. »Ich glaube nicht, daß Hansen außer dieser Frau noch Familie hat.«

»Juliane und ich wollen am Sonntag zu ihm«, sagte Otto. »Was soll ich ihm denn mitbringen? Er darf ja nicht mal einen Schnaps trinken.«

»Er priemt, und rauchen tut er auch«, sagte der Meister und blickte auf Otto hinab.

Der Meister lehnte an dem großen roten Kutschpferd. Otto hatte sich gebückt und feilte den Huf zurecht. Es war heiß in der Schmiede. Das Pferd trat unruhig von einem Fuß auf den anderen und keuchte. »Mach die Tür auf, er schwitzt«, rief der Schmied. Ein Geselle riß die Halbtür auf, und Sonnenlicht strömte in die dunkle Schmiede.

»Ich glaube nicht, daß er es schafft, Jensen, so sehe ich das. Er hatte etwas im Blick, wie ein alter Mann, der nicht mehr kann. Das mit der Frau hat ihm zu schaffen gemacht, und arbeiten kann er auch nicht mehr.«

»Was war das für eine Frau?« fragte Otto, setzte sich gerade und fuhr sich mit dem Ärmel über die Stirn. Sein blaues Arbeitshemd war schweißnaß.

»Sie war sehr ruhig und still, aber die Stillen sind ja immer die schlimmsten«, sagte der Meister, wühlte in seiner Tasche, zog eine kleine Blechdose hervor, öffnete sie langsam, fischte einen Priem heraus und schob ihn sich in den Mund. Seine unteren Zähne waren schwarz, und als der Priem sich auflöste, floß aus seinem einen Mundwinkel ein brauner Streifen.

»Besser man hat eine, die Bescheid gibt, dann weiß man, woran man ist. Hör auf einen erfahrenen Mann, Jensen.«

Otto grinste vielsagend. »Dann kann mir ja nichts passieren.«

Die Gesellen lachten. Sie mochten den Neuen gern. Er

war schon in Ordnung, solange er nicht seine Sozipredigten hielt. Er hatte zwar oft recht, aber man wollte doch keine Scherereien haben, wenn man nicht mehr der Jüngste war. Die beiden anderen Gesellen waren Ende Dreißig und von ihrer Arbeit gezeichnet. Ihr Rücken war gekrümmt, ihre Haut blaßgrau. Ihre Hände mit den verformten, verhornten Nägeln glichen Pranken. An ihren starken Armen traten die Adern auf der seltsam durchsichtigen weißen Haut hervor.

Er konnte gut mit Pferden umgehen, dieser Jensen, und er hatte keine Angst vorm Zupacken, nicht einmal bei den allerhysterischsten Mähren.

Schmiedemeister Merwedes Gesellen waren schon seit über fünfzehn Jahren bei ihm. Es war ein guter Arbeitsplatz, das Tempo war nicht übertrieben, in der Schmiede nahm der Tag seinen friedlichen Lauf. Der Meister wurde auch in die königlichen Stallungen gerufen, wenn Pferde Schwierigkeiten machten oder lahmten. Otto war eingestellt worden, weil die Kundschaft wuchs. »Hansen macht es nicht mehr lange«, hatte der Meister zu den anderen Gesellen gesagt.

Das wußte Hansen selber auch sehr gut; trotzdem hatte sich vom ersten Tag an zwischen Otto und dem alten Gesellen eine Art Freundschaft entwickelt.

Sie sprachen nicht viel miteinander, aber ab und zu begegneten sich ihre Blicke, und dann schien jeder die Gedanken des anderen lesen zu wollen. Otto wurde ganz nervös, wenn Hansen ihn so ansah. Er hätte sich gern mehr mit ihm unterhalten, traute sich aber nicht, den Anfang zu machen.

In der Schmiede galten gewisse Regeln. Es gehörte sich nicht für einen neuen Gesellen, einen alten Gesellen anzusprechen. Hansen hatte Ottos Hand gedrückt, als er auf der

Trage lag. Otto hatte das fast als liebevolle Berührung empfunden. Als wolle Hansen etwas Wichtiges mitteilen. Jetzt dachte er schon seit einer Woche an den Kranken. Vielleicht hatte er Schmerzen und litt. Otto versuchte die ganze Zeit, an etwas anderes zu denken, hart zu bleiben. Er kannte den anderen doch kaum, und was könnte er schon für ihn tun? Doch Hansen wollte ihm einfach nicht aus dem Kopf.

An diesem Morgen hatten sie über ihn gesprochen, er und Juliane. Er wäre gern mit ihr ins Krankenhaus gegangen. Sie konnte so gut mit anderen reden. Vielleicht würde er nicht wissen, was er sagen sollte, und er konnte Krankenhäuser nicht leiden. Wer nicht krank war, wurde vom Besuch dort krank.

Vielleicht fände Hansen es auch seltsam, daß Otto seine Frau mitbrachte. Er kannte sie ja gar nicht.

Vielleicht rieb man ihm damit nur unter die Nase, wie gut man es selber hatte. Hansens Frau war ja schließlich durchgebrannt, während Juliane in all ihrer Pracht vor ihm stand.

Otto grübelte noch immer, während er die Hufkante glatt und rund feilte.

Als sie am Feierabend zusammenpackten, kam der Meister und reichte ihm eine Dose Tabak. »Die kannst du Hansen mitbringen.« Otto steckte die Dose in die Tasche und tippte grüßend an seine Mütze. Jetzt mußte er nur noch Juliane überreden. Sie war im Moment ein wenig still, hielt sich für sich. Aber das lag sicher an der fortgeschrittenen Schwangerschaft.

Und das sollte das letzte Kind sein, egal wie. Es ging heiß zu, wenn zwei sich so liebten. Aber Kinder wollten essen, und sie hatten doch nur zwei Zimmer und den Verschlag. Johan hing die ganze Zeit zu Hause herum, Thora bewohnte den Verschlag.

Zum Glück mußte Johan mit achtzehn Jahren zum Militär. Otto war guter Stimmung, er tastete nach der Tabaksdose für Hansen. Ja, sie steckte in seiner Tasche. Wenn Hansen wieder gesund würde, dann könnten sie gute Freunde werden, das spürte er. Er hatte noch nie einen richtig guten Freund gehabt. Es hatte sich nie die Zeit gefunden, und andere Männer fanden ihn immer seltsam. Sie zogen ihn damit auf, daß er an jedem Finger zehn Frauen habe. Aber das stimmte nun wirklich nicht. Es ergab sich eben einfach so. Er traf seine Gewerkschaftskollegen auf Versammlungen und bei Demonstrationen, wenn sie Schulter an Schulter gingen. Aber keinen von ihnen würde er als Freund bezeichnen. Er ließ sie nie an sich heran. Er wußte nicht, wie man eigentlich einen Freund finden sollte, wenn man immer arbeiten mußte. Aber Hansen hatte etwas. Er könnte ein guter Freund werden. Ein Freund, mit dem man über alles sprechen könnte.

Otto hatte ein schlechtes Gewissen. Er hatte Joseph in letzter Zeit nicht gut behandelt. Otto wußte genau, warum Juliane seit einer Woche so schweigsam war. Das war sie immer, wenn er die Jungen zu hart angefaßt hatte. Sie hatten auch nicht miteinander geschlafen. Er drängte sich niemals auf, wenn er merkte, daß sie nicht wollte. Und er hatte auch keine Lust, er wollte sich einfach nicht so bedienen. Wenn sie nicht wollte, dann konnte man es auch gleich lassen. Ihm wurde er nicht einmal steif, wenn das passierte. Otto suchte in seinen Träumen und seiner Liebe nach Schönheit. Er wußte nicht, nach was und wo. Er konnte diese Sehnsucht nicht in Worte fassen. Er konnte sie nur mit seinem Körper zum Ausdruck bringen. »Warum bist du im Bett so stumm?« fragte Juliane. »Nun sag schon etwas, Mann, damit ich weiß, was dir gefällt.« Ihre offene und direkte Art war ihm unsäglich peinlich.

Das war sicher eine Schwäche. Die anderen Männer waren nicht so, das wußte er. Er hatte während seiner ganzen Kindheit im Wirtshaus, bei der Marine und auf früheren Arbeitsplätzen nichts anderes gehört. Er war schamhaft in seinen Worten und auch in seinen Gedanken. Juliane hatte ihn dazu gebracht, sich zu öffnen, frei zu sprechen und Dinge zu tun, die er bei anständigen Menschen nie erwartet hätte, und Juliane und er waren doch anständige Menschen. Sie kümmerten sich um ihre Angelegenheiten, hatten keine Schulden. Die Wohnung war sauber. Sie war eine gute Hausfrau, und in letzter Zeit hatten sie sogar ein wenig zurücklegen können. Er arbeitete gern für Merwede. Vielleicht würde er es eines Tages zum ersten Gesellen bringen. Die anderen waren doch schon alt. Und man wußte nie.

»Wo ist Mutter?« fragte er Thora, als er die Wohnung betrat. Juliane saß nicht an ihrem üblichen Platz auf dem kleinen Podest vor dem Fenster. »Mutter ist zur Kapitänsfrau gegangen«, antwortete Thora. »Mutter hat gesagt, ich könnte für uns und die Kleinen die Bratkartoffeln aufwärmen.«

Verärgert setzte Otto sich auf einen Stuhl. Thora lief in die Küche. Ach, nun war er wieder sauer.

Otto ärgerte sich immer, wenn Juliane die chinesische Wahrsagerin besuchte. Sie machte das nur, wenn sie ein Problem hatte. Wenn sie traurig war. Diese Chinesin war mit einem alten Kapitän verheiratet. Sie war nicht wie andere Wahrsagerinnen, die nur Gutes prophezeiten. Sie erzählte Juliane alles, was sie in ihren Visionen sah.

Sie hatte vorausgesagt, daß Otto ins Gefängnis kommen und daß Juliane als erstes einen Jungen auf die Welt bringen würde.

Otto merkte, wie nervös er wurde, sein Magen krampfte

sich zusammen. Thora servierte die Bratkartoffeln. »Entschuldige, das Spiegelei ist verlaufen«, sagte sie. »Macht nichts«, sagte Otto und beugte sich über seinen Teller. Sie aßen schweigend, dann sah er plötzlich Thora an, die Klein-Otto auf dem Schoß hatte und ihn fütterte. Sie war so liebevoll zu ihren kleinen Brüdern. Er stand auf, räumte die Teller ab und streichelte ihren Kopf. »Du bist ein braves Mädchen, Thora, der Mann, der dich bekommt, kann sich freuen.«

Thora wurde rot und dachte an Viggo. Er hatte sie im Treppenhaus geküßt. Es war das erste Mal gewesen. Sie hatte sich so auf ihren ersten Kuß gefreut. Es sollte so romantisch sein, aber dann hatte er ihr plötzlich die Zunge in den Mund gesteckt, dieses Schwein. So einen Mann wollte sie nicht. Sie wollte einen feinen Mann, der sie liebte.

Sie küßte Klein-Otto auf seine glänzenden schwarzen Haare und schnupperte an ihm. Joseph zog sie eifersüchtig am Arm, und sie drückte ihn an sich.

»Ihr seid vielleicht zwei Kletten, laßt Thora jetzt in Ruhe.« Otto nahm Joseph auf den Arm. Der Junge legte seinem Vater die Arme um den Hals und blickte ihn glücklich an. »Jetzt machen wir einen Spaziergang, Joseph, bis Mutter nach Hause kommt. Wir sehen uns die Schiffe an, und Vater erzählt dir, was es auf einem Schiff so alles gibt.«

Es war halb zehn, als Otto Julianes Schlüssel hörte. Er sprang auf, riß sich aber zusammen und setzte sich wieder. Er griff zur Zeitung, gab vor zu lesen, ließ sie aber sinken, als Juliane das Zimmer betrat.

Lange blieb sie stehen und sah ihn an, dann zog sie langsam ihre Handschuhe aus. »Am Sonntag werden wir wohl Hansen besuchen müssen.«

Otto fröstelte. »Hat sie etwas gesagt?«

Juliane gab keine Antwort, sie trat neben ihn und nahm

seine Hand. »Hansen möchte mit dir sprechen. Sie hat einen Menschen gesehen, der leiden mußte.«

Otto sprang auf, nahm die Tabaksdose und warf sie auf den Boden. »Ihr seid doch nicht ganz gescheit«, schrie er und stürzte hinaus.

Er setzte sich auf eine Bank auf dem Wall und weinte. Mußte Hansen wirklich sterben? Juliane und diese Chinesin, verdammte, überspannte Weiber! Juliane hatte diese Frau zum letzten Mal besucht, dafür würde er sorgen.

Sie war noch auf, als er nach Hause kam. Er wußte nicht, was er wollte, er stand unschlüssig vor ihr, brannte aber vor Sehnsucht nach Normalität, nach ihrem gewohnten Zusammenleben, nach einem guten Alltag ohne Schatten, ohne diese seltsamen Einblicke in Julianes Gemüt. Wenn sie böse auf ihn war, fühlte er sich verloren, gleichsam in die Wüste geschickt. Ein Gefühl von Einsamkeit überwältigte ihn, und er fürchtete sich. Oft kam sie ihm vor wie zwei Personen. Ob wohl alle Frauen so waren?

Er ging zu ihr. Sie umarmte ihn, suchte seinen Mund. Sie tauschten gierige, bekräftigende Küsse. Sie wechselten lange Blicke. Juliane streichelte seinen Nacken. Alltäglich und ruhig sagte sie: »Ich glaube, er würde sich über ein Buch freuen. Er ist anders als die anderen, nicht wahr? Und ich backe einen Sandkuchen. Den kann er mit den anderen teilen, auch mit den Schwestern, das macht immer einen guten Eindruck.«

Otto hielt Juliane fest am Arm, als sie durch das Tor des Kommunehospitals schritten. Nichts war für ihn schlimmer als dieser Chloroformgeruch. »Ich komme mir vor wie ein Pferd, wenn ich das rieche«, sagte er und schaute zu dem großen, grauen Gebäude hinüber. »Wie sollen wir feststellen, wo er ist?«

Energisch erkundigte sich Juliane beim Portier. Sie streckte den Kopf zu dem kleinen schwarzen Schalter vor und rief: »Schmiedgeselle Wilhelm Hansen!«

Otto blieb ein Stück von ihr entfernt stehen und gab vor, frische Luft zu schnappen. Sie war jetzt riesig. Bei Joseph war ihm das nicht so vorgekommen, aber das hier war ja auch ihr fünftes Kind.

Er fand es jetzt peinlich, mit ihr über die Straße zu gehen. Vor kurzem war ihnen Helbig begegnet. »Tja, wie man schmiedet, so liegt man, oder wie heißt das doch noch gleich?« grinste der Malermeister. »Man muß genau hinschauen, Jensen, um dich hinter Juliane noch zu sehen.« – »Zimmer 114, das habe ich gehört, ich bin ja nicht taub.« Juliane drehte sich um. Sie hatte den in braunes Pergamentpapier gewickelten Sandkuchen unter den Arm geklemmt.

Sie gingen ins Krankenhausgebäude und durchquerten lange, dunkelgrüne Gänge. Eine Krankenpflegerin in langem schwarzen Rock und weißer Schürze kam ihnen entgegen. »Suchen Sie jemanden?« fragte sie. »Das ist ein Saal gleich um die Ecke«, sagte sie dann. Otto schaute ihr hinterher und schauderte: »Daß sie hier wirklich Personal kriegen«, sagte er. Sie standen vor Zimmer 114. »Hast du den Tabak?« fragte Juliane. Otto nickte. Juliane klopfte an die Tür. Kein Laut war zu hören. Langsam öffnete sie. Es war ein großer Saal mit fünfzehn Betten. Über jedem Bett hing eine Tafel. Die Patienten waren in graue Decken gewickelt. Es war sehr still, die Besucher flüsterten, und es stank nach Chloroform. Otto wurde bleich, ihm wurde übel, und er klammerte sich an Julianes Arm. »Nicht in Ohnmacht fallen, das sage ich dir, Otto«, zischte sie. »Das würde sich schön machen, wenn ich in meinem Zustand dich durch die Gegend schleppen müßte.«

Otto holte tief Luft. Er schaute sich um. »Liegt er nicht hier?« Sie gingen von Bett zu Bett. Plötzlich blieb Otto stehen. Ein dünner alter Mann mit gelbem Gesicht hob den Kopf. Otto trat dichter an ihn heran. Die Augen des Mannes erwachten plötzlich zum Leben, und seine Runzeln öffneten sich wie zu einem Fächer, als er lächelte. »Guten Tag, Jensen, wie steht er denn?« Otto lachte und nahm seine Hand. »Meine Frau und ich waren gerade in der Nähe, und da wollten wir doch mal nach Ihnen sehen. Hier ist ein wenig Tabak vom Meister.«

Hansen streckte Juliane seine dünne Hand hin. Sie nahm sie und drückte sie. »Mein Mann hat mir schon viel von Ihnen erzählt, Herr Jansen. Er war ja neu, und Sie haben sich so nett um ihn gekümmert. Ich habe einen Sandkuchen gebacken.« Sie legte Hansen den schweren Kuchen auf den Bauch. Hansen stöhnte ein wenig.

»Juliane ist eine gute Bäckerin«, sagte Otto stolz. Hansen versuchte, sich umzudrehen, schaffte es aber nicht.

Otto hielt noch immer seine Hand. Hansen zog seine verlegen zurück und strich über Ottos Mantel.

»Wirklich nett von Ihnen zu kommen, Jensen. Sonst hatte ich noch keinen Besuch, und es geht mir dreckig. Der Doktor sagt, es ist die Leber. Es ist schon seltsam, ich habe mir überlegt, wen von den Kollegen ich am liebsten sehen würde. Ja, und dann habe ich an Sie gedacht, Jensen. Sie haben einen guten Mann, Frau Jensen.« Hansen blickte Juliane und Otto nachdenklich an, dann verzog er seinen Mund wie zum Weinen. Otto trat unruhig von einem Fuß auf den anderen. Es war still. Juliane hatte die Hände über ihrem Bauch gefaltet und sah ihn an. Hansen flüsterte: »Sie haben es gut, Jensen. Sie stehen mitten im Leben. Vergessen Sie nicht, glücklich zu sein.« Otto nickte mit Tränen in den Augen. Er hätte niemals herkommen dürfen. Aber wenn Hansen sterben würde, dann hätte er ein schlechtes Gewissen.

»Wenn ich sterbe, Jensen, dann bekommen Sie mein Werkzeug, und Ihre Frau kann meine Harzer Kuckucksuhr haben. Ich war nämlich im Harz auf der Walz.«

»Das ist doch Unsinn, Hansen«, sagte Juliane und stopfte ihm die Decke an den Füßen fest. »Sie haben doch selber eine Frau, und wenn die von Ihrer Krankheit hört, dann kommt sie bestimmt zurück. Und sei es nur wegen der Kuckucksuhr.« Sie lachte.

Otto blickte sie ärgerlich an, Hansen aber lachte, zuerst stoßweise und heiser, fast wie ein Schluchzen, dann laut und schallend. Eine Krankenschwester kam angelaufen. Sie hatte schwarze Rosinenaugen in einem weißen Gesicht, blickte Juliane streng an und hielt sich den Finger an die Lippen. Hansen öffnete die Tabaksdose und roch daran. »Und was macht das falsch genagelte Pferd?«

»Das ist schon längst wieder gesund«, sagte Otto.

»C'était un accident«, sagte Hansen. »Was sagt er?« fragte Juliane. »Das ist Französisch und bedeutet, daß es ein Unfall war«, erklärte Hansen. »Ich habe mehrere Jahre als Geselle in Frankreich gearbeitet, manchmal denke ich auf französisch«, fügte er hinzu und ließ sich im Bett zurücksinken.

»Wie war es denn in Frankreich?« fragte Juliane und zog einen Stuhl heran.

Hansen legte die Hände gegeneinander, seine Augen lebten auf. Otto blickte Le Schieber liebevoll an. Jetzt war der Patient in Stimmung. Otto schob den Sandkuchen beiseite.

»Ja, sehen Sie, Frau Jensen, Paris ist eine seltsame Stadt, dort werden zwei verschiedene Leben gelebt. Ein Leben für die Reichen, in Überfluß und unglaublichem Luxus, mit wunderbaren Frauen in prächtigen Toiletten, Kunst, Theater, Musik und allem, was man sich wünschen kann, wenn man nur Geld hat, und dann ist da noch die Pariser Unterwelt, die lasterhafteste, die es überhaupt gibt.« Hansen legte eine Pause ein, um zu sehen, ob er die Aufmerksamkeit seines Publikums besaß.

»Das ist das richtige für meine Frau«, sagte Otto. Juliane blickte ihn durchbohrend an, lächelte Hansen aber freundlich zu. Schließlich saß sie nicht jeden Tag im Krankenhaus, um sich von fernen Ländern erzählen zu lassen.

»Ich habe von diesen Kokotten in der Roten Mühle gelesen, die Cancan tanzen. Sind Sie dort gewesen?«

Hansen erhob sich auf die Ellbogen. »Na, und ob! Darüber könnte ich viel erzählen, wenn Sie gestatten, Jensen.« Otto nickte. Es war offensichtlich, daß dieses Thema Hansen munter machte, und Juliane fiel kein Zacken aus der Krone, wenn sie ein paar saftige Geschichten aus Paris hörte. Sie würden sie bestimmt nicht schockieren.

»Auf französisch heißt es Moulin Rouge, und es ist ein großer Saal mit Tischen. Jeden Samstag ist es voll besetzt, und die Kapelle spielt pausenlos. Plötzlich rufen sie: La Quadrille, und dann heben die Damen ihre Röcke bis zum Knie, um ihre Beine in Bewegung zu setzen, und schlagen mit den Zehenspitzen den nächstsitzenden Herren die Hüte vom Kopf.«

»Himmel, nein, Hansen«, lachte Juliane und schlug die Hand vor den Mund.

Hansen flüsterte: »Man kann ihren Unterleib sehen, der nur mit dünnem Stoff bedeckt ist, und mit Schaum in den Mundwinkeln jagen sie hin und her und wirbeln auf einem Fuß herum und kratzen sich dabei mit dem anderen hinterm Ohr, und die Spitzenunterröcke stieben wie weiße Schaumstrahlen um ihre dampfenden Leiber.« Hansen war jetzt so erregt, daß er sich aufgesetzt hatte. Die anderen Patienten waren ganz Ohr.

»Ende der Besuchszeit«, sagte die schwarzgekleidete Krankenschwester und verschränkte die Arme. »Hansen sollte sich lieber hinlegen.« Gehorsam legte Hansen sich wieder hin. Juliane erhob sich und reichte der Schwester den Sandkuchen. »Der ist für den Abendkaffee der Schwestern. Und für Hansens. Darin sind zwölf Eier, ein Pfund Mehl und ein Pfund Zucker.«

Die Krankenschwester lächelte etwas schnippisch und verschwand mit dem Kuchen.

»Hoffentlich fressen sie nicht alles auf«, flüsterte Hansen. Dann zupfte er Juliane am Schal. »Ihr seid so jung. Vergeßt nicht, glücklich zu sein, solange ihr zusammen seid. Es geht so schnell, das kann ich euch sagen. Es ist hart, mit einem Schmied verheiratet zu sein, die halten nicht so lange. Aber man merkt eben, daß man sie hat, wenn man sie hat.« Er hielt noch ein bißchen Julianes Hand fest. Sie hatte plötzlich Angst. Seine Worte kamen ihr vor wie eine Weissagung. Sie wollte fort, es war so warm, lächelnd streichelte sie Hansens Hand. »Vielen Dank fürs Erzählen. Das machen Sie wirklich gut, Hansen. Wir kommen bald wieder.« Die Krankenschwester stand jetzt neben der Tür. Die Besucher gingen ehrerbietig an ihr vorbei. »Auf Wiedersehen und gute Besserung.« Hansen hielt Juliane fest. »Ich kann Ihnen sagen, in Paris florieren schändliche Lüste, Frau Jensen.«

Otto schob sie zur Tür. Die Krankenschwester mit den Rosinenaugen starrte sie an. Juliane blieb vor ihr stehen. »Vergessen Sie nicht, Herrn Hansen zum Kaffee ein Stück Sandkuchen zu servieren, Schwester.«

Die Schwester errötete und nickte. Juliane ging und winkte Hansen von der Tür aus zu.

»Gut, daß wir hergekommen sind, Otto.« Otto reckte den Rücken und hakte sich bei seiner Frau unter. »Und jetzt wird es schön sein, gemütlich zu Hause zu sitzen«, sagte er.

5

Hansen starb drei Wochen später im Krankenhaus. Juliane und Otto hatten ihn an jedem Sonntag getreulich besucht. Auf der Beerdigung lernten sie Hansens Familie aus Lolland kennen, solide Bauersleute. Hansens Frau war nicht dabei, Hansens Schwägerin hatte die Beisetzung organisiert. Hansens Bruder wandte sich an Otto. »Mein Bruder hat ein Testament gemacht«, sagte er und legte eine bedeutungsschwangere Pause ein. »Sie erben Kuckucksuhr und Eßtisch. Aber Sie müssen die Sachen selber abholen, Jensen. Meine Frau und ich können sie ja nicht auf dem Buckel tragen.«

»Was ist mit Ihrer Schwägerin? Die beiden waren doch nicht geschieden, soviel wir wissen«, sagte Otto. Er wandte verlegen sein Gesicht ab, weil er geweint hatte. Die Frau des Bruders drängte sich vor und schlug die Arme übereinander. »Wilhelm hat das einzig Richtige getan, dieses Flittchen kriegt nicht einen Nagel«, sagte sie mit singendem Lolländer Akzent, und die nasalen Lolländer Töne schienen in ihrer Nase fast ein Echo zu werfen.

Der Meister lud in einer am Friedhof gelegenen Gaststätte zum Leichenschmaus ein, »Leichenbier« wurde das genannt. Juliane fand das Wort unpassend. Deshalb tranken sie nur schnell eine Tasse Kaffee, reichten allen anderen die Hand und gingen nach Hause.

Juliane ging langsam. »Ich mache mir heute wirklich Sorgen«, sagte sie. Zu Hause ließ sie sich schwerfällig auf einen Stuhl sinken. Sie lag fast darauf und rutschte ruhelos hin und her.

Otto lief im Zimmer auf und ab und stopfte seine Pfeife. Er plante. »Die Kuckucksuhr würde sich gut in der Ecke machen«, sagte er und zeigte auf die Stelle. »Das ist auch nicht zu dicht beim Kachelofen. Der Tisch soll ziemlich elegant sein. Es sind doch wohlhabende Bauern, und der Tisch stammt von ihrem Hof.«

»Wir haben doch einen Tisch«, sagte Juliane.

»Nicht so einen, und dieser Tisch gehört dann verdammt noch mal mir«, sagte Otto in plötzlicher Wut.

Juliane mußte lachen, als sie ihn ansah. Himmel, es stimmte ja. Er hatte keine Möbel mitgebracht. Das Bett hatten sie gekauft, weil Otto nicht in dem ihres verstorbenen Mannes schlafen wollte, und es war sicher zu verstehen, daß auch er sich etwas wünschte, das nur ihm gehörte.

Sie stand auf und küßte ihn.

»Der Tisch gehört dann verdammt noch mal dir, dann kannst du mit der Faust auf deinen eigenen Tisch hauen.«

Er lächelte und schmiegte seine Wange an ihren Bauch.

Plötzlich packte sie die Stuhllehne. »O nein, Otto. Jetzt geht's los. Das war eine Wehe.«

Erschrocken schaute er sie an. »Aber es ist doch Sonntag. Was ist mit der Hebamme?«

Juliane lehnte an der Wand und beugte sich vornüber. »Das kann schon sein, aber das Kind will raus.« – »Ich hole sie«, sagte Otto.

Juliane brach der Schweiß aus, sie sagte: »Du gehst nirgendwohin. Es kann sehr schnell gehen. Thora ist unten auf dem Hof, ruf sie und schick die Kleinen zu Madame Olsen.«

Aber es ging doch nicht so schnell, wie Juliane erwartet hatte. Um elf Uhr am Abend war das Kind immer noch nicht da. Die anderen Kinder waren wie Mandeln aus ihr herausgeglitten. Sie gebar immer leise, verbissen und fluchend, jetzt aber schrie sie laut und fauchte bei jeder Wehe. Thora saß weinend daneben. Madame Olsen war mit den Kindern zu ihrer Schwester gegangen.

Juliane war im ganzen Haus zu hören.

Die Schlafzimmertür wurde geöffnet, und die Hebamme sah Otto an, der sich die Ohren zuhielt und im Stehen hin und her schwankte. »Es ist gleich da, Jensen, aber wir brauchen Ihre Hilfe. Sie ist zu unruhig. Sie müssen ihre Beine festhalten, während ich das Kind umdrehe, ich glaube, es ist ein richtiger Brocken.«

»Ich trau mich nicht. Soll ich nicht den Doktor holen?« fragte Otto. Die Hebamme packte ihn am Arm und schob ihn ins Schlafzimmer. »Das hier sollten alle Mannsbilder sehen, dann gäbe es in Christianshavn nicht so viele Kinder«, sagte sie bissig.

Julianes Gesicht war verzerrt. Ihre Augen traten hervor, und sie warf sich im Bett hin und her. Das ganze Bett war besudelt mit Blut, Stuhl und grünem Wasser. Otto nahm den blutigen, süßlichen Geruch wahr und hätte sich fast übergeben, dann aber trat er ans Bett. Juliane packte seinen Arm.

»Otto, wenn ich sterbe, dann darfst du die Kleinen nicht weggeben. Au, aah!« Eine neue Wehe setzte ein. Die Hebamme kniete jetzt neben ihr. »Pressen, Juliane, pressen!« Otto hielt mit seinen Riesenkräften ihre Oberschenkel auseinander. Juliane wehrte sich und preßte. Ihre vor Angst weit aufgerissenen Augen suchten seine, und er schaute ihr so fest in die Augen wie sonst, wenn sie sich liebten.

»Jane, meine Geliebte, du bist stark. Raus damit. Du wirst nie mehr ein Kind bekommen, das verspreche ich dir«, weinte Otto. Sie preßte und preßte. Ihr Stöhnen wurde zum dumpfen Knurren, es klang wie ein Todesröcheln. Ottos Herz setzte aus. »Jetzt kommt es, Frau Jensen«, rief die Hebamme zwischen ihren Beinen, als ein großer Junge herausglitt. Er war blau und ganz still.

»Ist er tot?« Juliane richtete sich auf.

Die Hebamme schüttelte das Kind und steckte ihm die Finger in den Mund. Ein Schrei ertönte. Juliane ließ sich wieder auf die Kissen sinken und drückte Otto die Hand. Er schluchzte laut, und die Hebamme musterte ihn verärgert. Juliane wischte sich den Schweiß von der Stirn. »Gut, daß keins meiner Kinder gestorben ist«, sagte sie stolz und wie zur Bestätigung für sich selber. Die Hebamme begann bereits aufzuräumen.

Otto küßte Julianes nasses Gesicht, und sie legte die Arme um ihn. »Es fängt immer so schön mit solchen Vorsätzen an«, sagte die Hebamme. Sie öffnete die Tür und rief: »Wo zum Teufel bleibt der Kaffee?« Thora kam mit einem Tablett, auf dem Kaffeekanne und Tassen standen, angestürzt. Sie blieb auf der Türschwelle stehen.

»Komm doch herein, und sieh dir den kleinen Neuling an, Thora. Er hat Ähnlichkeit mit dir, er ist nicht so ein kleiner, schwarzer Ungar wie die anderen. Hier haben wir Prinz Goldhaar«, sagte Otto stolz, hob das Kind hoch und hielt es Thora hin.

»Er soll Wilhelm heißen, nach Hansen«, sagte er.

Juliane lächelte, im Halbschlaf sagte sie: »Kocht für die Hebamme mehr Kaffee, und gib ihr zehn Kronen extra für ihre Mühe, Otto.«

Bei Helbigs, Julianes Schwester und Schwager, war der Sonntag etwas Besonderes. »Wir genießen immer um zehn Uhr morgens unseren Sonntagskaffee, wenn Helbig soweit ist«, sagte Rikke, stolz auf diese familiäre Tradition. Die

Familie verdrehte die Augen, wenn Rikke sich über das Leben im Malermeisterheim verbreitete.

Sie berichtete schrecklich gern öde, haargenaue Einzelheiten darüber, was sie aßen, und was Helbig sagte oder tat.

Auf diese Weise beschwor sie ihr schönes Leben.

Jetzt waren sie mit ihrem Sonntagsritual befaßt, dem Frühstück. Der Tisch war mit der weißen Damastdecke und dem Porzellan mit dem Muschelmuster gedeckt. Der Kaffee wurde in einer Silberkanne serviert, und es gab Heißwecken und warme Zwiebäcke, frisch vom Bäcker geholt.

Helbig saß tadellos gekleidet da, im Sonntagsanzug mit gewachsten Schnurrbartspitzen und einem goldenen Kneifer. Er war ein durch und durch egozentrischer Mensch, die große Liebe in seinem Leben war Malermeister Helbig, aber das Zusammensein mit ihm war trotzdem lustig. Er genoß das Leben wie einen saftigen Apfel. Nie wäre er auf die Idee gekommen, daß ihm irgendein Unglück zustoßen könne. »Es kommt nur darauf an, sich zu amüsieren und die Verdauung in Gang zu halten«, sagte er immer. »Helbigs Leben soll immer ein Tanz auf Eierkuchen sein«, sagte Juliane über ihren Schwager. Er liebte gute Witze, Essen, ein schönes Glas Wein und Dagmar Hansen, Kopenhagens wohlgepolsterten gefeierten Varietéstar. Egal, wo sie auftrat, immer erschien Helbig zur Premiere. Es war allgemein bekannt, daß der größte Rosenstrauß immer von ihm stammte. Er kannte alle ihre Lieder auswendig, er las alle Rezensionen. Wenn ein Kritiker nicht hemmungslos von ihren Darbietungen begeistert war, war der Tag für ihn versaut.

Rikke nahm seine Schwärmerei nicht so ernst. In ihrer Familie hatten die Frauen sich immer schon über die erotischen Eskapaden ihrer Männer haushoch erhaben gefühlt.

Schornsteinfegermeister Linder, Josephines Mann, hatte ebenfalls seine eigenen erotischen Interessen, »und die sind bei Gott schlimmer als die Angewohnheit, Dagmar Hansen Rosen überreichen zulassen«. Juliane drückte sich unverblümter aus: »Der kriegt statt dessen Rosen auf den Hintern, wenn die Mädels in der Homensgade ihn vermöbeln. Jedem Tierchen sein Pläsirchen.«

Otto, Julianes Mann, war als einziger seiner Frau treu. Aber dafür bekam sie auch alle siebzehn Monate ein Kind. »Das hat sie dann davon«, sagten Rikke und Josephine schwesterlich zueinander, wenn sie über Juliane sprachen.

Sie beneideten sie nicht um diese echte Liebesbeziehung zu ihrem Mann. Sie fanden das eher verdächtig und gingen davon aus, daß er noch Julianes Unglück sein werde. Rikke interessierte sich seit einiger Zeit sehr für die Frauenbewegung, zur großen Überraschung ihrer Schwestern. Helbig hatte ihr die Teilnahme an Demonstrationen verboten. Aber er wußte, daß er ihre neue Leidenschaft nur noch kurze Zeit unter Kontrolle haben würde. Er ärgerte sich und ließ keine Gelegenheit aus, sich über die Frauenrechtlerinnen lustig zu machen. Rikke sah ihn dann nur mit einem seltsamen, unergründlichen Blick an.

Er konnte sie mit seiner Morgentoilette, für die er länger als eine Stunde brauchte, zum Wahnsinn treiben. Er wusch sich sorgfältig, putzte sich die Zähne mit Zahnpulver und trug seine Bartbinde, bis er sich das Hemd angezogen hatte. Dann entfernte er behutsam die Binde von seinem Stolz, dem gepflegten Schnurrbart, wichste die Schnurrbartspitzen und gab ein paar Tropfen Eau de Cologne auf sein weißes Taschentuch. Wenn er sich vor den wachsamen Blicken seiner Frau sicher wähnte, stahl er ein wenig Reispulver aus dem jadegrünen Krug auf ihrem Frisiertisch und verrieb es auf seiner leicht hellblauen Portweinnase.

Jetzt saß er mit pomadisierter Frisur und Mittelscheitel im steifsten Sonntagsstaat da und trank langsam seinen Kaffee. Er hob die Tasse mit abgespreiztem kleinen Finger hoch, trank einen Schluck und blickte nachdenklich in die schwarze Flüssigkeit.

Rikke saß ihm in ihrem schwarzen Seidenkleid gegenüber, die zweireihige Kette aus Jettperlen um den Hals. »Ich möchte an meinem Geburtstag meine Schwestern zum Mittagessen einladen. Aber nicht hier zu Hause. Wir gehen ins Restaurant, zu Wiwel.«

»Ach, gehen Damen jetzt schon allein ins Restaurant?« sagte Helbig und stellte seine Tasse ab. »Es ist wirklich unglaublich. Gestern ist mir Ingeborg auf einem Veloziped begegnet. Sie trug eine Pumphose und sah aus wie eine russische Akrobatin. Was sagt Josephine dazu, daß ihre Tochter unter die Radlerinnen gegangen ist?«

»Ich finde sie großartig, und Radfahren ist sehr gesund. Es ist gut für die Haltung, und am Ende braucht man kein Korsett mehr, um sich gerade zu halten«, sagte Rikke und schmierte sich Butter auf einen Zwieback.

»Juliane braucht sicher eine kleine Aufmunterung. Im Moment haben sie es wohl nicht so leicht. Aber da müssen ja auch viele Münder sattwerden.« – »Ja, sie ist noch nicht in ihrer alten Form. Wilhelms Geburt hat ihr wohl arg zu schaffen gemacht. Erst Joseph, dann Otto und Wilhelm, und wenn ich mich nicht sehr täusche, wird bald das nächste unterwegs sein. »Ja, das kommt davon, wenn man seine Triebe nicht unter Kontrolle hat«, sagte Rikke, erhob sich und schenkte ihrem Mann Kaffee nach. Sorgfältig wischte sie einige Kaffeetropfen von der neuen Silberkanne.

Helbig schmunzelte. »Was ist denn so komisch«, fragte Rikke.

»Glaubst du nicht, es wäre eine Hilfe, wenn Juliane sich

Ingeborgs Veloziped ausliehe, um ein paar Runden zu fahren? Ich meine, glaubst du nicht, daß dieser Sattel bei Frauen Gefühle auslöst, weil es plötzlich so in Mode gekommen ist, rittlings auf so einem Apparat zu sitzen?«

Rikke warf den Kopf in den Nacken. »Ich möchte solche Sprüche am Frühstückstisch nicht hören, Helbig. Und ich kann dir versichern, daß Frauen durch einen Fahrradsattel rein gar nichts empfinden und daß es Frauen gibt, die die eheliche Gemeinschaft als schwere Pflicht betrachten. Aber der Tag wird kommen, an dem Frauen selbständig sind und genausoviel verdienen wie Männer, und dann brauchen sie sich den tierischen Instinkten der Männer nicht mehr zu unterwerfen. Dann brauchen sie sich einem Mann nur noch hinzugeben, wenn sie selber Lust dazu haben.«

»Weißt du, was ich kürzlich gelesen habe, Rikke? Über Hippokrates. Du weißt natürlich nicht, wer das war, aber ich kann dir erzählen, er war ein Naturphilosoph und lebte vor sehr langer Zeit in Griechenland. Er beschreibt die weibliche Gebärmutter als stark durchblutetes Organ, das immer eine gewisse Feuchtigkeit benötigt. Diese Feuchtigkeit entsteht natürlich durch die eheliche Gemeinschaft, vor allem durch die Feuchtigkeit des Mannes, wenn du verstehst, was ich meine. Wenn die Gebärmutter diese Art Feuchtigkeit nicht bekommt, dann wandert sie ins Gehirn, wo Schleim gebildet wird, und dann wird mehr Blut in den Kopf gepumpt, als gesund ist, und deshalb empfehlen er und auch die modernen Ärzte regelmäßigen Sexualverkehr, um diesem speziellen Frauenleiden vorzubeugen.«

Helbig nahm den Kneifer ab, denn er wollte sehen, welchen Eindruck seine medizinische Vorlesung auf Rikke gemacht hatte.

Rikke nahm ihre Kaffetasse, ging ins Schlafzimmer und knallte die Tür zu. »Ach ja, schade, daß sie nicht denselben

Humor hat wie ihre Schwester«, teilte Helbig seiner treuen Zuhörerin mit, der Mopsdame Dagmar, die auf dem Boden saß und auf ihre Käserinde wartete.

»Ja, Dagmar, jetzt gehen wir.« Der beige Mops mit dem schwarzen Gesicht streckte sich und lief in die Diele. Auch ihm waren die häuslichen Rituale vertraut, er wußte, daß Helbig jetzt zu einer neuen Zigarre, zu Mantel, Hut und Stock greifen und mit ihm den Sonntagsspaziergang antreten würde, der immer um ein Uhr mit dem Sonntagsessen im Café Bernina endete.

Helbig setzte seinen hohen, eleganten Hut auf, schnitt die Zigarrenspitze ab und klemmte den Hund, der feierlich nach Josephines verstorbener Tochter getauft worden war, unter den Arm.

Vor dem Haus schaute er sich fröhlich um, blies eine dünne, blaue Rauchwolke in die klare Herbstluft, setzte Dagmar ab, schwenkte seinen Stock und steuerte die Flanierstraße Strøget an.

Bei der Knippelsbrücke waren viele Spaziergänger unterwegs. Damen und Kindermädchen mit Korbwagen. Jungen in Matrosenanzügen und kleine Mädchen mit feinen Lackhüten, weißen Kragen und Handschuhen spazierten an der Hand ihrer Eltern dahin.

Im Laufe der Zeit war Helbig zum wohlhabenden Mann geworden. Er beschäftigte inzwischen sieben Gesellen. In Kopenhagen wurde viel gebaut, die Leute verlangten nach großen, eleganten Wohnungen. Möbel und Täfelungen wurden vergoldet, man tapezierte in allen möglichen modernen orientalischen Farben, in Persischrot und -grün. Helbig liebte das Überladene seiner Zeit, Nippes, Palmen, Fächer und Spiegel. Er kaufte ausländische Zeitungen, vor allem französische, um sich davon inspirieren zu lassen. Er ging munteren Schrittes dahin. »Heute schaffst du doch eine lange Tour, was, Dagmar?« fragte er den Hund. Der Mops bedachte ihn mit einem freundlichen Blick. »Onkel Helbig, Onkel Helbig!« Er drehte sich um, Joseph kam angerannt und blieb verlegen vor seinem Onkel stehen. Der Junge war außer Atem. Er hatte seine Holzschuhe ausgezogen, um schneller laufen zu können, und nun stand er auf seinen grauen, verschmierten Füßen vor Helbig. Er nahm seine Schirmmütze ab.

Helbig musterte seinen Neffen mit leichtem Unbehagen. Was sah der Junge doch vernachlässigt aus! Verdreckt und dünn. Er trug ein am Hals verschlissenes blaues Hemd, eine viel zu große Wollhose, gehalten von einem alten Lederriemen, und eine Jacke mit zu kurzen Ärmeln. Es war wirklich ein Skandal, so viele Kinder in die Welt zu setzen, wenn man sie nicht ernähren und kleiden konnte. Und helfen lassen wollten sie sich auch nicht. Otto war Sozialist und stolz wie ein Spanier, und Juliane war nicht um ein Haar besser.

»Ich habe eine Mütze bekommen«, sagte Joseph und zeigte sie triumphierend.

»Ja, du bist jetzt auch ein großer Junge. Tante Rikke sagt, du kommst bald in die Schule.« – »Ja, nächste Woche geht's los. Ingeborg hat mir einen Griffel und eine Tafel geschenkt, und Vater hat mir eine Schultasche gemacht. Aus zwei Holzplatten und einem Lederriemen. Von Tante Fine habe ich eine Fibel und kann schon bis Seite fünf lesen. Darf ich Dagmar streicheln?« Er bückte sich und streichelte den Hund.

Was war er doch für ein lebhafter Junge!

Helbig fuhr ihm über den kurzgeschorenen Kopf: »Also, schau her, mein Junge. Hier hast du eine Krone, sag deiner Mutter, daß Tante Rikke und ich dir gern ein paar feine Kleider für die Schule schenken würden, aber sorg dafür, daß dein Vater das nicht erfährt. Er möchte euch lieber selber kaufen, was ihr braucht, das weißt du ja. Na, ich muß weiter. Mach's gut, Joseph, zieh deine Holzschuhe an, sonst trittst du am Ende noch in Glasscherben.«

»Aber ich schlage immer die Füße gegeneinander«, sagte Joseph und zeigte die Innenseite seiner dünnen Beine, die an den Knöcheln von Wunden übersät waren, dort, wo er sich beim Laufen an den zu großen Holzschuhen stieß.

»Onkel Helbig, vielleicht kriege ich auch Arbeit in der Kautabakfabrik.«

»Soviel ich weiß, dürfen Kinder unter zehn Jahren nicht arbeiten, und du bist doch erst sechs.«

Joseph blickte voller Bewunderung seinen Onkel an; der war so elegant und immer so lieb und witzig. Wenn er groß war, wollte er auch so sein wie Onkel Helbig, er wollte Zigarren rauchen und sich mit Palmen und Samtvorhängen vornehm einrichten.

Helbig blickte in die großen braunen Augen des Jungen. Sie leuchteten so hell, und er sprach so klar und sauber. Wohlerzogen war er auch, das mußte man ihm lassen. Aber er sah aus wie ein Kind aus dem Armenhaus. Er fuhr dem Jungen noch einmal über den Kopf und ging. Seine Zigarre war erloschen, er blickte sie verärgert an und gab sich noch einmal Feuer.

Das mit Juliane war schon seltsam, mit ihr war es wirklich bergab gegangen. Das kam natürlich von dem roten Schmied.

Aber dieser Junge war noch zu klein zum Arbeiten. Er würde später mit Rikke darüber sprechen.

Joseph schaute seinem Onkel hinterher. Seine Hand umklammerte in seiner Hose die Krone. Soviel Geld hatte er noch nie gehabt, hoffentlich wurde ihm das auf dem Heimweg nicht von den großen Jungen weggenommen. Manchmal schienen sie wirklich durch den Stoff hindurchschauen zu können, wenn man etwas in der Tasche versteckt hatte. Joseph schaute sich um, dann klemmte er sich die Holzschuhe unter den Arm und flitzte los.

6

Juliane hatte im Wohnzimmer soeben den Abendkaffee serviert. Darum hatte Otto gebeten, schließlich waren zwei wichtige Dinge passiert. Er war zum ersten Gesellen ernannt worden und hatte damit seinen eigenen Eßtisch. Er wollte nun auch jeden Sonntag beim Mittagessen einen eiskalten Schnaps serviert haben. Zum Kaffee wurde das Service mit dem Muschelmuster auf den Tisch gebracht, das Juliane sammelte. Bald würde sie auch das Silber aus dem Pfandhaus holen können. In guten Zeiten hatte sie fast alles Silber zu Hause. Es lag geputzt in der Kommodenschublade und gab Juliane das beruhigende Gefühl, wieder im Aufwind zu sein.

Otto hatte einen Schemel unter den Füßen. Er beugte sich vor und rührte in seiner Tasse. »Joseph, komm her, mein Junge«, sagte er. Joseph sprang auf und blickte ganz schnell zu seiner Mutter hinüber. Sie lächelte ihn an und schüttelte leicht den Kopf. Nein, sie hatte nichts von den Kleidern gesagt, die Onkel Helbig ihm kaufen wollte. Die Krone hatte er vor seinen Eltern in einem Strumpf versteckt. Langsam ging er zu seinem Vater, man wußte schließlich nie. Otto streichelte ihm den Kopf und zog ihn zwischen seine Beine. »Am Montag kommst du in die Schule, und Vater will dir etwas beibringen. Verstehst du, Joseph, kein anderes Kind soll meinen Sohn schikanieren. Vielleicht wollen dich die Bengel aus Amager nach der Schule verhauen, weil du schwarze Haare und braune

Augen hast. Sie ärgern sich immer über alle, die hübsch sind, verstehst du, und außerdem hassen sie die Leute aus Christianshavn.«

»Dann haue ich ihnen einfach eine rein«, sagte Joseph und ging mit seinen weißen Ärmchen und geballter Faust in Position. Otto und Juliane lachten. »Das sind ziemliche Grobiane, mein Junge. Vor solchen Pfeifenreinigern haben sie keine Angst. Wenn sie zu groß sind, um ihnen eine zu semmeln, dann rennst du einfach weg, und wenn sie dich kriegen, dafür hast du diesen Lederriemen. Binde damit deine Holzschuhe aneinander, wenn du aus der Schule kommst, und wenn sie dir was tun wollen, dann haust du damit zu.« Joseph nickte und nahm den Lederriemen, den sein Vater ihm hinhielt.

»Wenn sie dich kriegen, dann verpaß ihnen so eine.« Otto legte den Kopf in den Nacken, spannte die Halsmuskeln an und ließ seinen Kopf dann überraschend nach vorne schnellen. »Du mußt sie genau über dem Nasenbein treffen.« Joseph machte alles nach.

»Du bringst dem Jungen ja schöne Sachen bei«, sagte Juliane. »Man sollte doch glauben, du wärst klüger geworden, nachdem du zweimal gesessen hast.«

»Hör nicht auf deine Mutter«, lachte Otto. Langsam stand er auf und ging in die Küche. Dann trat er mit der Mütze auf dem Kopf wieder in die Tür. »Wo willst du denn schon wieder hin?« fragte Juliane wütend.

»Joseph, immer als erster zuschlagen, vergiß das nicht«, sagte Otto und küßte Juliane. Sie stieß ihn weg. »Wo willst du hin, du gehst doch abends sonst nicht weg.« – »Ich will zur Gewerkschaft. Seit ich in der Schmiede arbeite, bin ich nicht mehr dort gewesen. Sie haben nach mir gefragt, und ich lasse die Kollegen nicht im Stich, bloß weil ich jetzt erster Geselle bin.«

»Misch dich doch nicht ein, Otto. Im Moment gibt es soviel Ärger. Sei froh, daß du nicht in der Fabrik bist, sondern in einer Werkstatt, wo sich jeder um seine eigenen Angelegenheiten kümmert. Wir können es uns nicht leisten, daß du streikst und demonstrierst, auf die schwarze Liste gesetzt wirst und deinen Arbeitsplatz verlierst. Im Moment mußt du die Dinge laufen lassen. Und ich sage dir, Otto, du gehst nicht zu der großen Demonstration am Samstag. Ja, ich habe davon gehört, und ich habe mir schon gedacht, daß sie uns Unglück bringt. Angeblich wollen die Arbeitgeber hart auf hart setzen. Vielleicht gibt es eine Aussperrung.« Juliane stand auf. Sie war wirklich wütend. »Du bist aber gut informiert«, sagte Otto.

»Ja, ich spreche mit meinen Schwestern. Ihre Männer wollen diesmal nicht um einen Zoll nachgeben, haben sie gesagt. Sie haben dieses Sozigewäsch satt, und den Gesellen geht es auch so. Viele wollen jetzt aus der Gewerkschaft austreten.«

Otto erbleichte. »Deine Schwestern, ja, die stehen auf der anderen Seite. Aber du bist mit mir verheiratet, und wir gehören zur Arbeiterklasse, damit du's weißt, und die Gesellen, die jetzt aus der Gewerkschaft austreten, die werden wir uns merken! Und wenn sie als Streikbrecher auftreten, dann werden wir sie schon zu fassen kriegen. Es wird hart hergehen, Juliane, und wenn meine Genossen demonstrieren, dann bin ich dabei. Weißt du überhaupt, was passiert, wenn die Schweine sich erlauben können, Gewerkschaftsmitglieder zu feuern, damit sie uns besser unter Druck setzen können? Wenn sie erst alles kaputtgemacht haben, wofür wir gekämpft haben, dann stecken wir wirklich wieder im Dreck. Und das wollen wir nicht mehr, Juliane. Sieh dich doch um. Sieh dir die Kinder unten auf dem Hof an, blaß, voller Grind, manche hungern. Du hast doch selber von Madame Olsens Nichte gehört, dieser Fabrikarbeiterin, deren Kind von Ratten ins Gesicht gebissen wurde, weil sie es während der Arbeit am Bett festgebunden hatte. Und was ist mit den Leuten, die wir neulich gesehen haben, die auf die Straße gesetzt worden sind? Denkst du an die, wenn du dich zusammen mit deinen feinen Schwestern aufspielst?« Er starrte Juliane anklagend an. Sie warf den Kopf in den Nacken. »Ja, ich kenne diese ganzen Lügengeschichten über das harte Leben der Fabrikarbeiterinnen, sie sollen eben aufhören, für jeden Hans und Franz die Beine breitzumachen und sich um ihre Kinder kümmern, statt zu Versammlungen zu rennen.« Juliane wurde immer lauter, und Joseph schlich sich aus dem Zimmer. Ach, jetzt ging es wieder los, und dabei war es eben noch so gemütlich gewesen.

»Und was ist mit deinem Bruder Gotfred? Der sitzt im Armenhaus und kehrt die Straße, und Josephine und Rikke geben ihm nicht einmal eine Tasse Kaffee, wenn er verrotzt und halb erfroren bei ihnen anklopft.« – »Ich gebe ihm Geld, verdammt noch mal, wenn ich ihn sehe, und schließlich hat niemand Gotfred gebeten, es so toll mit dem Schnaps zu treiben, oder?«

»Ich verstehe dich nicht, Juliane«, rief Otto und knallte die Tür zu.

Sie ging zum Podest und schaute vom Fenster aus hinter ihm her. Da ging er. Teufel auch. Immer streitsüchtig. Einen Schritt vor und zwei zurück, so war es die ganze Zeit, vor allem, wenn es ihnen gerade gutging. Ihr traten die Tränen in die Augen. Sie würde Schlachter Hansen fragen müssen, ob sie wieder bei ihm arbeiten könnte, falls Otto streikte. Aber sie stillte doch Wilhelm noch. Er war jetzt acht Monate alt. Na gut, dann mußte er eben abgestillt werden, aber er war ein wenig kränklich. Wenn sie wieder arbeiten ging, konnte Madame Olsen auf die Kleinen aufpassen. Und auch Thora und Johan könnten sie abwechselnd hüten.

Es war schon seltsam, daß Otto einfach nicht erwachsen wurde. Demonstrieren, Schulter an Schulter, mit roten Fahnen. Heer der Sklaven, es war zum Kotzen. Niemand hatte sie je als Sklavin bezeichnet. Wenn man nur eine Meinung hatte und dazu stand und ansonsten zupacken konnte, dann kam man schon zurecht.

Sie setzte sich, griff zu ihrer Näherei und nähte so schnell, daß der Faden sich verknotete. Sie biß den Faden durch und fädelte noch einmal ein. Sie fand es schrecklich, daß Otto immer über Proletarier und feine Leute sprach. Natürlich hatten manche mehr Geld, aber sie stritt jeglichen Unterschied zwischen sich und den feinen Damen ab. Die hatten sich doch alles nur erschlafen. Es war der pure Zufall, daß ihr Mann Schmied war und kein Großhändler.

Sie strich sich über die Haare und steckte einige Haarnadeln fester. Sie ging ins andere Zimmer, nahm Wilhelm auf und legte ihn an die Brust. Es machte sie nervös, daß er nicht gesund war. Aber diesen Gedanken verdrängte sie. Man konnte diese Kinder, die den ganzen Tag kotzten und in die Hose schissen, wirklich satt bekommen. Sie schaute das Kind an. Plötzlich faßte sie einen Entschluß. Warum sollte sie sich immer um die Kinder kümmern? Wenn Otto ausging, dann durfte sie das ja wohl auch. Sie hatte schon lange keinen richtigen Spaziergang gemacht. Sie würde die Kinder ins Bett stecken, Madame Olsen bitten, nach ihnen zu sehen und dann irgendwo hingehen, in den Tivoli vielleicht, das war eine gute Idee. Madame Olsen war voller Verständnis, als Juliane sie in ihre Pläne einweihte. »Ja, das wäre ja noch schöner, Frau Jensen, so, wie er Ihnen ein Kind nach dem anderen macht.«

»Geht Mutter jetzt auch?« fragte Joseph ängstlich, als sie ihren besten Hut aufsetzte, den mit den Straußenfedern. »Ja, Wilhelm ist satt, und Madame Olsen schaut nach euch, ich habe mit ihr gesprochen, und ich tue ihr ja auch oft einen Gefallen.«

»Was sagt Vater, wenn er nach Hause kommt«, fragte Joseph und griff nach ihrem Arm. »Wenn der sich amüsieren geht, dann darf ich das auch«, sagte Juliane, küßte den Kleinen und lief die Treppe hinunter.

Joseph winkte ihr hinterher, bis er sie nicht mehr sehen konnte. Dann ging er zu Klein-Otto, der mit einigen Holzknöpfen an einer Schnur spielte. »Ich passe jetzt auf dich auf«, sagte Joseph. Klein-Otto schaute auf. Er lächelte seinen Bruder an. Joseph nahm ihn in den Arm und küßte ihn. Er kam sich groß vor. Gut, daß die Mutter ihn hatte. Wie klein sie doch waren, Klein-Otto und Wilhelm! Er ging zu Wilhelms Wiege und stieß sie an. Wilhelm schlief, der Schnuller war ihm aus dem Mund geglitten. Joseph hob ihn hoch. Es war ein nasser Lappen, in den ein in Schnaps getunktes Stückchen Roggenbrot gewickelt war. Joseph nahm den Schnuller und roch daran. Igitt, Schnaps, so stanken die Säufer auf dem Wall und Vater, wenn er sauer war und sich mit der Mutter stritt. Er bückte sich und roch an Wilhelm. Dessen Kopf roch auf jeden Fall gut.

Joseph holte seine Fibel. »Ich verlasse euch nie«, sagte er laut vor sich hin. Klein-Otto setzte sich zu seinen Füßen und lehnte sich an seine Beine.

Gegen zehn Uhr schaute Madame Olsen herein. Joseph hatte Klein-Otto ins Bett gelegt. »Das mit Wilhelm schaffe ich nicht, der hat Dünnpfiff«, sagte er.

Madame Olsen lächelte ihn an. »Du bist ein braver Junge, Joseph. Ich kümmere mich um den kleinen Hosenschisser.«

Sie wickelte Wilhelm aus seiner Windel und betrachtete ihn besorgt. Seltsam, dieses Kind hatte immer Durchfall, stinkenden, schleimigen, grünen Durchfall. Sein Bauch war aufgequollen, die Haut graubleich und heiß. Aber er war still. Angeekelt wickelte sie ihn neu. Der kleine Hintern war feuerrot und wund. »Armes Kerlchen. Mutter stillt ihn doch noch, oder?«

Joseph nickte. Sie tunkte den Schnuller in eine Tasse mit Schnaps und trank einen kleinen Schluck. »Ich wollte nur sehen, ob das sauber ist«, entschuldigte sie sich, als sie Josephs Blick begegnete.

Sie setzte sich in den Schaukelstuhl, nahm sich ein Plätzchen und streifte ihre Pantinen ab. »Joseph, sing mir was vor.« Die Frauen aus dem Haus hörten ihn sehr gern singen. Er hatte eine tiefe, weiche Stimme, und er war ein kleiner Schauspieler, wenn er seine Lieder vortrug. Und er konnte immer alle Strophen.

»Möchte Madame Olsen nicht lieber eine Geschichte hören? Hier ist eine, sie handelt vom kleinen Alf im Schnee.« Er hob das Buch hoch und fing an: »Es war am Heiligen Abend, und der Schnee fiel in dichten Flocken.« Madame Olsen fuhr überrascht auf. »Na, zum Henker, kannst du lesen? Wer hat dir das beigebracht?«

»Mutter und ich selber«, antwortete er stolz.

»Himmel, was mußt du für ein Gehirn haben«, staunte sie.

Joseph blickte sie ernst an. »Ich lese, so weit ich kann, und dann singe ich das Rosenlied.«

»Abgemacht«, erwiderte Madame Olsen, goß sich Schnaps in die Kaffeetasse, tunkte ein Zuckerplätzchen hinein und machte es sich gemütlich.

Es war zehn nach zwölf, als Juliane vorsichtig die Tür aufschloß. Madame Olsen saß schlafend im Schaukelstuhl. »Bewahre, ich bin wohl eingenickt. Gut, daß Sie vor Ihrem Mann kommen. Er hätte mir den Kopf abgerissen, wenn er mich hier gefunden hätte.« – »Ich komme wirklich nicht freiwillig«, sagte Juliane und öffnete ihren Mantel. »Schauen Sie her.« Vor ihren Brüsten hatten sich zwei feuchte Flecken gebildet. »Es fing sofort an zu laufen, als seine Stillzeit gekommen war. Ich komme mir schon vor wie eine Kuh«, sagte sie. »Das bringt die Herren ja wirklich nicht dazu, eine zu einem Schnäpschen und einem Plätzchen einzuladen«, lachte Madame Olsen und stand auf.

Sie hörten Schritte auf der Treppe. »Das ist er«, flüsterte Madame Olsen, wickelte sich in ihren Schal, lief auf Pantinen zur Tür und stieß mit Otto zusammen. »Schönen Abend noch«, sagte sie und stürzte davon.

»Was ist denn in die Alte gefahren?« fragte Otto überrascht.

»Keine Ahnung.« Juliane und Otto wechselten einen Blick. Die Luft schien sich elektrisch aufzuladen.

Juliane merkte, daß der Streit von vorhin noch nicht ausgestanden war. Wilhelm fing an zu weinen. Sie zog ihre Bluse aus, ging ins Schlafzimmer und nahm das Kind auf den Arm.

»Warum liegen da Mantel und Hut?« fragte Otto. Er roch daran. »Warst du weg?«

Sie gab keine Antwort, sie musterte ihn nur mit triumphierendem Lächeln und setzte sich mit dem Kind in den Schaukelstuhl.

»Das sage ich dir, Juliane. Wenn ich zu einer Versammlung muß, dann hast du auf die Kinder aufzupassen. War Madame Olsen vielleicht deshalb hier? Wo hast du dich rumgetrieben?«

Otto hielt ihr geradezu angeekelt den Mantel unter die Nase.

Juliane stillte ruhig weiter. Plötzlich fühlte sie sich wieder stark. Was bildete er sich eigentlich ein, sie so herumzukommandieren! Sie war siebenunddreißig Jahre alt, und sich vor ihm zu fürchten, das hätte gerade noch gefehlt. Hielt er sie vielleicht für eins von den Arbeiterweibchen, an denen man sich die Füße abwischen konnte?

Sie sagte nichts, sie betrachtete ihn nur mit leuchtenden Augen. Er warf den Mantel auf den Boden und ging in die Küche.

Juliane schaukelte mit dem Stuhl hin und her. Es war ihre Wohnung, und sie konnte jederzeit bei Schlachter Hansen Arbeit bekommen. Und mehr als nur Arbeit, wenn es sein mußte. Männer gab es genug, sie schauten ihr noch immer hinterher. Das hatte sie an diesem Abend gemerkt, sie hatte im Turmpavillon Kaffee getrunken. Diese Tivolitour war wirklich erfrischend gewesen. Sie stand auf, ging ins Nebenzimmer, wickelte Wilhelm neu und legte ihn zurück ins Bett. Dann setzte sie sich mit gefalteten Händen wieder in den Schaukelstuhl und sah Otto an. Der starrte sprachlos zurück, doch plötzlich knallte er die Faust auf den Eßtisch. »Und hier schlage ich verdammt noch mal auf meinen eigenen Tisch«, schrie er.

»Wenn du so weitermachst, dann gehe ich noch mal los, und dann kannst du lange warten, bis ich wieder nach Hause komme.«

Julianes Herz hämmerte, ihr Nacken tat ihr weh, und ihre Schläfen pochten. Jetzt würde etwas Schreckliches passieren, aber sie fühlte sich frei, zum ersten Mal, seit sie Otto kennengelernt und sich in ihn verliebt hatte. Er war morgens ihr erster und abends ihr letzter Gedanke gewesen. Aber das hier war die Belohnung, so war es eben, wenn eine nach einem Mann verrückt war. Es sollte das letzte Mal sein. Sie atmete schwer und ging zur Tür.

»Du bleibst hier«, rief Otto. Er drehte sie um und traf sie mit einem harten Schlag mitten ins Gesicht. Sie fiel gegen die Tür und wischte sich mit der Hand das Blut von der Lippe. Sie war wie gelähmt. »Du schlägst mich nicht, Otto. Kein Mann hat jemals die Hand gegen mich erhoben. Das wirst du bereuen.« Sie war ganz blaß, Blut lief über ihr Kinn. Otto stand schweigend vor ihr. Langsam, wie in Trance, griff sie nach einer großen Kristallvase und knallte sie ihm vor die Stirn. Er schwankte, und aus einer Wunde an seinem Kopf quoll Blut.

»Vater und Mutter, haut euch nicht, das dürft ihr nicht«, rief Joseph weinend. Er stand in seinem Nachthemd vor ihnen, bohrte sich die Hände zwischen die Beine und schrie.

Otto streckte die Hand nach ihr aus. »Es ist aus«, rief sie und rannte aus dem Zimmer. Es wurde an die Wand geklopft, und zwar mit Madame Olsens Schrubber.

Juliane lief weinend über die Straße. Ihr Mund war ausgedörrt. Sie war außer sich vor Angst. Irgendwer mußte ihr helfen, wo sollte sie hin. Verzweifelt rannte sie weiter die Straße entlang. Es war dunkel, aber es waren noch Leute unterwegs, die ihr nachschauten.

Sie wurde langsamer und ging auf die Knippelsbrücke zu. Sie legte eine Hand auf das Geländer, es war taufeucht, ihre Hand wurde naß, sie sah sie an und trocknete sie ab. Unter der Brücke floß schwarz das Wasser dahin. »Ich kann nicht mit einem Mann leben, der mich schlägt. Mein Geliebter, warum hast du das getan?« flüsterte sie dem schwarzen Wasser zu.

Sie spürte eine Bewegung an ihrem Rock und fuhr herum. Hinter ihr stand Joseph. Er hatte sich eine Hose angezogen, bevor er hinter ihr nachgerannt war.

»Aber Junge«, weinte sie und nahm ihn in die Arme.

»Können wir nicht nach Hause gehen, Mutter?«

»Ja, verzeih mir«, flüsterte sie. Hand in Hand gingen sie schweigend nach Hause.

Als Joseph am nächsten Morgen erwachte, war es still im Haus. Er fuhr auf, als ihm die nächtlichen Ereignisse wieder einfielen. Wenn der Vater die Mutter nur nicht totgeschlagen hatte! Er schlich sich zu dem großen Bett. Der Vater hielt die Mutter eng umschlungen. Sein Gesicht war in ihren Haaren vergraben. Ihre Oberlippe war blau und geschwollen. Joseph wurde es plötzlich schlecht, er schluckte, als der scharfe, säuerliche Geruch ihm in den Mund stieg. Er sah die beiden eine Weile an, dann ging er wieder ins Bett, und um nicht weinen zu müssen, griff er zu seiner Fibel.

7

Endlich war der große Tag gekommen. Joseph kam in die Schule. Er ließ sein Nachthemd fallen und zog sich an. Sein Körper war mager und bleich, die Rippen waren deutlich zu sehen. Er stand auf einem Bein und betrachtete seine neue Hose. Sie kratzte auf der nackten Haut; er öffnete die Beine ein wenig, der Stoff an seinem Hintern und seinen Oberschenkeln war rauh. Er stopfte das blaue Hemd in die Hose und setzte die Mütze mit dem blanken Schirm auf. Dann griff er nach seinem Griffelkasten. Er war aus Holz und mit einer Rose bemalt. Ärgerlich starrte er die Rose an. Man konnte sehen, daß er ihn von Thora geerbt hatte. Er kratzte mit dem Fingernagel an der Rose herum, aber das half nichts. Zusammen mit den Büchern schob er ihn zwischen die Holzplatten und zog den Riemen an. Das übte er jeden Tag, seit der Vater diese Schultasche für ihn gemacht hatte. Im Griffelkasten klapperten die Stifte, sie durften nicht zerbrechen, sonst setzte es Ohrfeigen vom Lehrer, hatte Thora gesagt. Thora sollte ihn zur Schule bringen. Er mußte sie wecken, man durfte nicht zu spät kommen.

Er ging durch das Schlafzimmer und die Küche zu dem Verschlag, in dem Thora schlief.

Die Tür war angelehnt. Er öffnete sie langsam. Thora schlief noch, ihre blonden Haare bedeckten das Kissen. Ihr einer Arm lag weiß und nackt auf dem rot-weiß gestreiften Barchentbezug. Es roch warm und süß. Joseph bückte sich und zog sie am Arm. »Thora, aufwachen, ich muß zur

Schule.« Sie war sofort wach und riß ihre hellblauen Augen auf. Sie schien nicht fassen zu können, was sie sah. Plötzlich lächelte sie und zog ihn an sich. »Spinnst du, Junge? Jetzt doch noch nicht. Es ist erst Viertel nach fünf.«

»Ja, aber ich möchte gern als erster da sein. Ich will in der ersten Reihe sitzen.« Aus dem Schlafzimmer hörten sie Kinderweinen. »Du hast Klein-Otto und Wilhelm geweckt«, sagte Thora. Sie stand auf, ging hinein und nahm Klein-Otto auf den Arm. Sie trug das dicke Kind auf der Hüfte. Es klammerte sich an ihr fest. Joseph musterte sie, sie war schon ganz schief, weil sie das fette Kind immer mit sich herumschleppte. Er liebte seine große Schwester, sie war immer so nett zu ihm. Thora griff in eine Blechdose und drückte Klein-Otto einen Zwieback in die Hand, um ihn zur Ruhe zu bringen.

Juliane kam verschlafen mit Wilhelm auf dem Arm in die Küche. »Seid ihr schon auf?« Dann sah sie Joseph, der schweigend in voller Schulmontur vor ihr stand. Sie lachte. »Man könnte meinen, es ist Weihnachten, was, Joseph? So, wie du dich freust.«

»Ja, er wird's auch noch lernen«, sagte Thora und wickelte Wilhelm auf dem Küchentisch.

»Er war heute nacht wieder wach. Diese beiden Frechdachse lassen mir wirklich nicht viel Schlaf«, sagte Juliane, hielt die hohle Hand unter den Wasserhahn und spritzte sich Wasser ins Gesicht.

»Wie spät ist es?«

Thora ging in ihren Verschlag und schaute auf den blauen Wecker. »Halb sechs.«

»Ja, dann können wir ja auch gleich aufstehen«, seufzte Juliane und machte Feuer im Herd. Sie trug nur ihr Nachthemd und einen Frisierumhang. »Paß auf, daß Wilhelm nicht vom Tisch fällt.«

In der Küche wurde der Tisch gedeckt. »Ja, der erste Schultag ist eine Art Festtag, und trotz allem wohnen wir wenigstens in einem Land, in dem man lesen und rechnen lernt«, sagte Otto und schmierte sich eine große Scheibe Graubrot.

»Er kann ein Brot mit Puderzucker mit in die Schule nehmen.«

Thora schmierte das Brot und steckte es in eine flache Blechdose. Es duftete nach Kaffee. Otto stand auf und schüttete Milch in einen kleinen Topf. Er kochte sich immer Milch zum Kaffee. Dann goß er zu gleichen Teilen Milch und Kaffee in die großen Tassen mit dem Goldrand. Das hatte er von Hansen gelernt.

Juliane und Thora tauschten einen Blick und lächelten. Jede hatte ein Kind auf dem Arm. Die Kinder schwiegen, Juliane musterte sie. Sie waren ja so verschieden!

Klein-Otto war seinem Vater wie aus dem Gesicht geschnitten, untersetzt, mit fast gelblicher Haut und schrägstehenden Augen. Joseph groß, dünn, mit braunen Haaren, großen, runden Augen und einem langen, ernsten Gesicht mit kräftiger Nase. Und dann der kleine Wilhelm, mit blauen Augen und hellblonden Haaren, ein stilles Kind ohne die Lebenskraft der Brüder. Sie drückte ihn an sich und wiegte ihn, als könne sie ihm damit etwas von ihrer Kraft abgeben. Otto musterte über die Tasse hinweg seine Familie. Er empfand ein warmes Gefühl der Zusammengehörigkeit mit ihnen. Seit dem letzten Streit herrschte Friede bei ihnen. Er mochte gar nicht an den Abend denken, an dem er Juliane geschlagen hatte. Und ihre Worte »es ist aus« hatten ihm angst gemacht. Er versuchte jeden Tag, ihr wieder nahezukommen, aber irgend etwas hatte sich verändert. Wenn sie zusammen im Bett lagen, war sie still, sie lag nur da und bewegte sich hin und her wie eine

Welle, die über den Strand rollt. Sie schien gar nicht dazusein. Sonst sagte sie ihm immer, was er machen sollte, damit es so schön wie möglich für sie war. Und das liebte er an ihr. Es war ihre geheime Welt, aus der der Alltag ausgeschlossen war. Der Kampf ums Geld, die Unsicherheit, die Angst, die gegenseitigen Erwartungen nicht zu erfüllen. Der nagende Verdacht, daß der Altersunterschied, über den die Familie so viele Witze riß, doch etwas bedeutete.

Bei ihren Umarmungen konnten sie das alles vergessen. Sie brachten einander zum Fliegen, gaben sich Kraft und Energie, um sich über Kleinigkeiten zu freuen. Und jetzt fehlte etwas. Juliane war wie immer lieb und munter. Sie hatte das Vorgefallene mit keinem Wort mehr erwähnt. Es war fast zwei Wochen her. Doch wenn Otto versuchte, ihren Blick zu fangen, weil er wissen wollte, ob sie ihm verziehen hatte, dann schaute sie ihn zwar an, aber ihr Blick schien kühl durch ihn hindurchzugleiten.

Er wagte nicht, den Vorfall selber zur Sprache zu bringen. Er mußte vorsichtig vorgehen. Aber wenn sie doch bloß die Luft zwischen ihnen reinigen könnten! Er spürte instinktiv, seine Liebe dadurch beweisen zu müssen, daß er sich um die Kinder kümmerte und im Bett geduldig auf Juliane wartete. Auf den Tag wartete, an dem sie ihn so liebte, daß ihr heftiger Orgasmus ihre Unruhe und die Angst, die sie vor ihm gehabt hatte, betäubte.

»Am Samstag gibt es Zeugnisse. Das Zeugnis zeigst du Vater, und wenn du deine Sache gut machst, gibt es vielleicht eine Belohnung.« Otto bedeckte Josephs Hand mit seiner kräftigen Faust.

Joseph rutschte nervös auf seinem Stuhl hin und her. Vor lauter Aufregung brachte er fast keinen Bissen herunter.

Thora stand auf und setzte Klein-Otto auf den Boden.

»Du mußt auf jeden Fall erst noch auf den Hof, ehe du in die Schule gehen kannst, Joseph.«

Joseph sprang von seinem Stuhl hoch, schnappte sich den Eisenring mit den Schlüsseln und lief die Küchentreppe hinunter. Er rannte zu den Abtritten und versetzte der Bretterwand einen Tritt, um die Ratten zu verjagen. Dann öffnete er langsam die Tür zu dem dunklen Verschlag, der nach Kot und Teer stank. Sicherheitshalber trat er auch gegen das Klo. Vielleicht saß darin ja eine dicke Ratte. Das war einmal passiert, als Johan nicht aufgepaßt hatte.

Joseph setzte sich auf den Sitz, hielt aber seine neue Hose fest, damit sie nicht auf den schmutzigen Boden rutschte. Sorgfältig wischte er sich mit dem Zeitungspapier ab, das an einem Bindfaden hing, und dachte an den Tag, an dem Juliane Ingeborgs Warze besprochen hatte.

Ingeborg hatte eine Warze auf der Hand, und Warzen wurden mit einer alten Speckschwarte eingerieben. Danach sagte Juliane: »Warze, Warze, du schwarze, geh zu Freund Hein und laß uns allein.« Danach muß man rückwärts drei Schritte hin zum Abtritt gehen, sich die Speckschwarte über die linke Schulter und ins Klo werfen. Oder in die Toilette, das wurde bei Tante Josephine gesagt, weil das vornehmer war.

Ingeborg warf und traf Madame Olsen mitten ins Gesicht; die schloß nämlich nie die Klotür ab. Mutter und Ingeborg hatten dermaßen lachen müssen, daß sie sich fast die Hosen naßgemacht hätten, sagten sie. Madame Olsen aber war sauer.

Joseph zog die Hose hoch und sprang auf den Hof hinaus. »Heut geh ich in die Schule, hurra, hurra, hurra.«

Als er an Thoras Hand vor dem grünen Tor stand, fürchtete er sich plötzlich. »Kannst du nicht noch ein bißchen da bleiben? Thora!« Sie löste ihre Hand aus der seinen.

»Nein, jetzt bist du ein großer Junge, und vergiß nicht, danach sofort nach Hause zu kommen.«

Joseph schaute ihr hinterher. Er wäre am liebsten wieder heimgelaufen, aber dann schaute er an dem grünen Tor hoch, stemmte die Schulter dagegen und schob es auf.

Schornsteinfegermeister Linder saß mit der Zeitung im Ohrensessel am Kachelofen. Er verrückte den schwarzen Ofenschirm ein wenig und strich mit der Hand über die gestickten Rosen. Im Mai hatte es sehr viel geregnet, und die große Wohnung, in der Josephine immer putzte und scheuerte, roch feucht nach Putzwasser und Soda. Der Kachelofen wurde wärmer. Linder streckte seine Füße aus und wackelte mit den Zehen. Heute hatte er selber mit in die Schornsteine steigen müssen, dabei war ihm ganz anders geworden. Einen solchen Angstanfall hatte er zuletzt als Lehrling gehabt. Plötzlich war ihm im Schornstein schwindlig geworden, er hatte das Gefühl gehabt, die Arme nicht mehr heben zu können. Er hatte schon die Gesellen rufen wollen, doch da hatten sie ihn schon wieder hochgezogen. Er wollte diesen Gedanken verdrängen, aber er stellte sich immer wieder ein. Er wurde nervös, so ging es ihm immer, ehe ihn das andere überkam. Der Drang auszubrechen, wenn der andere Mensch, der in ihm steckte, langsam die Oberhand gewann. Er dachte an seine Ehe mit Josephine. Für sie war die Ehe ein Schaufenster. Die wohlerzogenen, hübschen Töchter und die gehobene Position als Handwerksmeistersfrau.

Man konnte annehmen, daß Josephine sich schämte und erniedrigt fühlte, weil sein Benehmen nicht in dieses Bild paßte. Doch sie sprach nie darüber, nicht einmal mit ihren Schwestern, allerdings legte sie großen Wert darauf, daß die Kinder nichts merkten. Wenn es soweit war, lief sie die ganze Zeit mit schmerzhaft verzogenem Gesicht umher. Sie redete mit niemandem, erteilte nur ihren Töchtern Befehle. Sie schickte die Mädchen nicht mehr auf die Suche nach ihm. Sie bewegte sich langsam und beherrscht durch das Haus, immer waren ihre entschiedenen Schritte und das steife Rascheln ihrer langen Röcke zu hören.

Anders als ihre Schwester Juliane war Josephine peinlich sauber, was ihre Person anging. Ihre Töchter kicherten über ihre Hoseneinlagen. Sie hatte sich Hoseneinlagen aus Baumwolle genäht, die sie nach dem Benutzen kochte. Aber niemand hatte je gesehen, wie sie gebügelt wurden. Die Einlagen wurden jeden Tag gewechselt. Josephine roch immer sauber und haßte ihre natürlichen Sekrete. Sie hatte kein Eheleben mehr mit Linder. Vor einigen Jahren hatte er sie mit Gonorrhöe angesteckt, und sie hatte den Canossagang zum Arzt antreten müssen. Sie war wieder gesund geworden, nur ab und zu taten ihr noch die Gelenke weh. Er war sehr unglücklich gewesen und fast ein Jahr nicht mehr losgezogen, aber jetzt war es wieder so wie früher. Wenn sie sich stritten, drohte sie jedesmal, sich eine Stellung als Wirtschafterin auf einem Gut zu suchen und ihn und die Kinder ihrem Schicksal zu überlassen.

Doch nun änderte sie ihre Taktik. Sie wurde selbständiger, interessierte sich für den Betrieb. Wenn ihm etwas passierte, dann würde sie die Leitung übernehmen können, die Gesellen respektierten sie. Und jetzt wollte sie ein Telefon, das war der letzte Schrei. Auf diese Weise konnten sie ganz schnell mit den Kunden in Verbindung kommen. Und kein anderer Schornsteinfegermeister hatte bis jetzt eines. Sie hatte mit Linder darüber gesprochen, doch der hatte nichts davon hören wollen, mit einem solchen Apparat konnte man ja überall in der Stadt ausfindig gemacht werden. Dazu hatte er sein hohes, trotziges Lachen gelacht.

Doch Josephine konnte warten. Von außen gesehen, war sie nun die Hauptperson, sie und die Töchter. Sie waren ihre Herde, auf die sie stolz war. Die beiden ältesten waren mit anständigen Männern aus den besten Kreisen verlobt, mit einem Architekten und einem Maschinenbauingenieur. Die jungen Männer bewunderten ihre Schwiegermutter und waren stolz auf deren stattliche Figur. Sie war ihnen gegenüber nett und liebevoll und bemühte sich sehr um sie. Die Schwiegersöhne hielten das für selbstverständlich, so war eine liebe Schwiegermutter eben, ihre Töchter jedoch beobachteten die Verwandlung mit Verwunderung. Linder war traurig. Wie gern hätte er von seiner Frau auch ein Lächeln und ein wenig Wärme geschenkt bekommen!

Er wußte nie, woran er gerade bei ihr war. Wenn sie etwas erreichen wollte, konnte sie ihm noch immer um den Bart gehen. Doch wenn sie sich stritten, beängstigte ihn ihr kalter Haß.

Linder saß mit gefalteten Händen im Schaukelstuhl. Es war ein schönes Zimmer, mit Vorhängen, die Josephine zu eleganten Bögen festgebunden hatte. Ein Spiegel hing über der Kommode. Der hohe Tabakschrank und die alten Mahagonimöbel, die erst kürzlich mit feinem grünen Wollstoff bezogen worden waren, machten etwas her. Aber ihm war der alte Roßhaarbezug lieber gewesen, auch wenn der gekratzt hatte. Er öffnete die Zeitung. Ach, da war noch immer die Rede von der goldenen Hochzeit des Königspaares. Er ließ die Zeitung sinken und rief: »Fine, ich habe eine gute Idee!«

Josephine brachte die frisch gewaschene Wäsche, umwickelte sie mit einem Seidenband und legte sie in den Kleiderschrank. Sie drehte sich um und blickte ihn mit hochgezogenen Augenbrauen an. »Ja, Fine, jetzt hör zu. Wir haben schon so lange nichts mehr gefeiert in diesem Haus.

Sollten wir nicht zur goldenen Hochzeit einladen?« – »Hast du jetzt völlig den Verstand verloren? Bis zu unserer goldenen Hochzeit dauert es noch ziemlich lange, und ich glaube nicht, daß sie für dich ein Grund zum Feiern sein wird, wenn du es überhaupt soweit bringst«, sagte seine Frau freundlich.

Linder nahm sich eine Zigarre und zündete sie an. Zwischen seinen seltsamen Verschwindephasen war er von unerschütterlich guter Laune. »Hör mir zu«, sagte er und zog an seiner Zigarre. »Wir haben doch alles über diese goldene Hochzeit gehört oder gelesen, aber hat unsere Familie sie vielleicht gefeiert? Hier in unserem kleinen Kreis von Untertanen? Und deshalb würde ich gern die goldene Hochzeit unseres Königspaares noch einmal feiern. Ich sehne mich nach Mockturtlesuppe – und danach, zusammen mit Juliane, über dieses verrückte Leben zu lachen. Bitte, leite das in die Wege, Josephine.« Er zeigte mit der Zigarre auf sie. Sie verkniff den Mund zu einem Strich. »Ja, ja, Fine, ich weiß schon. Aber dieses Mal bekommst du eine Belohnung, also hoch mit den Mundwinkeln! Ich weiß, es ärgert dich, daß Helbigs ein Küchenmädchen und ein Stubenmädchen eingestellt haben, seit er alle Malerarbeiten in den vielen Neubauten bekommen hat, dort, wo unser Christianshavn abgerissen wird. Aber du bekommst dann auch ein Stubenmädchen mit schwarzem Kleid und Häubchen. Sie kann mit meiner Schildkröte ihren ersten Auftritt haben, und dabei will ich neben Juliane sitzen.«

»Was ist mit Otto?« – »Der kann neben Helbig sitzen und ihm erzählen, daß an der letzten Demonstration auf Nørre Fælled über fünfzigtausend Arbeiter teilgenommen haben, he, he. Das wird sicher lustig. Und du solltest am besten gleich eine Anzeige aufgeben, Fine. Schreib, herrschaftliches Haus sucht wohlerzogenes Stubenmädchen«, lachte Schornsteinfegermeister Linder. Er schaukelte hin und her und amüsierte sich. Josephine betrachtete ihn wortlos. Nun ja, ein wohlerzogenes Stubenmädchen würde sich gut machen, wenn dieses Schwein von Mann seine Finger bei sich behalten könnte. Aber dafür würde sie schon sorgen.

Josephines Miene änderte sich, sie lächelte. »Gute Idee, Linder, meine Schwester hat auch mir gefehlt. Es wird vielleicht richtig lustig. Ich koche natürlich selber. Aber ich werde diese Anzeige in die National Tidende setzen, die haben auch meine Eltern gehalten.«

»Meine Kunden lesen die Berlingske Tidende«, sagte Linder, zog sein parfümiertes Taschentuch hervor und putzte sich die Brille. »Die anständigen Mädchen lesen aber eher die Zeitung meiner Eltern«, sagte Josephine.

»Ausgezeichnet, ausgezeichnet, aber sieh dich vor, Fine. Wir wollen keine, die silberne Löffel einsteckt.«

»Zwei eiserne Regeln gelten in diesem Haus«, sagte Josephine. »Meine Töchter gehen unschuldig in die Ehe, und die Mädchen stehlen kein Silberzeug. Für beides trage nämlich ich die Verantwortung.« Josephine nickte energisch.

»Ach, du kennst deine eigenen Töchter nicht, die spielen nur Komödie, wenn sie dich sehen. Und was willst du schon machen? Glaubst du, du könntest das verhindern? Nein, Josephine, die Natur geht ihren Gang. Der Ingenieur und der Architekt waren bestimmt beide schon zu Gast.«

»Linder, ich habe das Gefühl, daß eine deiner Perioden näher rückt. Könntest du mir nicht den Gefallen tun und sie so schnell wie möglich hinter dich bringen? Wenn du genug von deinen Schweinereien hast, kann unser Familienfest stattfinden.« Josephine ging zu ihrem großen dunklen Kleiderschrank, öffnete ihn langsam, freute sich ein wenig über den frischen Duft von Lavendel und luftgetrockneter Wäsche, bevor sie die Bündel von Tischdecken und Servietten mit den hellroten Seidenbändern sortierte.

Linder erhob sich kopfschüttelnd. Im Erkerzimmer hing das Bauer des Kanarienvogels. Es war rund, im türkischen Stil gehalten, mit goldenen Flügeln. Der Kanarienvogel hüpfte von Stöckchen zu Stöckchen. Er versuchte es mit ein paar Trillern, verstummte dann aber. Die Schaukel flog hin und her, manchmal traf sie mit leisem Klicken gegen die Gitterstäbe. Im Zimmer war es still, man hörte nur die Bewegungen des Kanarienvogels und das Ticken der Uhr. Josephines gerade Gestalt stand vor den offenen Schranktüren. »Wir leben in zwei verschiedenen Welten, weißt du das, Josephine?« fragte Linder leise. »Anfangs war das noch anders, was, Fine?« Sie gab keine Antwort. Er schaute in den Bauer. Der Kanarienvogel sah ihn aus blinkenden Perlenaugen an. »Du möchtest wohl auch gern aus dem Käfig, was? – Ich mache einen Spaziergang«, sagte er dann und faßte seine Frau an den Schultern. Sie fuhr herum. »Linder, warum ausgerechnet jetzt, sag mir das, warum tust du uns das an? Ich habe dich das noch nie gefragt. Also antworte mir, wenn du dich traust.« Sie sah blaß und unglücklich aus.

Es tat ihm weh, aber sie hatte zum ersten Mal gefragt, statt ihm Vorwürfe zu machen. Und deshalb sagte er: »Ich muß mich ab und zu einmal verwandeln. Hier bin ich von außen rein, fühle mich innerlich aber wie ein Schwein. Wenn ich unterwegs bin, bin ich von außen ein Schwein, aber innerlich so rein und klar, so rein, so klar, daß ich befreit von meinen bösen Gedanken zu euch zurückkehren kann. Nichts anderes hilft, so ist das.«

Er verließ das Wohnzimmer. Sorgfältig verschloß Josephine ihren Wäscheschrank.

Abends setzte sie sich an ihren Schreibtisch und verfaßte die Anzeige für die National Tidende. Rikke und Helbig sollten die Anzeige lesen. Sie schrieb in ihrer schönsten Schrägschrift. Sie schaute aus dem Fenster. Der Vollmond stand rund und gelb über der hohen Linde. Sie erhob sich und schloß energisch den schweren Veloursvorhang mit den vielen Troddeln.

Auf Josephines Anzeige kamen viele Antworten, und sie wollte sich am Freitag vormittag mit den Mädchen treffen, die sich um die Stelle als Stubenmädchen in einem herrschaftlichen Heim beworben hatten.

Die große Wohnung glänzte. Alle Töchter waren tagelang beschäftigt gewesen. »Blödsinn, daß wir hier ausmisten, weil wir ein Stubenmädchen anstellen wollen«, sagte Amalie, während sie den großen Teppich im Hof klopfte. »Am Ende müssen wir die grobe Arbeit machen, nur damit Mutter so fein sein kann wie Rikke.«

Als der große Tag gekommen war, saß Josephine mit Block und gespitztem Bleistift vor ihrem blankpolierten Eßtisch. Die sechs Töchter waren auf ihrem Posten, denn der Schornsteinfegermeister hatte sich im »herrschaftlichen Heim« noch nicht wieder sehen lassen. Es war der vierte Tag der großen Sauftour, die üblicherweise acht Tage dauerte. Sie waren bereit zum Eingreifen, sollte er plötzlich auftauchen, während das neue Stubenmädchen im Wohnzimmer verhört wurde.

»Mutter, da ist die erste«, rief Carla hinter dem Vorhang.

Erst am Nachmittag hatte Josephine ihren Entschluß gefaßt. Die Wahl fiel auf eine reizende junge Frau von zweiundzwanzig Jahren, die von ihrer energischen Frau Mutter begleitet worden war. Die Mutter führte für ihre Tochter das Wort, was auf Josephine einen sehr guten Eindruck machte. Das junge Mädchen hatte eine Gretchenfrisur und ein tugendhaftes Aussehen. »Meine Tochter kann nächste Woche anfangen. Aber dürfen wir ihr Zimmer sehen?« Josephine zeigte der Mutter das neu eingerichtete Mädchenzimmer: das Bett mit der gehäkelten, weißen Überdecke, den Spiegel und den Schrank aus Kiefernholz. Schöne Vorhänge und frische Blumen in einer Kristallvase vor dem Fenster. Mutter und Tochter waren zufrieden.

»Else bringt sicher eine Kommode mit?« fragte Josephine. Else nickte. Elses Mutter und Josephine kamen überein, daß Else vierzig Kronen im Monat bei freier Kost und Logis erhalten sollte. »Fürs Grobe gibt es Hilfe«, sagte Josephine und warf einen wütenden Blick hinüber zum Wohnzimmer, wo gekichert wurde.

Die Damen verabschiedeten sich. Else lächelte und machte vor ihrer neuen Gnädigen einen Knicks. Kaum hatte sich die Tür hinter ihnen geschlossen, stürmten Josephines Töchter herein. »Will Mutter die wirklich haben? Die sah so langweilig aus. Und mit ihrer spießigen Frisur hält sie sich sicher für heilig.«

»Das war ein reizendes, wohlerzogenes junges Mädchen, dem das schwarze Kleid mit Häubchen und Schürze sehr gut stehen wird. Wir werden bald die goldene Hochzeit des Königspaares feiern, und dann soll sie servieren.« Josephine sah wirklich zufrieden aus. Ihre Töchter blickten sie verwundert an. So hatten sie ihre Mutter schon lange nicht mehr erlebt. Doch plötzlich änderte sich Josephines Gesichtsausdruck, sie blickte Carla entschieden an. »Ich habe sehr gut gehört, wie witzig du das gefunden hast, Carla, als die Rede auf die grobe Arbeit kam. Wir werden morgen darüber reden, wenn du die Küchenschränke auswäschst und mit neuem Schrankpapier auslegst.« – »Das kann ich nicht, mein Verlobter holt mich um zwölf Uhr ab«, rief Carla wütend. »Sei still, sonst bekommst du ein paar hinter die Ohren«, sagte Josephine. Carlas Schwestern zogen sie aus dem Zimmer und bedachten ihre Mutter mit haßerfüllten Blicken. »Gut, daß du bald heiratest, dann bist du sie los«, sagte Amalie. Carla schniefte und putzte sich die Nase. Plötzlich verstummten die Mädchen. Aus dem Treppenhaus waren schlurfende Schritte und lauter Gesang zu hören. »Da kommt Vater, das geschieht ihr recht.« Carla öffnete die Tür, und der Schornsteinfegermeister torkelte in die Diele. »Ach, da bist du, du besoffenes Tier«, rief Josephine.

»Ich glaube, wir lassen die Herrschaften allein«, erklärte Carla, und die Mädchenschar jagte kichernd über den langen Flur. Die Zimmertüren knallten, und Josephine hörte wütend, wie die Schlüssel herumgedreht wurden.

»Gibt's heute die Schildkröte?« lallte Linder.

8

Josephines und Linders Gäste standen im Wohnzimmer. Es duftete nach dem Veilchenparfüm der Damen. Die ganze Familie war versammelt. »Zwei Kalbsköpfe«, sagte Rikke vielsagend zu Juliane und ließ ihren Blick über die Runde wandern. Juliane nickte. Alle wußten, was das bedeutete. Wenn Mockturtlesuppe auf dem Speisezettel stand, gehörten zwei Kalbsköpfe dazu, große Schüsseln mit kleinen Frikadellen und selbstgemachten Fischklößchen, Pyramiden von hartgekochten Eiern und die kräftige Fleischsuppe, die mehrere Tage lang gekocht worden und am Ende zu einer dicken braunen Soße geworden war, die so wunderbar nach dem besten Madeira des Hauses schmeckte. Die Vorbereitungen für ein solches Festmahl nahmen mindestens zwei Tage in Anspruch, und deshalb herrschte im Zimmer eine gewisse Andacht. Keiner der Männer wagte, sich eine Zigarre anzustecken, bis Josephine verkündet hatte, zum Dessert dürfe geraucht werden.

Linder musterte seine Frau. Er freute sich auf die Gesichter der Verwandtschaft, wenn das fesche neue Stubenmädchen die Suppenterrine brachte.

»Bitte, zu Tisch«, sagte Josephine und öffnete die Tür zum Eßzimmer. Die Kinder drehten sich zu Onkel Helbig um. Sie warteten auf seinen alten Spruch: »Was habt ihr es doch gemütlich.« Wenn er das sagte, zeigte er immer auf die Rotweinkaraffen, die mitten auf dem Tisch standen.

Linder rückte Juliane einen Stuhl hin. Sie lächelte Johan

an, und die Familie ließ sich lärmend nieder. Johan war eben eingezogen worden, die Uniform stand ihm gut.

Alle blickten verwundert, als Josephine sich in aller Ruhe an den Tisch setzte. Wollte sie denn nicht das Essen holen? »Klingelst du bitte, Josephine?« fragte Linder mit unschuldigem Gesicht. Josephine griff zu einer kleinen Glocke, klingelte, die Tür öffnete sich, und Else erschien mit der tiefen Suppenschüssel.

Alles verstummte überrascht. Else schaute sich unruhig um. Von draußen hatte sie Stimmen und Stühlescharren gehört, doch nun kam sie sich vor wie in einer Friedhofskapelle. Mit zitternden Händen teilte sie die Suppe aus.

Juliane lachte Otto an und verdrehte die Augen, weil Rikke wie zu Stein erstarrt dasaß.

Josephine war zufrieden und blickte ihren Mann an. Linder erhob sich und klopfte an sein Glas. »Willkommen, ihr alle. Fine und ich haben uns sehr darauf gefreut, euch zu diesem festlichen Anlaß empfangen zu dürfen, zur goldenen Hochzeit unseres lieben alten Königspaars. Wir waren zwar nicht zur Tafel im Schloß geladen, aber Josephines Schildkröte können sie unmöglich übertreffen, wenn ich das so sagen darf. Der einzige, den ich gern hier am Tisch gesehen hätte, ist der Prinz von Vaaales.«

»Wales«, korrigierte Rikke laut. Josephine lief rot an.

Linder ließ sich nicht irritieren. »Über den König kann man vieles sagen, aber im Laufe der Zeit haben wir ihn alle liebgewonnen, denn er ist zum Kopenhagener geworden. Wie Seine Majestät in seiner Rede so richtig gesagt hat: ›Ich bitte um Gottes Segen für dieses Land, dieses Volk und die Stadt Kopenhagen, deren Bewohner ich als meine Brüder und Kinder betrachte.‹« An dieser Stelle wurde Linder von Rührung überwältigt. Er griff zu seiner Serviette und betupfte sich die Augen.

»Die Schildkröte wird kalt, Schwager«, rief Helbig, der mit erhobenem Silberlöffel vor seinem dampfenden Teller saß.

»Auf unser altes Königspaar«, sagte Linder mit zitternder Stimme und hob sein Glas. Die Familie tat es ihm nach, prostete und machte sich dann mit strahlenden Augen über die falsche Schildkröte her.

»Das schmeckt gut, Schwester«, sagte Juliane anerkennend zu Josephine, die ihren Blick dankbar erwiderte.

Die Stimmung stieg, und Else brachte eine Schüssel nach der anderen. Nach zwei Stunden war die Schildkröte noch immer nicht verzehrt.

Die Damen glühten. Die Fenster beschlugen, und in dem großen Eßzimmer roch es nach Madeira und hartgekochten Eiern.

Else hatte anfangs schüchtern ausgesehen, nun war ihr gesteiftes Häubchen verrutscht, und sie war blaß und verschwitzt.

Rikke betrachtete sie mit einem merkwürdigen Blick.

An Ottos Tischende ertönte brüllendes Lachen.

»Erzähl das noch mal, damit die anderen das auch hören, Otto«, lachte Helbig.

»Also, eines Tages kam der königliche Leibarzt in den königlichen Salon, und der König lag auf dem Boden und machte sich unter dem Sofa zu schaffen. ›Kann ich Eurer Majestät behilflich sein‹, fragte er hilfsbereit. ›Mein Kanarienvogel ist aus dem Bauer geflogen‹, sagte Christian unter dem Sofa. Der Arzt dachte, man könne den Vogel vielleicht rufen, und fragte: ›Wie heißt der Vogel?‹ Christian erhob sich, dachte gründlich nach und sagte dann: ›Das weiß ich nicht, aber ich nenne ihn Pipsy!‹«

»Auf Pipsy!« rief Helbig, und die Familie hob die Gläser.

Amalie brachte nun das Dessert. Sie bückte sich und flüsterte ihrer Mutter zu: »Ich glaube, Else ist krank.«

Josephine sprang auf und ging in die Küche. Rikke und Juliane wechselten einen Blick und prosteten sich zu.

Helbig hatte die Szene beobachtet. »Ja, ja, Schwager, kein Baum wächst in den Himmel«, lachte er.

Linder unterhielt sich bestens mit Juliane. Josephine setzte sich leise wieder hin.

Else, deren Augen jetzt gerötet waren, brachte noch eine Dessertschüssel.

»Jetzt singen wir das Verdauungslied«, sagte Linder und erhob sich. Die anderen faßten sich an den Händen und sangen: »Wünsche wohl gespeist zu haben, wünsche wohl gespeist zu haben, mögt ihr gut verdauauauen!« Dann rief Helbig: »Und jetzt kommt der Wind, das himmlische Kind!« Und die ganze Familie prustete wie der Nordwind auf dem Markt, und alle lachten über Tante Rikke, die diese Sitte entsetzlich fand.

Zum Kaffee setzte Ingeborg sich ans Klavier, und die anderen tanzten durch das Eßzimmer einen Galopp.

Josephines Gäste gingen erst spät. »Das war doch wirklich ein Erfolg, Mutter«, sagte Linder, als sich die Tür hinter den letzten geschlossen hatte.

Josephine lief durch das Zimmer und löschte die Lichter. »Hast du die Gesichter gesehen, als Else die Schildkröte gebracht hat?« fragte sie zufrieden.

Linder trug schon seinen Schlafrock und seine feinen Pantoffeln. »Ja, das kannst du wohl sagen, das hat Eindruck gemacht, Fine. Aber diese Else scheint mir doch ein ziemlicher Blaßschnabel zu sein.« – »Ich glaube, sie war unpäßlich, wenn du verstehst, was ich meine«, sagte Josephine. Linder nickte und öffnete das Wohnzimmerfenster. Es wurde an die Tür geklopft. »Darf ich jetzt schlafen gehen?« fragte Else. Josephine nickte, und die Tür wurde leise wieder geschlossen.

Um vier Uhr erwachte Josephine. Amalie stand neben dem Bett und zog an ihrem Arm.

»Was ist denn los, Kind, ich bin gerade erst eingeschlafen?«

»Else schreit. Irgend etwas stimmt da nicht«, sagte Amalie. Josephine erhob sich würdevoll aus ihrem Bett, zog ihren Morgenrock an und schritt über den Flur. Ihre Töchter standen vor Elses Tür und horchten. Sie hörten klagendes Schluchzen.

Josephine griff nach der Türklinke, doch es war abgeschlossen. »Machen Sie sofort auf, Else.«

»Nein, nein, das geht nicht.«

»Sind Sie krank?« rief Josephine. Linder kam angelaufen.

»Was ist da los?«

»Sie will die Tür nicht aufmachen, irgend etwas stimmt da nicht«, sagte Josephine und hämmerte gegen die Tür.

Linder nahm Anlauf und schlug mit der Schulter gegen die Tür. Der Türrahmen knackte, die dünne Kiefernholztür splitterte.

Josephine, die Mädchen und Linder standen in der Türöffnung. Else saß rittlings auf einer großen Schüssel, starrte sie aus weitaufgerissenen Augen an, aus ihr heraus hing ein blutiger Klumpen in die Schüssel. Sie riß am Klumpen und sank ohnmächtig zu Boden.

»Engelmacherei«, flüsterten die Mädchen. Josephine kniete neben Else und deckte sie zu. »Hol den Doktor, Linder. Carla, leer die Schüssel aus.« – »Wo denn?« fragte Carla schockiert und starrte in die Schüssel. »Das ist ein kleines Kind.« Josephine schaute genauer hin. »Das ist eine Fehlgeburt von vier Monaten. Weg damit.«

Carla kippte die Schüssel über der Toilette aus. Die anderen hörten, wie sie sich in der Küche übergab.

»Komm ich jetzt ins Gefängnis?« flüsterte Else und umklammerte Josephines Hand; ihre Zähne klapperten.

»Nein, wir werden Sie nicht anzeigen«, sagte Josephine kühl. »Aber ich habe Ihrer Mutter doch einiges zu sagen.«

Am nächsten Nachmittag wurde Elses Kommode abgeholt, und Rikke und Juliane erfuhren die Geschichte in Rikkes Küche bei einer Tasse Kaffee.

9

Joseph ging jetzt ins zweite Schuljahr. Die Kinder der städtischen Schulen hatten nachmittags Unterricht, damit sie morgens arbeiten konnten. Joseph arbeitete beim Klempner. »Sie haben Mut, Frau Jensen«, die Nachbarinnen schauderte, wenn der kleine Achtjährige mit dem Meister an der Dachrinne arbeitete und ihm den glühenden Lötkolben und anderes Werkzeug reichte.

»Er hält sich gut fest«, erwiderte Juliane beruhigend. Aber auch sie hatte Angst.

Eines Tages hatten der Klempner und Joseph auf dem Dach ihres Hauses gearbeitet. Joseph hatte seiner Mutter von der Regenrinne aus voller Stolz zugewinkt. Sie zog ganz schnell den Kopf zurück und lehnte sich an die Wand.

Nach Feierabend bekam er von der Meisterin Malzbier und Brote. »Nichts schmeckt so gut wie Meisters Malzbier«, erzählte er, wenn er nach Hause kam. Otto und Juliane tauschten ein Lächeln. »Ja, wie gut, daß du die Freuden der Arbeit kennenlernst«, sagte Otto ernst. »Brot und Bier schmecken immer so gut, wenn man vorher ehrliche Arbeit geleistet hat.«

Es tat Otto und Juliane leid, daß ihr Sohn schon mit acht Jahren arbeiten mußte, aber die brauchten das Geld. Juliane war wieder in Hoffnung. Sie und Otto hatten geweint, als sie die ersten Anzeichen bemerkt hatten.

»Du hast doch versprochen aufzupassen«, schluchzte Juliane. »Wo sollen wir hin mit den vielen Kindern? Und sie brauchen Kleider und müssen essen.« Überall in der Wohnung hingen Windeln. »Ich ertrage das nicht, die ganze Wohnung stinkt nach Kinderkacke. Ich habe gerade erst abgestillt und zum ersten Mal wieder meine Tage, und ich bin so müde.« Sie saß am Küchentisch und hatte den Kopf auf die Arme gelegt. Otto nahm sie in den Arm und strich ihr über die Haare. »Ich weiß nicht, wie es passiert ist, ich dachte, ich hätte aufgepaßt.«

Juliane hob ihr verweintes Gesicht. »Ich weiß genau, wann es war, es war nach dieser Drecksmockturtle.«

Otto sah sie an und wischte ihr die Tränen ab. Ein leichtes Lächeln war zu ihren Augen unterwegs. Er beugte sich über sie. »Kleiner Schatz, was sollen wir machen, sollen wir ihn abschneiden?« Er drückte sie an sich und wiegte sie in seinen Armen.

»Otto, irgendwer muß doch wissen, wie man aufpaßt. Vielleicht kann man etwas machen. Die Chinesin sagt, sie wüßte einen Rat. Es hat etwas mit Schneiden zu tun.«

»Das tust du nicht. Davon kann man sterben«, sagte Otto.

»Dieses Kind hier ist mein letztes, mehr will ich nicht«, erklärte Juliane und trocknete sich mit der Schürze das Gesicht.

Es war wieder ein Junge, hell und blauäugig. Sie tauften ihn Viggo. »Hier ist noch ein kleiner Goldlock«, sagte Otto, als er das Kind sah. »Jetzt haben wir zwei schwarze und zwei blonde Jungs.« Die Geburt war nicht schwer gewesen. Das Kind war rund und hübsch.

»Er sieht aus wie eine kleine Puppe«, sagte Thora. Sie hatte monatelang nicht mehr mit ihrer Mutter gesprochen, seit sie von der Schwangerschaft erfahren hatte. Es war ihr peinlich, daß ihre Mutter dauernd schwanger war.

»Alle glauben, es wäre meins«, sagte sie wütend. Doch als sie den kleinen Neuankömmling auf dem Arm hatte, war sie trotzdem froh.

Josephine und Rikke machten mehrere Tage lang mit Suppe ihre Wochenbettvisite bei Juliane. Doch die war schon am zweiten Tag wieder auf den Beinen und aktiv.

Josephine und Rikke hatten es aufgegeben, sich zu den vielen Geburten zu äußern. Aber beide Familien sahen voller Sorge, wie schwer Juliane und Otto es hatten.

Otto hatte noch immer seine Arbeit in der Schmiede. Aber es war harte Arbeit, und die Preise stiegen. Es gab viele Arbeitslose, die hungerten. Ab und zu kamen Arme auf die Hinterhöfe und durchwühlten die Mülltonnen, aber viel war da nicht zu holen. Nichts wurde weggeworfen, was Familie Jensen irgendwie noch brauchen konnte. Wenn einem Kind ein Stück Brot auf den Boden fiel, brachte ihm das eine schallende Ohrfeige von Otto ein. Er war sehr nervös und unbeherrscht.

»Wir kommen einfach nicht weiter, auch wenn wir jeden Öre umdrehen, wir scheinen im Sumpf zu stecken, je mehr wir kämpfen, um so tiefer sinken wir.«

Sie überlegten, ob Juliane wieder arbeiten gehen sollte. Sie wollte gern, aber Otto hielt es nicht für richtig. Es erschien ihm wie eine Bankrotterklärung, wie der Beweis dafür, daß er seine Familie nicht ernähren könne.

»Es ist doch leichter geworden, seit die beiden Großen für ihre Kost bezahlen«, sagte Juliane. Johan war beim Militär, und Thora hatte ihre Arbeit in der Nähstube. Otto nickte. »Aber wohin zum Teufel verschwindet das Geld?«

Am 1. Mai hatten sie für den Achtstundentag gestreikt. Auch Frauen hatten mit demonstriert. Sie arbeiteten jetzt fast überall. Die Männer hielten das jedoch nicht für einen Fortschritt. Die Frauen drückten die Löhne und wurden häufig als Streikbrecherinnen eingesetzt. Und jetzt wollten sie auch noch das Stimmrecht. Die ganze Familie lachte über Rikke, wenn sie zu Versammlungen ging. Helbig grämte sich.

»Aus Helbig scheint irgendwie die Luft raus zu sein«, sagte Otto. »Er wird mit der Madame nicht mehr fertig.«

Juliane und Josephine hörten sich Rikkes Predigten brav an. Sie sahen ja auch die vielen Ungerechtigkeiten. In Julianes Haushalt interessierte sich jedoch vor allem Otto für die neuen Gedanken über Frauenstimmrecht und Frauenbewegung. Juliane lachte nur.

»Ich habe sie marschieren sehen. Kannst du mir verraten, Otto, warum sie alle so potthäßlich sind? Wenn da ein paar fesche Mädels dabei wären, denen ich gern ähnlich sehen würde, dann wäre ich auch dabei. Aber alle haben einen Schnurrbart und sind so männlich. Man weiß ja gar nicht, was sich unter ihren Kleidern versteckt.«

»Juliane, du bist altmodisch.« Otto musterte sie kopfschüttelnd. »Du mußt doch zugeben, daß sie Mut haben. In England werden sie eingelocht, hier werden sie ausgelacht und verspottet, wenn sie sich zu Wort melden. Ich wäre stolz auf dich, wenn du mit Rikke zu den Versammlungen gehen würdest. Helbig geschieht es nur recht, daß die Revolution auf sein Wohnzimmer übergreift. Mit Rikke ist in der Hinsicht nicht gut Kirschen essen.«

»Ich weiß nicht, aber ich muß immer lachen, wenn sie losdonnern und ihre Regenschirme schwenken«, lachte Juliane. »Das ist doch einfach komisch. Sie sind so ernst, und sie sprechen mit uns wie mit Hottentottinnen, die zum Missionsposten geschleppt werden sollen. Ich fühle mich wirklich nicht unterdrückt. Hier im Haus tue ich doch, was ich will. Abgesehen davon, daß ich all diese Kinder auf die Welt bringen muß.«

Otto stand auf und seufzte. »Du bist unmöglich.«

Juliane hing aus dem Fenster und winkte ihm hinterher, als er zur Arbeit ging. Er sah müde aus, ihr Otto. Als er abends nach Hause kam, ging es ihm nicht gut. »Ich hab verdammt üble Ohrenschmerzen«, sagte er und ließ sich aufs Bett fallen.

Es war die letzte Stunde, es war Samstag. Lehrer Herman in seiner kurzen, blanken Alpakajacke kehrte den Kindern den Rücken zu. Manchmal hatte er den Anblick der kleinen Knaben einfach satt. Er haßte den Gestank schmutziger Strümpfe und ungewaschener Leiber. Haßte ihre Nasen mit grünem Rotz und ihre kurzgeschorenen Köpfe. Manche hatten Ausschlag und Kopfgrind. Sie waren keine Kinder, sie waren Ungeziefer.

Lehrer Herman war ein ehemaliger Unteroffizier deutscher Herkunft. Er war wegen eines Dienstvergehens ohne Pensionsansprüche entlassen worden und unterrichtete für einen Hungerlohn Schreiben und Turnen.

Joseph und sein Nebenmann, Heinrich, beugten sich über ihre Schreibhefte. Heinrichs dünne Finger führten die Feder in elegantem Bogen. Vorsichtig tunkte er sie ins Tintenfaß, nicht zu viel und nicht zu wenig.

Joseph blickte ihn an, er lehnte sich zu Heinrich hinüber, um besser sehen zu können. »Da ist die Grenze«, sagte Heinrich und zeigte auf einen Strich, den er mit Kreide gezogen hatte. Sein Territorium befand sich auf der anderen Seite des Kreidestrichs. Joseph streckte den Ellbogen aus. »Willst du Keile?«

Heinrich war in Schuldingen von peinlicher Ordnung und malte wunderschöne Zahlen. Joseph und er kämpften um den ersten und zweiten Platz in der Klasse. Jeden Samstag gab es Zensuren, und die besten Schüler saßen vorn.

Die schlechtesten hinten. Joseph konnte gut auswendig lernen und war der Beste im Lesen. Aber er war mit den Händen nicht so geschickt wie Heinrich. Joseph griff zu seiner Feder, tunkte sie ins Tintenfaß und fing an zu schreiben.

Während der Stunde mußten sie ganz still sein. Lehrer Herman war Geräuschen und Gerüchen gegenüber empfindlich, hieß es in der Schule, sonst aber tüchtig. Er schlug fast nie, und nie mit der Hand. Er mochte andere Menschen nicht anrühren. Er stach die Jungen immer mit einem Lineal, wenn er sie bestrafen wollte.

Sie hörten ein Kratzen von Josephs Feder. Lehrer Herman fuhr zusammen, als habe jemand an seinem Gehirn gekratzt.

»Wer war das?« Joseph beugte sich tiefer über sein Heft. Er schrieb weiter und versuchte, den Federkeil festzuhalten. Die Feder war schon alt.

»Du kratzest mit der Spitze, Junge«, rief Herman.

Joseph nahm die Feder und versuchte, die Spitze gerade zu biegen, die Tinte lief über seine Finger. Er wischte sie an seiner Hose ab. »Dreckschwein«, flüsterte Heinrich und rückte von ihm ab.

Lehrer Herman wandte sich wieder der Tafel zu und seufzte. Joseph spuckte über Heinrichs Kreidestrich, die Spucke schäumte ein wenig. Heinrich wischte sie wütend mit dem Ärmel weg.

Joseph hatte Hunger, sein Magen knurrte laut, unruhig rutschte er auf der Bank hin und her. Er hatte kein Pausenbrot. Der Vater war krank. Vor einer Woche war er aus der Schmiede nach Hause gekommen. Er habe Ohrenschmerzen, hatte er gesagt. Die Mutter hatte auf dem Herd Watte heißgemacht, und der Vater hatte die heiße Watte die ganze Nacht im Ohr gehabt. Die Mutter sagte, nicht viele Erwachsene bekämen Ohrenschmerzen.

Am Vortag hatte der Vater hohes Fieber gehabt und am ganzen Leib gezittert. Seit Tagen schon floß eine Flüssigkeit aus seinem Ohr. Nachts hatte er seltsam geschnarcht, und er hatte auch geweint. Die Mutter sprach von Fieberwahn. Das klang unheimlich. Er kannte solche bösen Träume gut.

»Joseph, du kratzest mit der Spitze!«

Der Junge fuhr zusammen. Er dachte an den Traum vom Engel. Er hatte Schritte gehört, schwere Schritte, wie die eines großen Mannes, der eine Treppe hochgeht. Eines Verfolgers. Er hatte genau gewußt, daß es ein Traum war. Er wollte aufwachen, aber er schaffte es nicht. Die Schritte kamen immer näher.

Plötzlich sah er, daß es ein Engel war, groß und ernst. Der Engel beugte sich über sein Bett.

Jetzt muß ich sterben, hatte er gedacht. Aber der Engel musterte ihn nur ernst. »Komme ich in den Himmel?« fragte Joseph. Der Engel schüttelte langsam den Kopf. »Nein«, sagte er mit tiefer Stimme und war verschwunden.

Joseph erwachte voller Kummer. Er weinte laut und weckte damit Juliane. Sie streichelte ihm den Kopf, und er erzählte ihr von seinem Traum. »Natürlich kommst du in den Himmel, du hast doch nur geträumt«, flüsterte sie.

Der Traum vom Engel hatte ihm noch tagelang in den Knochen gesteckt. Sein Herz war schwer. Wenn er abends im Bett lag, dachte er daran. Er wagte nicht zu schlafen. Wenn er sich die Ohren zuhielt, konnte er ein Pochen hören. Mutter sagte, das sei das Brausen des Blutes und sein eigenes Herz. Aber es hörte sich an, wie wenn er sich Tante Rikkes große, hellrote Muschel ans Ohr hielt. Er konnte die Schritte noch immer hören, wenn er die Augen zumachte.

Schließlich hatte er gegen seinen Traum rebelliert. Es war ihm egal, ob er in den Himmel kam; dann brauchte er sich auch nicht die Mühe zu machen, brav zu sein. Und das war eine Erleichterung.

Jeden Sonntag besuchte Joseph die Sonntagsschule. Nicht, weil Juliane und Otto sonderlich religiös gewesen wären. Aber man wußte dann auch sonntags, wo die Kinder steckten, und es gab etwas zu essen. Joseph gefiel es dort gut. Er liebte die Worte, die schwierigen Worte, die seltsamen Sätze, den Rhythmus der Choralstrophen.

»Der Lohn der Sünde ist der Tod«, sagte der Pastor eines Tages. Das klang so hart und merkwürdig. Joseph hatte sich diesen Satz gemerkt.

Die Klingel ging. Joseph reagierte nicht, er träumte vor sich hin. Plötzlich stand Herman vor ihm und stach ihn mit dem Lineal. »Na, Joseph, mir scheint, du läßt heute ein wenig den Kopf hängen. Gibt's zu Hause Probleme?«

Joseph hatte einen Kloß im Hals. »Vater ist krank.«

»Dann mach, daß du nach Hause kommst.«

Der Junge sprang auf und schlüpfte aus der Tür. Er rannte den ganzen Weg nach Hause. Als er sich dem Haus näherte, wurde im ersten Stock ein Fenster aufgerissen. Die Hausmeistersfrau beugte sich heraus und rief mit schriller Stimme: »Joseph, dein Vater ist tot!«

Am Vormittag hatte Otto plötzlich das Bewußtsein verloren. Das Fieber war gestiegen. Er atmete immer schwerer, bis er schließlich nur noch röchelte. Juliane versuchte, ihn wachzurütteln, doch er war bewußtlos. Sie war verzweifelt. »Kann uns denn niemand helfen? Lieber Gott, mach, daß mein Otto nicht stirbt! Otto, du mußt für uns kämpfen! Was soll denn ohne dich aus uns werden?«

Josephine holte einen Arzt, und Otto wurde ins Krankenhaus gebracht. Josephine und Rikke begleiteten Juliane ins Krankenhaus, wo Otto eine Stunde später starb.

»Gehirnentzündung«, stellte der Arzt fest.

Juliane wollte ihn nicht loslassen. Sie nahm ihn in die Arme. Sein Kopf kippte nach hinten. Seine Haut war gelb, die großen Augen halb offen. »Mein Geliebter, mein Geliebter! Laß mich und die Kinder nicht allein! Ich kann nicht allein sein! Du darfst nicht sterben, du darfst nicht sterben!« Ihre Klagen steigerten sich zu wildem Geschrei.

Josephine und Rikke schüttelten sie. »Schwester, nun nimm Abschied«, weinte Josephine.

Juliane starrte sie verzweifelt an, sie nahm Ottos Hand und küßte sie lange.

»Lebewohl und danke für alles, Otto.« Sie streckte die Hand aus und ließ sie dann abrupt sinken. Jetzt sterbe ich innerlich, dachte sie plötzlich ganz klar.

»Ich kann ihm nicht die Augen schließen«, flüsterte sie.

»Doch, das kannst du«, sagte Josephine und schaute ihr fest in die Augen. »Er hätte sich das gewünscht.«

Langsam näherte Julianes Hand sich seinen Augen.

Otto wurde an einem wunderbaren Sonnentag begraben. Schweigend stand die Familie dabei. Juliane hatte ihre Kinder um sich versammelt. Joseph stand vor seiner Mutter, er drückte sich an ihre Beine und sah zu, wie der Sarg in die tiefe Grube gesenkt wurde. Er spürte, wie ihre Beine zitterten. Plötzlich dachte er, jetzt kann er mich nicht mehr schlagen, bereute diesen Gedanken aber sofort. Warum war er so gemein, sicher hatte der Engel das gemeint. Er preßte sich noch fester an Julianes Beine und nahm ihre Hand. Auf jeden Fall wollte er sich immer gut mit seiner Mutter vertragen. Sie drückte seine Hand so fest, daß es weh tat.

Der Lohn der Sünde ist der Tod, hörte er in Gedanken.

Juliane wandte sich an ihre Schwestern. »Was soll ich nun machen?«

Rikke musterte sie mit hartem Blick. »Wenn du nicht arbeiten willst, dann mußt du betteln gehen.« Josephine blickte Rikke schockiert an. Was war denn in sie gefahren? Helbig wich vor seiner Frau zurück.

Alle starrten Juliane an. Sie schien sich wie nach einem Schlag aufzurichten. Sie sah größer aus als vorher, als sie nun ganz dicht vor Rikke hintrat.

»Danke, Schwester, diese Worte werde ich dir nie vergessen.« Juliane nahm ihre Kinder an der Hand und ging.

Schweigend ging die Verwandtschaft hinterher.

Juliane weinte nicht mehr. Sie konnte nicht. Ihre Bewegungen waren wie erstarrt, immer wieder fiel ihr etwas aus der Hand. Und dann starrte sie lange auf den Boden. »Ich muß es wegarbeiten«, sagte sie immer wieder zu sich.

Eines Nachts fuhr sie voller Entsetzen aus dem Schlaf hoch. »Ich habe sein Gesicht vergessen. Wie sah er denn bloß aus?« Sie stürzte ins Wohnzimmer, riß die Schublade auf, in die sie sein Bild gelegt hatte. Sie konnte es noch nicht im Wohnzimmer aufstellen. Sie küßte das Bild und weinte und schluchzte für den Rest der Nacht. Immer wieder jagten stechende Schmerzen durch ihren Kopf.

Juliane saß im Bett, hielt die Hände am Kopf und wiegte sich hin und her. Joseph beobachtete sie, aber er wagte nicht näher zu treten. So hatte er seine Mutter noch nie gesehen.

Im Haus sprachen die Frauen leise über sie. Ihr Los war so hart, daß sie einen Bogen um sie machten, als sei soviel Unglück ansteckend. Keine wagte, mit ihr zu sprechen.

Am nächsten Morgen beschloß sie, zu Schlachter Hansen zu gehen. Wenn er keine Arbeit für sie hatte, würde sie versuchen, wieder als Papiereinführerin in der Druckerei angestellt zu werden.

Langsam und mechanisch, als müsse sie sich zu jeder Bewegung zwingen, bügelte sie ihre Unterröcke und ihre gute weiße Bluse mit der marineblauen Schleife. Sie zog einen schwarzen Rock, die taillierte und paspelierte Jacke an und setzte den Hut mit den Volants und den Schleifen auf.

Die Sonne strahlte. Es war ein warmer Septembertag. Sie zögerte einen Moment und überlegte, ob sie den Sonnenschirm mitnehmen sollte. Das tat sie und streifte dann ihre Lederhandschuhe über. Sie betrachtete sich im Spiegel. »Eine Dame geht nicht ohne Hut und Handschuhe, nicht einmal, wenn sie bei einem Schlachter nach Arbeit fragt«, sagte sie mit schiefem Lächeln zu sich selber.

Sie seufzte, riß sich dann zusammen und nahm ihre übliche gerade Haltung ein. Der Hut saß zu locker. Sie legte Sonnenschirm und Handschuhe beiseite, nahm die große Hutnadel und stach sie quer durch ihre üppige Frisur. Jetzt saß der Hut fest. »So, Rikke, jetzt bin ich soweit. Du wirst schon sehen«, sagte sie zu ihrem Spiegelbild. Die harten Worte ihrer Schwester bei der Beerdigung hatten sich ihr eingeätzt. Sie sah sie vor sich, wie mit spitzen Bögen und hübsch nach rechts abgeschrägt in ein Heft geschrieben: »Wenn du nicht arbeiten willst, dann mußt du betteln gehen.«

Der große, rotgesichtige Schlachter mußte sich abwenden, um seine Tränen zu verbergen, als er sah, wie Juliane ihren Sonnenschirm schloß und die Treppe zum Schlachterladen hinunterging. Sie faßte seinen Arm und drehte ihn um. »Danke für die Blumen zur Beerdigung, Hansen. Kann ich wieder anfangen?«

Er putzte sich die Nase und fuhr sich über seine rotunterlaufenen blauen Äuglein. »Das ist so verdammt hart, Juliane«, sagte er mit belegter Stimme. Schweigend tauschten sie einen Blick. Er hielt ihre Hand noch eine Weile fest.

»Ich kann sofort anfangen«, sagte sie und entzog ihm ihre Hand. »Ich muß nur schnell nach Hause gehen und mich umziehen.« Er nickte und zog den Korken aus einer Schnapsflasche. »Du kannst morgen anfangen, Juliane. Und darauf müssen wir gleich einen trinken.« Sie lächelte, hob ihren Schleier und leerte das Glas auf einen Zug.

Der Alltag hatte begonnen. Juliane arbeitete, so oft sie konnte, wenn jemand auf die Kinder aufpaßte.

»Wie kommst du zurecht«, fragte Josephine besorgt.

»Ich komme nicht zurecht, aber wir leben trotzdem. Das Geld von Hansen geht für die Miete drauf. Thora und Johan wohnen wieder zu Hause, sie geben mir die Hälfte von ihrem Lohn, und damit kaufen wir das Essen. Joseph ist bei einem Klempner, er ißt dort und bekommt pro Woche eine Krone. Ich kann ab und zu von Hansen Reste mit nach Hause nehmen, aber freitags gibt es dann nur noch Zwieback, Kaffee und Margarine, und von Schulbroten kann nicht mehr die Rede sein.«

»Sag doch bitte, wenn Linder und ich helfen können.«

»Nein, danke, Fine, ich schaffe das schon. Ich möchte lieber die Freiheit haben, zu tun und zu sagen, was ich will.«

Josephine und Linder besuchten Juliane häufig. Rikke schämte sich über ihr Verhalten auf der Beerdigung. Sie wußte nicht, wie sie das wiedergutmachen sollte. Sie kannte ihre Schwester gut genug, um zu wissen, daß sie diese Bemerkung niemals vergessen würde. Helbig hatte sie auch nicht vergessen. Alle waren von Rikke abgerückt, und sie litt unter der Isolation in der Familie. Aber niemand würde sie dazu bringen, das zuzugeben. Sie ging zu ihren Treffen des dänischen Frauenverbandes, sie nahm an Demonstrationen teil, verteilte Flugblätter und fand neue

Freundinnen, die sie zu Hause besuchten. Die Freundinnen starrten Helbig aus dem Wohnzimmer, und mit verwirrter Miene lief er dann durch die Wohnung.

»Er sieht wirklich aus wie ein Hund, der vergessen hat, wo sein Knochen vergraben ist«, grinste Linder.

Juliane erwachte oft um drei oder vier Uhr nachts. Dann dachte sie über ihr Leben nach. Die Sache mit dem Schlachter war ein ziemlicher Eiertanz. Sie wußte, daß er ein Auge auf sie geworfen hatte; er träumte davon, sie zu heiraten. Zum Spaß stellte sie sich Hansen in einer Verführungsszene vor. Wie er mit seinen Wurstfingern nach ihr grabschen würde, während seine blauen Glubschaugen ihm aus dem Kopf zu quellen schienen.

Die Trauer um Otto überfiel sie wellenartig. Gleich nach seinem Tod hatte sie das Gefühl gehabt, er sei spurlos verschwunden. Langsam fand sie ihn wieder, so, als sei er jetzt an einem Ort, wo sie mit ihm sprechen könne. Sie konnte ihn nicht immer finden, doch wenn es ihr gelang, dann fragte sie ihn um Rat; sie erzählte ihm von den Kindern und allen witzigen Dingen, die im Laufe des Tages passiert waren.

Manchmal glaubte sie, ihn auf der Straße zu sehen. Sie lief hinter einem Mann her, der Ähnlichkeit mit ihm hatte, blieb stehen, ging weinend weiter und hatte Angst, nun auch noch den Verstand zu verlieren.

Sie machte lange einsame Spaziergänge, um sich von ihrer Unruhe zu befreien. Einmal ging sie in den Hafen. Dort sah sie gewaltige graue Wolkenformationen. Sie sahen aus wie eine Burg. Gottes Burg, die Himmelsburg. Wie im Choral »Ein' feste Burg ist unser Gott.« Plötzlich rief sie: »Du mieser, gemeiner Gott. Warum hast du mir meinen Geliebten genommen? Warum muß ich allein für die Kinder kämpfen? Warum bist du so böse? Was habe ich dir getan?«

Sie schaute sich um. Wenn jemand sie gehört hätte!

An diesem Abend ging sie spät ins Bett. Sie hatte schreckliche Lust auf Liebe, ihr Schoß pochte, und sie war so feucht, daß es ihr über die Oberschenkel strömte. Weinend und mit zusammengebissenen Zähnen brachte sie sich zum Orgasmus und stöhnte dabei: »Du mieser Gott, ich spüre, daß Otto bei mir ist, und nie, nie im Leben kannst du mir das Glück wegnehmen, das wir gehabt haben. Ich glaube gar nichts mehr. Es gibt keinen Gott, es gibt nur Ungerechtigkeit.«

Joseph ging inzwischen jeden Morgen um sechs in die Kautabakfabrik und nahm Klein-Otto als Gehilfen mit. Die kleinsten Kinder standen an den langen Tischen und klebten Tabakschachteln zusammen. Joseph drehte das große Rad, das den glänzendschwarzen Tabaksfaden spann, aus dem der Kautabak gedreht wurde. Die dicke, schwarze Masse roch nach Backpflaumen und Teer.

Eines Morgens hielt ein Geselle einen Spucknapf in der Hand. »Du Schwarzer da! Sollst nicht du die Spucknäpfe ausspülen?« Joseph nickte. Er hatte das auch schon getan. In einem Napf war Blut gewesen. Sicher litt hier jemand an Schwindsucht, und die war ansteckend, das hatte seine Mutter gesagt. Joseph hatte den Napf ganz weit von sich weggehalten, so daß das Wasser spritzte. Auch am Rand hatten Spuckeklumpen gesessen, aber er hatte sich nicht getraut, die abzuwischen, er wollte doch nicht krank werden. Wer sollte dann Geld verdienen? Der Geselle hielt ihm den Spucknapf unter die Nase. »Noch mal!« Klein-Otto hatte das gehört, kam erschrocken angelaufen und stellte sich neben Joseph. »Geh an deinen Platz, Junge«, sagte der Geselle und versetzte Klein-Otto einen Stoß.

»Faß meinen kleinen Bruder nicht an«, warnte Joseph

und trat vor Klein-Otto. Der Geselle verpaßte ihm eine so heftige Ohrfeige, daß er auf den Zementboden fiel. Wortlos stand er auf und trat dem Gesellen mit seinem Holzschuh an das Schienbein.

»Ach, ach, Joseph, jetzt holen sie dich«, schrie Klein-Otto. Joseph und Klein-Otto wurden vor den Fabrikinspektor geschleppt, der in seinem Büro saß. Der Geselle stieß Joseph vor den Schreibtisch und stemmte die Hände in die Seiten. »Er hat einen Gesellen getreten.«

Der Fabrikinspektor nickte dem Gesellen zu und schickte ihn aus dem Zimmer.

Dann nahm er langsam die Brille ab und musterte die beiden bleichen, schwarzhaarigen Jungen. Er mußte lächeln, als er merkte, daß Josephs schwarze Augen seinen Blick erwiderten. »Du weißt doch sicher, daß ein Lehrling nichts Schlimmeres tun kann, als einen Gesellen zu schlagen, nicht wahr?« Joseph nickte. »Noch schlimmer ist es natürlich, wenn eine Aushilfe einem Gesellen einen Tritt versetzt. « – »Er hat meinen Bruder geschlagen. Zu Hause bin ich derjenige, der auf die Kleinen aufpassen muß.«

»Machen das deine Eltern denn nicht?«

»Mein Vater ist tot.«

»Du heißt Joseph, ja?« Ein älterer Herr in einem eleganten Anzug und einem seltsam ausgebeulten Schlips schaute herein. Er hatte nicht angeklopft. »Ich habe alles gesehen, Jacobsen. Der Geselle hat den Kleinen geschlagen. Ich finde es richtig, daß du auf deinen Bruder aufpaßt. Und jetzt geht wieder an die Arbeit.«

»Vielen Dank«, sagte Joseph und zog Klein-Otto mit sich. »Müssen wir nicht ins Gefängnis?« flüsterte Klein-Otto. Joseph zögerte kurz, dann ging er zu dem Herrn mit dem Schlips, der sie noch immer ansah. »Werden Klein-Otto und ich gefeuert?«

Der Mann lachte. »Nein, ihr seid ja gar nicht richtig angestellt, du und Klein-Otto. Ihr seid nur Aushilfen.«

»Aber wir kriegen doch Geld, und wir arbeiten. Ich weiß ja, daß Kinder erst mit zehn Jahren arbeiten dürfen. Aber darum kümmert sich doch keiner«, sagte Joseph, schaute dem eleganten Herrn ins Gesicht und wippte dabei auf den Fußballen hin und her.

»Ja, zum Teufel, Bursche, bist du vielleicht Sozialist?« lachte der Herr und putzte sich mit einem großen, braunkarierten Taschentuch die Brille.

»Ja, das war mein Vater auch.«

Joseph traten die Tränen in die Augen. Er lief ganz schnell zu seinem Rad zurück. Er konnte den schwarzen, dicken Lakritz- und Tabakstrom durch die Tränen hindurch gar nicht sehen, drehte das Rad aber trotzdem in seinem normalen Tempo.

Als die Kinder sich am Samstag aufstellten, um ihren Wochenlohn in Empfang zu nehmen, hielten Joseph und Klein-Otto einander fest an der Hand. Vielleicht würde ihnen nun gesagt werden, daß sie in der nächsten Woche nicht mehr zu kommen brauchten. Aber niemand sagte etwas, und mit hocherhobenen, kurzgeschorenen Häuptern gingen die beiden Kinder zum Tor hinaus. Erst draußen rief Joseph: »Sie haben nichts gesagt! Wir sind nicht gefeuert worden. Also geht die Arbeit weiter.«

Bei Familie Jensen nahmen die Tage ihren gewohnten Lauf. Die beiden Großen erwähnten Otto nicht mehr. Er schien nur eine Fußspur im nassen Sand hinterlassen zu haben; jetzt spülten die Wellen darüber hinweg und verwischten sie. Für die Kinder war es so, als habe er niemals existiert.

Juliane hatte erwartet, nach Ottos Tod ihren beiden ältesten Kindern wieder so nah zu kommen wie damals nach dem Tod ihres ersten Mannes. Aber etwas Entscheidendes war seither geschehen. Sie hatte ihnen ihren Mann vorgezogen, und das würden die beiden ihr niemals verzeihen.

Wenn sie ihn erwähnte, gaben sie keine Antwort oder wechselten schnell das Thema, so, als schämten sie sich ihrer Mutter.

Sie sprach mit Joseph und den kleineren Kindern über ihren Vater, und sie hörten ihr zu, als ob sie ein Märchen erzählte.

Am Ende erwähnte auch sie ihn nicht mehr. Doch nachts rief sie ihn noch immer und erzählte ihm von ihren Sorgen und Freuden.

10

Joseph suchte seine Waffen zusammen. Es war der Tag vor dem Buß- und Bettag. Nach altem Brauch lieferten sich die Jungen aus Amager und die aus Christianshavn an diesem Abend um sechs auf dem Wall eine Schlacht. Die Polizei drückte in der ersten Stunde ein Auge zu, danach wurden zwei Wachtmeister geschickt, um die ärgsten Kampfhähne auf die Wache zu bringen, wo die in Salzwasser getauchte Rute schon bereitlag. Alle Jungen, die nicht von ihren Eltern eingesperrt worden waren, waren dabei. Vorneweg gingen die Großen mit Stöcken und Topfdeckeln als Schilden. Die Kleinsten mit Holzschwertern und allerlei selbstgebastelten Waffen bildeten die Nachhut.

Aus Amager kamen die großen, rotgesichtigen Bauernburschen. Sie waren stärker und größer als die Jungen aus Christianshavn, die dünner waren und schmutzige, graue Haut hatten. Es waren Jungen, die morgens in Fabriken und Werkstätten arbeiteten und nachmittags die Schulbank drückten. Alle kamen aus den kleinen, feuchten Wohnungen des Viertels um den Marktplatz von Christianshavn. Auf dem Wall prügelten sich nicht die Kinder der feinen Leute. Die feinen Kinder aus den Privatschulen machten an der Hand ihrer Eltern adrett frisiert einen Spaziergang und gingen danach zu Tee und Heißwecken nach Hause. Die Buß- und Bettagsschlacht wurde von sechs bis acht ausgefochten. Um acht Uhr übernahmen die Kopenhagener Flaneure den Wall.

Joseph schulterte seinen Besenstil und lief nervös im Zimmer hin und her, Juliane saß nähend auf ihrem Podest. Wenn die Mutter ihm doch bloß verbieten wollte, das Haus zu verlassen, aber sie blickte von ihrer Näherei nicht einmal auf. Juliane war in Christianshavn geboren und wußte sehr gut, was bevorstand. Joseph ging zu ihr und machte sich an seinem Schild zu schaffen, dem alten, verschrammten Topfdeckel.

Es war still im Zimmer. Der Kuckuck kam aus Hansens Kuckucksuhr zum Vorschein, und Joseph fuhr zusammen. »Mach's gut, Mutter«, sagte er hoffnungsvoll. »Mach's gut, mein Junge.« Sie schaute noch immer nicht auf, sondern musterte ihr Nähzeug, einen Sitzbezug für einen Klavierhocker, auf dem Blumen und Ranken sich in blaßgrünen und hellroten Farbtönen ineinander verschlangen.

Josephs Magen krampfte sich zusammen. Warum war sie so gleichgültig? Als er die Tür öffnete, sagte sie plötzlich: »Joseph, wenn sie dir den Kopf abreißen, dann beschwer dich nicht bei mir.« Empört lief er los, und als er die Treppe hinunterrannte, zitterten ihm die Knie. Er pfiff vor sich hin, »Die Reise nach Jütland«, um sich Mut zu machen. Sein Vater hatte ihm dieses Lied beigebracht. Otto hatte es immer gepfiffen, wenn die Kinder aus dem Hof nach oben kommen sollten.

Auf der Straße zogen die Jungen in kleinen Gruppen zum Wall. Sie kamen aus der Jødens Hule, der Wildersgade, der Strandgade und den anderen Gassen von Christianshavn. Um Viertel vor sechs war bereits eine ziemliche Schar unterwegs.

Der geschlossene Wagen, der Häftlinge zum Frauengefängnis brachte, rumpelte vorüber. Die Jungen duckten sich ein wenig. Auf dem Bock saßen Polizisten, die nichts zu bemerken schienen.

Einige der großen Jungen riefen mit heiseren Stimmbruchstimmen: »Hu, hei, Berg und Hügel, Amars Bauern kriegen Prügel!«

Joseph rannte los, um sich der Nachhut anzuschließen. Er schlüpfte ins Glied. Ein großer, dicker Junge in seinem Alter packte ihn am Arm. »Was bist du?« – »Christianshavner«, antwortete Joseph. Der Junge trat einen Schritt beiseite, um für Joseph Platz zu machen. Der ganze Troß lief jetzt in ziemlichem Tempo. Die Jungen ganz vorn gaben den Takt vor, eins, zwei, eins, zwei. »Mein großer Bruder ist ganz vorn«, sagte der dicke Junge atemlos. »Wenn der zuschlägt, dann sehen die Sonne und Mond.«

Joseph nickte. Er mußte pissen, aber dafür war jetzt keine Zeit.

»Sie kommen«, rief der Junge ganz vorn. »Stürmt den Wall, sorgt dafür, daß sie nicht als erste den Rand erreichen, sonst wird es sehr schwer, sie zurückzuschlagen.«

Die Jungen jagten den Wall hoch. Ein großer Junge fiel rückwärts mit zerfetzter Augenbraue herunter.

»Gut, daß das nicht mein Bruder ist«, stöhnte der Dicke. »Was für ein verdammter Sumpf!«

Plötzlich waren die Jungen aus Christianshavn umzingelt. Josephs Finger wurden von einem Holzschwert getroffen. Seine Hand fiel herab. Es tat weh. Er konnte die Hand nicht bewegen. Was, wenn sie gebrochen war, was würde seine Mutter sagen? Er schaute sich nach dem dicken Jungen um und hörte ein Jammern.

Der Junge hielt sich die Hand vor den Mund, zwischen seinen Fingern sickerte Blut hervor.

Ein großer Junge aus Amager würgte einen strampelnden Christianshavner, dessen Kopf über den Wallrand hing. Joseph schlug dem Würger sein Holzschwert in den Nacken, und der Christianshavner konnte sich befreien.

Sie kämpften an der Wallböschung weiter. Der dicke Junge blutete und rotzte und wischte sich immer wieder den Mund. Joseph zog seine Hand weg. »O verdammt, diese Mistkerle haben dir einen Zahn ausgeschlagen!«

»Was?« fragte der Junge und blickte entsetzt seine blutverschmierte Hand an. Er fühlte mit der Zunge nach dem Zahn und spuckte ihn dann aus. »Krieg ich den?« fragte Joseph und hob ihn mit zwei Fingern auf. »Gern, wenn du mich nach Hause bringst«, lispelte der Junge.

So gut er das mit seinem verletzten Arm konnte, stützte Joseph den anderen.

Plötzlich erscholl der Ruf »Es blitzt«, und zwei hochgewachsene, behelmte Polizisten traten aus dem Gebüsch.

Die Kämpfenden liefen auseinander, nur die verbissensten Kampfhähne machten weiter. Der dickere Wachtmeister mochte nicht auf den Wall klettern, er hielt Ausschau nach einem leichter zu fangenden Opfer, als die beiden kleinen Raufbolde angewackelt kamen. Er setzte ihnen nach. »Los, lauf«, schrie Joseph. Die Jungen ließen ihre Holzschuhe fallen und nahmen die Beine in die Hand. Der Wachtmeister hatte sie schon fast erreicht. Joseph schaute sich um. Der dicke Junge war verschwunden, Joseph wurde weiterhin verfolgt. Die werden mich mit der Salzrute schlagen, und sie nehmen mich Mutter weg. »Muttärrrr!« schrie er entsetzt. Er hatte jetzt die Overgade oven Vandet erreicht und stürzte ins Haus. »Mutter, Hilfe!« Er bekam keine Luft mehr. Er hämmerte und trat gegen die Tür. Der Wachtmeister hatte ihn fast erreicht, er stand schon auf der untersten Treppenstufe. »Er kriegt mich, er kriegt mich.« Mit seinem ganzen Gewicht warf Joseph sich gegen die Tür. Die Tür öffnete sich, und vor ihm stand Juliane. Joseph stürzte an ihr vorbei und kroch zitternd unter ihr Bett.

Sie füllte die ganze Türöffnung und stemmte die Hände in die Seiten. Der Wachtmeister blieb keuchend stehen. »Wo steckt der Junge?«

Er stieß mit Julianes Busen zusammen und schaute ihr ins Gesicht. Dieses Weibsstück hatte die gemeinsten Augen, die er je gesehen hatte. Er wich zurück und fragte noch einmal: »Wo steckt der Junge?«

»Hier kommt niemand rein«, zischte sie und trat einen Schritt vor. Der Wachtmeister betrachtete ihre Oberarme. Dann zuckte er mit den Schultern und ging die Treppe hinunter. Juliane blieb stehen, bis er das Haus verlassen hatte. Sie lehnte sich an die Tür, faßte sich an den Busen, ging hinein, holte ihren Schrubber und suchte damit unter dem Bett. »Jetzt komm schon raus.«

Joseph kroch hervor, sprang an seiner Mutter hoch, und ihre Arme schlossen sich fest um ihn.

Eines Samstagnachmittags saß Juliane mit Johan, Thora und den Kleinen im Wohnzimmer. Es wurde Herbst. Der Kachelofen brannte zum ersten Mal seit langem. »Es ist schön, wenn es so richtig warm wird«, sagte Thora und fröstelte unter ihrem schwarzen Häkelschal. »Meine Kleider riechen schon nach Schimmel.«

Johan tunkte seinen Zwieback in den Kaffee und saugte daran. »Jetzt ist es hier wirklich gemütlich, Mutter.« Juliane nickte. »Gut, daß ihr beiden mithelfen könnt, sonst würde ich es nicht schaffen. Aber jetzt müssen wir eine Lösung finden. In dieser Woche haben wir nur einmal richtig gegessen. Die Kleinen können nicht von Zwieback und Milch leben, und ich will bei meinen Schwestern nicht betteln gehen.«

»Ich habe seit einer Woche kein Pausenbrot mehr bekommen, aber das ist mir egal, ich bleibe nach der Schule einfach ein bißchen länger. Einige von den Jungs essen ihre Brote nie, die liegen unter ihren Tischen, und wenn sie weg sind, esse ich sie«, sagte Joseph.

Die Großen blickten ihn überrascht an. Juliane faltete die Hände in ihrem Schoß. Das machte sie immer, wenn sie etwas Wichtiges zu sagen hatte. Die Kinder betrachteten ihre Hände mit den vielen Ringen. Sie hatte immer saubere, an den Rändern rund gefeilte Nägel. Sie putzte sie mit einem Lederbürstchen und mit hellroter Kreide. Johan fand die Hände seiner Mutter sehr ausdrucksvoll, er sah die Dinge eben immer in anderen Dimensionen. Manchmal waren sie rot und verschwollen, nach einem kalten Tag im Laden waren die Nägel gelblich verfärbt, und dann rieb sie sie mit Glyzerin ein und trug Baumwollhandschuhe. Wenn die Hände von den Handschuhen befreit wurden, waren sie wieder weich und weiß. In ihren Mußestunden manikürte sie sich die Hände. Ihre Hände konnten scharfe, präzise Ohrfeigen verteilen, sie konnten auf den Tisch hauen und die Hand eines Kindes halten, sie konnten diesem Kind auch sanft durch die Haare fahren, wie ein Windstoß, der ein Herzklopfen hervorrief.

Die Hände waren jetzt ruhig, nur schlug der eine Daumen immer wieder rhythmisch gegen den anderen.

»Ich möchte keine Reste mehr von Hansen mit nach Hause nehmen. Ich bekomme doch meinen Lohn.«

»Ach, Mutter, er ist doch so scharf auf dich«, scherzte Johan.

Joseph sprang auf. »Ich will keinen neuen Vater«, rief er wütend. Die beiden Großen lachten und beobachteten die errötende Juliane.

»Den bekommst du auch nicht, Joseph. Das kann ich dir versprechen. Sollte ich je wieder auf eine solche Idee kommen, dann hoffe ich, daß Johan und Thora mich im Wohnzimmer festbinden. Du meine Güte, die bloße Vorstellung, jeden Morgen diesen Specknacken auf dem Kopfkissen neben mir zu sehen!« Sie lachte und schlug sich auf die Schenkel.

»Denk an seine Brieftasche, Mutter«, sagte Johan und ahmte den Schlachter nach, der sich in die hintere Hosentasche griff und eine mit Scheinen vollgestopfte Brieftasche hervorzog.

»Ich habe mir überlegt, daß wir ein Zimmer vermieten könnten.«

»Wie soll denn das gehen, Mutter, wir haben doch gar keins.«

»Ich vermiete das Schlafzimmer, das ist schöner. Die Möbel stelle ich auf den Dachboden, das Doppelbett vertausche ich mit einem Einzelbett, und für das Wohnzimmer kaufe ich ein Sofa, dann können wir alle dort übernachten. Für einen anständigen Mieter, der gut bezahlt, kann es ein schönes Zimmer werden.«

Thora brach in Tränen aus. »Das kann Mutter nicht ernst meinen, dann haben wir doch gar nichts mehr für uns. Und es ist einfach schrecklich, daß wir hier in Christianshavn aufeinanderhocken wie in einem Rattennest. Denk nur an die vielen Häuser, wo die Leute sich die Küche teilen und nur auf dem Flur ein Waschbecken haben. Mutter kann das nicht machen. Johan, sag Mutter, daß das nicht geht.«

Johan schwieg. Er kannte die Lage nur zu gut. Selbst die Kleinen mußten jetzt arbeiten. Joseph und Klein-Otto gingen in die Kautabakfabrik. Juliane dachte schon an die Zeit, wenn die beiden Kleinsten alt genug wären, um Milch auszutragen. Mit fünf Jahren, wenn man keine Angst davor hatte, früh aufzustehen und im Dunkeln zu arbeiten, war das möglich. Wenn sie zusammenhielten, würden sie es schaffen. Wenn nicht, und wenn sie einen Monat mit der Miete im Rückstand lagen, dann war das Unheil geschehen. Wie schnell konnte man in der Gosse landen! Vielleicht landeten sie dann im Obdachlosenasyl »Erlöser-Arbeitshaus« an der Ecke Sofiegade und Prinsessegade. Er blickte Juliane mit ernster Miene an. Soweit würde seine Mutter es nicht kommen lassen, sie würde bis zum letzten kämpfen, das wußte er, und wenn es ganz schlimm kam, würde sie sicher auch in Schlachter Hansens Brieftasche greifen, ohne ihn deshalb heiraten zu wollen. Nach Ottos Tod hatte sie eine Härte entwickelt, die Johan noch von damals kannte, als sie schon einmal allein gewesen war. Der Gedanke, daß sie so stark war, beruhigte ihn, machte ihm aber auch ein wenig angst, schließlich war ihr alles zuzutrauen. Und was sollte werden, wenn er einmal heiraten wollte? Wie würde seine Mutter seine Frau behandeln?

»Mutter, nach dem Militär bekomme ich eine gute Stelle als Setzer und verdiene mehr. Es wird schon gehen. Den Mieter können wir ja rausschmeißen, wenn wir ihn nicht mögen. Laß es uns einfach versuchen. Vielleicht können wir Thora an einen netten Studenten abgeben!« Er lachte und zwinkerte seiner Mutter zu.

Juliane hatte sich einen Kaffee eingegossen und trank einen Schluck.

Thora war ein hübsches junges Mädchen von fast dreiundzwanzig Jahren, mit feiner, heller Haut, braunen Sommersprossen auf der Nase und fülligen, blonden Haaren. Sie hatte eine gute Figur, sie hatte Julianes üppigen Busen geerbt, war um die Taille jedoch um einiges schmaler.

Juliane war nach Viggos Geburt in die Breite gegangen. Sie war nun zweiundvierzig Jahre alt und eine stattliche Matrone geworden. Sie, die früher in ihrer eigenen Welt gelebt hatte, war den Kindern nach Ottos Tod nähergekommen. Wenn sie zu Hause waren, war sie beruhigt, sonst war sie unruhig und ängstlich.

Früher war das anders gewesen; damals hatte sie Raum gebraucht, um sie selber sein zu können.

Juliane freute sich über Johans Unterstützung für ihren Plan, ein Zimmer zu vermieten. Sie freute sich überhaupt über ihren großen Jungen. Wenn er nach Hause kam, warteten alle schon gespannt auf seinen Bericht. In der vergangenen Woche hatte er zwei Tage im Kaschott gesessen. Sie hatten vierzehn Tage nichts von ihm gehört, und Juliane war außer sich gewesen. Johan trat mit ziemlich dämlichem Gesicht durch die Tür. »Wo hast du denn gesteckt?« fragte Juliane und schüttelte ihn. »Ich war im Kaschott. Ich hatte eine Ziege erschossen«, antwortete er verlegen. Juliane rief: »Hör auf«, als er weiterreden wollte. »Dazu brauche ich einen Kaffee. Wag ja nicht, auch nur ein Wort zu sagen, ehe ich mir den geholt habe.« Sie machte sich in der Küche zu schaffen, und Johan schaute ihr lachend zu. Endlich hatte sie ein Tablett mit Kaffee und Schnaps bereit. Kichernd ging sie vor ihm her und stellte das Tablett im Wohnzimmer auf den hohen Tisch, schenkte für sie beide ein und ließ sich dann mit funkelnden Augen auf dem Sofa zurücksinken. »Jetzt erzähl, Johan.« Johan erzählte, wie er Posten stehen mußte und sich vor Angst, weil er allein war, fast in die Hose gemacht hätte. Vielleicht fielen ja irgendwelche Schläger über ihn her, das passierte den Wachtposten dort häufiger. Plötzlich sah er zwei leuchtende Augen. Mutig rief er: »Wer da?« Aber niemand antwortete. Er gab den vorgeschriebenen Warnschuß ab. Ohne Ergebnis. Die Augen kamen näher. Offenbar ein Verbrecher, der ihn überwältigen und sein Gewehr stehlen wollte. Vielleicht ein russischer Anarchist, die Augen hatten so etwas Mongolisches. Johan fiel auf die Knie und feuerte, er hörte ein seltsames Gebrüll, er lief darauf zu und merkte, daß er sich in die Hose gepißt hatte.

Unter einem Busch lag ein großer, brauner Ziegenbock, der alle viere von sich streckte.

Johan lief zurück und machte Meldung. »Achtundsiebzig meldet, daß er in Notwehr eine Ziege erschossen hat.«

Der Sergeant grinste, aber Johan hatte zwei Tage bei Wasser und Brot einsitzen müssen, weil er sich dermaßen blamiert hatte. Zum Ausgleich hatte er sich am Tag danach mit Bier vollaufen lassen können, denn alle wollten einen ausgeben, wenn er die Geschichte erzählte.

Juliane lachte den ganzen Nachmittag, die Kleinen dagegen fanden die Geschichte gar nicht komisch, ihnen tat die Ziege leid, und Thora fand ihren Bruder ziemlich blöd. In ihrer Phantasie gab es nur Leutnants, und die verhielten sich ganz anders. Thora zog es in vornehmere und bessere Welten, und sie versuchte, sich soweit wie möglich von ihrer Familie zu distanzieren.

»Thora ist heiratslustig«, lachten die anderen. »Bestimmt geht ihr bald einer ins Netz.«

Am Sonntag richteten Juliane und Johan das Zimmer für den Mieter ein. Johan verfaßte eine Anzeige, und die wurde vor der Zeitung ans Schwarze Brett gehängt.

11

Die Ladenglocke des Fahrradgeschäfts »Blitz« bimmelte, eine Frau mit einer kleinen, braunen Tüte in der Hand lief die Treppe herunter. Sie knallte die Tüte auf den Tresen. »Was für ein Schwindel! Hier kaufe ich nach Gewicht eine Tüte Karbid für meine Fahrradlampe, und was finde ich dann? Ein Stück Metall, das Sie unverschämterweise in die Tüte gesteckt haben, um das Gewicht zu erhöhen. Wenn Sie glauben, Sie könnten mir so kommen, dann sind Sie schief gewickelt. Vielleicht ist Ihre übrige Kundschaft zu dumm, um so etwas zu bemerken, aber...« Die Frau klopfte mit den Fingerknöcheln auf den Tresen. Sie trug einen eleganten Radlerinnenanzug mit Pumphosen und einen Hut mit Schleier, der unter ihrem Kinn gebunden war. »Darf ich das Stück Metall, das die gnädige Frau erwähnen, mal sehen?« fragte der Verkäufer höflich. Er hatte eine bezaubernde Stimme und eine reizende Aussprache. Die Frau schaute auf, in ihrer Wut hatte sie gar nicht auf ihn geachtet. Er hatte blonde, nach hinten gekämmte Haare, einen kleinen, blonden Schnurrbart über einem hübschen, weichen Mund mit kräftiger Oberlippe und sanfte, ein wenig schwermütige, dunkelblaue Augen. Sein Blick suchte den der Dame, sie wich ein wenig zurück, so, als habe er sie plötzlich berührt.

Der Verkäufer zog das Metallstück aus der Tüte, starrte es verdutzt an und rief dann mit lauter, wohlmodulierter Stimme: »Kristensen, eine Dame hat den Versilberungsklumpen in ihrer Karbidtüte gefunden. Wieviel nehmen wir da eigentlich pro Gramm?«

»Hundert Kronen«, rief eine junge Stimme aus dem Hinterzimmer. Die Frau blickte überrascht den Metallklumpen an, schnappte ihn und lief die Kellertreppe hoch.

Kristensen kam lachend aus dem Hinterzimmer, und der Verkäufer klopfte ihm auf die Schulter. »Gute Antwort, Kristensen, das nenne ich schlagfertig.« Kristensen, ein junger Mann mit unzähligen Pickeln, nickte eifrig und lachte.

Der Hauptverkäufer vom »Blitz«, Kalle Schmidt, arbeitete als Erfinder und Verkäufer im neueröffneten Laden in der Amagerbrogade. Er war technisch sehr geschickt und von gewandtem Auftreten. Das »Blitz« war zum Treffpunkt für die Jugend des Viertels geworden. Sie kauften Fahrräder und erkundigten sich nach passendem Zubehör und Ersatzteilen. Gerüchten zufolge war Kalle dem Spielteufel verfallen und stammte aus einer wohlhabenden Familie. Angeblich aber hatte er solche Summen verspielt, daß die Familie nichts mehr mit ihm zu tun haben wollte.

»Hast du diese Woche irgendwelche Tips fürs Rennen, Kalle?» fragte Kristensen und machte sich nervös an einem dicken, glänzenden Pickel an seinem Hals zu schaffen.

»Erst morgen.« Kalle beugte sich über den Tresen und notierte mit einem gelben Bleistiftstummel einige Zahlen. »Kannst du mich ein paar Stunden vertreten? Ich wollte mir ein Zimmer ansehen.«

»Ach, hat sie dich rausgeschmissen?«

Kalle gab keine Antwort. Er schob sich den gelben Bleistiftstummel hinters Ohr und zog seinen braunen Kittel aus. Sorgfältig strich er dann seine mit Pomade eingeschmierten Haare glatt, setzte eine karierte Radlermütze auf, betrachtete sich in der Fensterscheibe, musterte die

Zahlen auf seinem Zettel und steckte ihn in die Tasche. »Jetzt hast du wohl wieder Pech gehabt, was?« fragte Kristensen und schüttelte den Kopf. »Warum hörst du nicht auf, Kalle? Du verdienst doch gut, und der Chef ist ganz angetan von deiner Idee, eine Fahrschule aufzumachen. Aber das mit dem Spielen kann einfach nicht gutgehen. Ich hatte mal einen Onkel ...«

»Ja, ja, alle haben einen Onkel, der den Arsch aus dem Strohhut heraus verspielt hat. Es geht nicht ums Spiel, das sind Betriebsausgaben. Ich bin einem System auf der Spur. Ich studiere es schon seit Jahren.« Kalle bedachte Kristensen mit einem seltsamen Blick. Kristensen fiel auf, daß Kalle blaß geworden war und sein eines Augenlid vibrierte. Es lief ihm kalt über den Rücken. Er mochte Kalle gern, aber seltsam verhielt der sich schon. Er war bestimmt ein wenig verrückt. Kristensen mußte plötzlich daran denken, wie damals der Strøget asphaltiert worden war. Der schwarze, blanke Asphalt wälzte sich wie ein Strom dahin und bedeckte alle Unebenheiten der Pflastersteine, doch an einer Stelle hatte sich plötzlich eine große Blase gebildet, die für einen Moment schwarz aufleuchtete, als wolle sie zerplatzen, aber dann schloß sie sich, und der Asphalt war sauber und glatt. Doch gleich darauf bildete sich an einer anderen Stelle eine Blase. So sah es sicher auch in Kalles Kopf aus. Kalle tippte sich an die Mütze und war verschwunden.

Kristensen sah, wie er sein gepflegtes Fahrrad über den Bürgersteig schob. Er lief ein Stück nebenher, dann sprang er mit elegantem Schwung auf den Sattel und bog um die Ecke.

Kalle trat in die Pedale. Er hatte Gegenwind, nahm seine Mütze ab, um sie nicht zu verlieren, und steckte sie in die

Tasche. Die Straßenschilder schwangen knackend hin und her, die ersten Blätter waren schon in den Rinnstein gefallen. Zwei Straßenfeger lehnten sich untätig auf ihre Besen. Sie schauten Kalle hinterher, der hocherhobenen Hauptes einen Bogen um sie fuhr. Der eine spuckte ihm hinterher.

An der Ecke vom Christianshavner Marktplatz hielt Kalle an. Er griff in seine Jackentasche und zog den Zettel heraus. Er las noch einmal: »Großes, schön möbliertes Zimmer mit guter Aussicht an stillen, alleinstehenden Herrn zu vermieten. Overgade oven Vandet 86. Auskünfte erteilt Witwe Juliane Jensen.«

Thora öffnete die Tür. Sie trug ein schwarzes Kleid mit kleinem weißen Kragen. Kalle knallte höflich die Hacken zusammen. »Es geht um die Annonce.« Thora lief rot an und rief verwirrt: »Mutter, hier ist ein Herr.«

Plötzlich stand Juliane in der Tür und musterte Kalle, der sich nervös die Lippen leckte. »Ja, das sehe ich«, sagte sie und schob Thora mit dem Ellbogen beiseite.

Kalle bediente im »Blitz« gerade einen Kunden, als er vor dem Schaufenster Julianes üppige Figur entdeckte. Sie betrachtete ihn ungeniert mit ihrem Falkenblick, ihre Hände steckten in einem Muff.

»Schau mal, wie die dich anglotzt«, flüsterte Kristensen, der immer alle atmosphärischen Veränderungen um Kalles Person bemerkte.

Kalle nickte Juliane zu. Sie erwiderte seinen Gruß nicht, sondern ging langsam weiter. Sie war auf Inspektionsrunde. Als er das Zimmer gemietet hatte, hatte er erzählt, daß er im »Blitz« arbeite. Mißtrauisch, wie sie war, wollte sie sich selbst davon überzeugen. Als Josephine gefragt hatte, wie der neue möblierte Herr denn aussehe, war

Thora vor Begeisterung außer sich gewesen, Juliane dagegen hatte mit vielsagendem Blick gesagt, er sehe aus, als sei ihm »allerhand zuzutrauen«. Thora war türenknallend davongestürzt.

»Bist du Alimente schuldig?« fragte Kristensen lachend, als der Kunde gegangen war. »Warum hat die Frau mit dem großen Vordergiebel dich so angestarrt?«

»Das ist die aus der Overgade. Sie sieht streng aus, aber mir hat die Tochter die Tür aufgemacht. Die hättest du mal sehen sollen. Deshalb habe ich das Zimmer ja genommen. Sie ist reizend, niedlich wie eine Puppe. Eine von denen, die die Augen zumacht, wenn man sie hinlegt.«

»Na, ich danke«, sagte Kristensen mit vulgärer Fingerbewegung. »Ich habe dich noch nie mit einer Frau zusammen gesehen, ich dachte, das interessiert dich nicht. Viele halten dich für schwul.«

Kalle beugte sich über eine Zeichnung von Fabrikant Hammels Auto. Das sah gut aus. Mit Automobilen konnte man offenbar Geld machen. Er wollte zusammen mit dem Fahrradhändler Lippert, der mit dem Bau von Automobilen experimentierte, eine Fahrschule aufmachen. Kalle legte die Zeichnung hin, hob die hellblonden Augenbrauen und starrte Kristensen gereizt an.

»Ich interessiere mich sehr für Frauen, aber die wollen nie das, was ich will«, sagte er und lächelte, als wolle er um Entschuldigung bitten.

Kristensen musterte ihn interessiert, wagte aber nicht zu fragen, was die Frauen nicht wollten. Bestimmt ging es um irgendeine Perversität.

Kalle dachte an Thora. Sie hatte ein schwarzes Kleid getragen. Er hatte fast nur dieses Kleid gesehen, es hatte sich ihm tief eingeprägt. Ihr Gesicht und ihre Haare waren so hell, daß sie fast durchsichtig waren.

Farben beeinflußten ihn, machten ihn nervös. Der Kontrast zwischen dem Kleid und Thoras heller Haut erregte ihn sexuell.

Aus Prinzip hatte er niemals eine feste Freundin. Wenn er spielte und an seinem System arbeitete, vergaß er die Frauen, und dann gab es Ärger.

Seine Sexualität war mit dem Spiel verbunden. Vor einem großen Einsatz geriet er immer in Erregung.

Alles hing mit dem Spiel zusammen. Nur, wenn er im Laden mit den Fahrrädern beschäftigt war, konnte er das Spiel vergessen.

Er stellte sich in Gedanken auch immer wieder die Frau fürs Leben vor. Eine, die er bewundern könnte. Sie sollte kühl sein, auf Distanz bleiben, so daß er darauf brannte, sie Stück für Stück zu erobern.

Sie sollte sinnlich, aber auch jung und jungfräulich sein.

Er mußte sehr oft an das schwarze Kleid denken.

Dann schob sich ärgerlicherweise Julianes Bild vor dem Fenster dazwischen. Wie dreist von ihr, ihm nachzuspionieren, ihn einfach anzuglotzen! Er wollte doch erst am nächsten Ersten bei ihr einziehen.

»Wonach riecht es denn hier?« rief Juliane, als sie nach Hause kam. »Es riecht wie beim Brand in der Putzlappenfabrik.« Sie knallte ihr gefülltes Einkaufsnetz auf den Küchentisch.

Kalle Schmidt drückte seine flache türkische Zigarette in der Untertasse aus. »Ach, Sie sind das«, sagte er und verteilte mit den Händen die Rauchwolken.

Er erhob sich halb, Thora fuhr sich nervös durch die Haare und starrte das Wachstuch an. Joseph und Klein-Otto stürzten auf Juliane zu und schlangen die Arme um sie.

»Thora war so freundlich, mir eine Tasse Kaffee zu kochen«, sagte Kalle. Juliane schwieg. Sie gab den beiden Kleinen einen Kuß und leerte dann ihr Netz.

»Ich habe Thora gerade erzählt, daß ich ihr gern am Sonntag die Fahrradbahn von Ordrup zeigen würde. Der dänische Fahrradverein veranstaltet dort ein großes Rennen.« Juliane nickte.»Das wäre nett von Ihnen. Darüber würden wir uns sehr freuen, nicht wahr, Thora? Es soll ja spannend sein, und wir sind schon so lange nicht mehr unter die Leute gekommen.«

Thora blickte Kalle Schmidt flehend an. Er griff an seinen Schlips, zog ihn gerade, als wolle er etwas Bedeutendes verkünden. Dann trommelte er mit seinen dünnen Fingern auf der Wachstuchdecke herum. Dieses verdammte alte Weib! Jetzt hatte sie wieder alles ruiniert! Er räusperte sich, sagte jedoch nichts. Julianes Rücken hatte den Schlußpunkt hinter das Gespräch gesetzt.

Kalle und Thora tauschten einen langen Blick, dann zuckte er mit den Schultern, nahm seine Kaffeetasse und stellte sie höflich neben das Spülbecken.

»Thora, die Wäsche ist trocken, hol sie doch herauf.«

Thora glitt aus der Tür, Kalle ging in sein Zimmer. Die Tür war noch angelehnt. Juliane schloß sie mit einem Fußtritt.

Kalle legte sich resigniert auf das Kiefernholzbett mit der weißen Häkeldecke, schielte zur Tür hinüber und schob sich eine Zeitung unter die Stiefel. Neben dem Bett stand auf einer gedrechselten Holzsäule ein Echinokaktus.

Er tippte die spitzen, zackigen Blätter an. »Schwiegermutterzunge« wurde diese Pflanze auch genannt.

Drecksweib. Immer hinter ihm und Thora her. Jetzt wohnte er schon ein halbes Jahr hier und war noch nicht eine Stunde mit Thora allein gewesen.

Entweder waren die ganzen Pißgören da oder Julianes Schwestern oder Juliane selber. Sie hatte Augen im Hinterkopf, und er hatte sie einmal Thora zurufen hören: »Wenn ich dich im Zimmer dieses Abschaums entdecke, dann drehe ich dir den Hals um.«

Juliane konnte Kalle Schmidt nicht leiden, nur sein Geld war ihr willkommen, und Mieter, die pünktlich zahlten, wuchsen in dieser Gegend nicht auf den Bäumen.

Das Geld kam immer rechtzeitig, und deshalb konnte sie ihm nicht kündigen. Bei ihren Schwestern hatte sie sich schon darüber beklagt, daß er es auf Thora abgesehen hatte. »Ach, zum Teufel, was kannst du da schon machen, Juliane. Du kannst sie ja nicht festbinden«, hatte Helbig grinsend erwidert.

Der Mieter war höflich und bescheiden. »Schwänzelschwalli« nannte Juliane ihn mit einem ihrer seltsamen selbsterfundenen Ausdrücke. Er hatte sie und Thora sogar in die Konditorei eingeladen. Juliane hatte Kakao getrunken und zwei Stück Kuchen gegessen, zu Hause war sie danach aber noch mürrischer gewesen als sonst, und Thora hatte sich in den Schlaf geweint.

Kalle wackelte in seinen Stiefeln nervös mit den Zehen. Er wollte nicht dauernd überwacht werden, aber irgendwie bekam Juliane ihn immer fester zu fassen. Er hatte Angst vor ihr, war ihr, die in seiner Vorstellung um einiges unter ihm stand, ihn jedoch dominierte, gegenüber sehr unsicher. Er fühlte sich ohnmächtig, und es beunruhigte ihn auch, daß er sich so heftig in Thora verliebt hatte.

Immer wieder sah er in Gedanken ihre Augen und ihre Gestalt. Den schlanken Hals, die ein wenig schrägen Schultern, die großen, weichen Brüste, die ein wenig tief über der schmalen Taille und den fast mageren Hüften hingen. »Was zum Teufel ist los mit dir, Kalle«, fragte er sich. »Du bist total in sie verschossen. Dann mach dich doch an sie ran, geh ihr an die Wäsche.«

Doch in seinen Gedanken stand Thora auf einem Piedestal, unschuldig und unnahbar. Einmal waren sie in der Küche für zehn Minuten allein gewesen. Er hatte ihre kleine, schmale Hand in seine genommen. Doch als er sie gerade küssen wollte, hatte Johan polternd sein neues Fahrrad, das in Julianes Küche übernachtete, die Treppe hochgeschleppt.

Es war die Hölle, bei Juliane zu wohnen. Das Leben im Bahnhof wäre genauso angenehm gewesen. Nie hatte er Ruhe, immer schrien und lärmten die Kinder, immer wurde mit den Türen geknallt. Hochnäsige Frauenzimmer tranken Kaffee. Und die ewige Kocherei. Man konnte meinen, man säße im Wirtshaus. Seine eleganten Anzüge stanken nach Bratenfett. Im »Blitz« wurde er inzwischen schon »Schmalzgraf« genannt.

»Kalle, du gehst hier noch drauf«, sagte er sich und roch an seiner feinen Fahrradjacke, die er über den Stuhl gehängt hatte. Es stimmte, die Jacke roch nach Schmalz. »Jetzt reicht es wirklich!« Wütend sprang er aus dem Bett, trat vor den Spiegel und streifte seine Ärmelhalter über. Er ließ sie zuspringen, öffnete das Fenster und schüttelte die Jacke aus. Dann zog er sie an und griff zu seiner kleinen gelben Pomadedose. Auf dem Deckel war eine englische Kutsche mit Grafen und schönen Damen mit Blumenhüten zu sehen.

Lavendelduft zog durch das Zimmer. Er fettete seine Bürste ein und strich sich damit die Haare zu beiden Seiten seines akkuraten Mittelscheitels glatt. Dann zog er seine Sportstrümpfe hoch und riß die Tür auf.

Vor ihm stand Thora mit dem Wäschekorb, der nach frischer Wäsche duftete. Ihre Knie zitterten, und sie blickte unglücklich hinter ihm her, als er ging.

Juliane kehrte ihm den Rücken zu. Als die Tür hinter ihm ins Schloß fiel, klatschte sie mit aller Kraft einen lebendigen Aal auf den Küchentisch. Sie hielt ihn zwischen Daumen und Zeigefinger und schnitt ihm mit einem hämischen Lächeln den Kopf ab.

Joseph hatte die Hände auf dem Rücken verschränkt, er lief durch den Fahrradladen und schaute sich um. Es roch nach Fahrradlack, Öl und Keller, ein leicht modriger Geruch, der ihn nervös machte.

Im Keller zu Hause hörte er Geräusche und sah den schwarzen Mann. Im Keller wurden verbotene Spiele gespielt. Er hatte schon lange mit Kalle in den »Blitz« gehen wollen, hatte ihn aber nicht immer wieder deswegen fragen wollen. Doch am Vortag hatte Kalle plötzlich gesagt, er könne nach der Arbeit hinkommen, Kalle war nämlich zum zweiten Ladenleiter ernannt worden. Die Mutter hatte nichts dazu gesagt. Ansonsten war sie immer sauer auf Kalle, und das war schlimm, denn Thora weinte, und Mutter sagte, sie wolle ihm kündigen, weil er Thora nachstellte. Die Mutter machte sich über Kalle lustig, wenn er ihr den Rücken zukehrte. Sie streckte ihm die Zunge raus und japste wie ein Hund. Joseph war das so schrecklich peinlich, daß er vor Verlegenheit einen steifen Nacken bekam.

Kalle wohnte jetzt seit über einem halben Jahr bei ihnen, und Joseph wußte viel über ihn, er kannte sogar einige seiner Geheimnisse. Kaum war Kalle aus der Tür, da schlich Joseph sich auch schon in sein Zimmer. Seine Sinne waren bis zum Äußersten angespannt, wenn er die Türklinke nach unten drückte. In Kalles Zimmer hing ein scharfer Geruch, wie nach frischem Stroh, und außerdem roch es nach den flachen türkischen Zigaretten. Die Schubladen rochen nach Haarpomade und Socken. Joseph durchwühlte alles und legte alles wieder ordentlich auf seinen Platz. Eines Tages hatte er ein Buch aus dem Regal genommen und darin lesen wollen, doch aus dem Buch war ein Geldschein herausgefallen, und er war erschrocken, weil er nicht wußte, auf welcher Seite er gelegen hatte.

Joseph las alles, was ihm in die Finger kam. Er kannte die seltsamsten Stellen aus der Zeitung auswendig. Wenn er auf dem Abtritt saß, las er die Zeitungsausschnitte und prägte sie sich ein.

In der Schule mußte er häufig ein langes Gedicht aufsagen, das von Pater Josef und dem Kapaun handelte. Lehrer und Klasse wollten sich ausschütten vor Lachen, wenn er den Pater spielte und mit tiefer Stimme redete. Im vergangenen Jahr hatte er sich als Klassenprimus durchgesetzt. Heinrich, der früher oft den ersten Platz errungen hatte, mußte sich mit dem zweiten zufriedengeben. Heinrich heulte, wenn es samstags Zensuren gab, denn sein Vater ohrfeigte ihn jedesmal, wenn er nicht der Beste war.

Heinrichs Vater behauptete, es sei nur zu seinem Besten. Montags war Heinrich oft blau und gelb, weil er mit einem Lederriemen verprügelt wurde. Samstags hatte er solche Angst, daß er immer wieder zum Abtritt auf den Hof hinunter mußte. Joseph dachte immer an Wörter, an unverständliche Wörter, neue Wörter, die er gelesen und gelernt hatte. Er versuchte ihre Bedeutung zu erraten, drehte und wendete sie und warf damit um sich, wenn er glaubte, sie gemeistert zu haben.

Seine Welt war zweigeteilt. Es gab die Welt von Straße und Fabrik und die Welt von Wörtern und Büchern. Beim Lesen vergaß er seinen Alltag. Lehrer, die schlugen, an Ohren zogen, Haare zwirbelten, immer den Rohrstock zur

Hand hatten. Den peinlichen Hunger, den er vor den anderen Jungen verbergen mußte.

Joseph blieb vor einem Schild stehen. Dänischer Bicycle Club. Ob das etwas mit Bienen zu tun hatte? Vielleicht fuhren die Räder so schnell, wie die Bienen flogen, vielleicht summten sie wie die Bienen. Er traute sich nicht, danach zu fragen.

Kalles Hände steckten in den Taschen seines braunen Kittels, er sah zu, wie Joseph umherlief und alles vorsichtig berührte. Er strich über den blanken Lack, öffnete Dosen mit Flickzeug und Ölen und roch daran. Das arme Kind! Der Junge hatte es wirklich schwer, er arbeitete viel, und seine Mutter war eine Kratzbürste. Joseph war Julianes Lieblingskind. Wer dieses Kind an die Hand nahm, berührte das Herz der Mutter, deshalb hatte er beschlossen, sich um Joseph zu kümmern, um sich Juliane damit gewogener zu machen. Er war heiß verliebt in Thora, die ihn so sah, wie er gerne sein wollte, gutaussehend, stark und vor allen Dingen normal. Diese Vorstellung machte ihm immer wieder zu schaffen: War er vielleicht verrückt, weil er so auf seine Systeme versessen war, oder war er einfach genial? Viele Genies standen ja angeblich kurz vor dem Wahnsinn. Durch Thoras Anbetung fühlte er sich wie ein Genie, das alles im Griff hatte und kristallklar dachte. Er hatte einen Plan, und an den wollte er sich halten. Jetzt hieß es Geld verdienen, und wenn er genug gespart hatte, würde er Thora heiraten. Er würde sie schon bekommen, und wenn er noch so lange warten müßte. Er war ans Warten gewöhnt, ans Warten auf die richtige Gelegenheit, um dann zuzuschlagen. So würde es auch an dem Tag sein, an dem er endlich sein System fand. Dann würde er schnell wie eine Spinne zuschlagen, die über ihr Netz zur zappelnden Fliege huscht. Er sah das alles schon vor sich, dieses

Teufelsweib Juliane würde jedes Wort zurücknehmen müssen. Doch plötzlich störte ein Bild seine Träume. Er sah sich selber am Lenkrad eines phantastischen Automobils. Thora saß neben ihm, eingehüllt in einen wehenden Autoschleier, Juliane dagegen winkte vom Rücksitz aus huldvoll den Passanten zu.

»Joseph, möchtest du Radfahren lernen?«

Sie gingen auf den Hof, Kalle zog ein Fahrrad hervor und stemmte einen Besenstiel unter den Sattel. Joseph stieg aus seinen Holzschuhen, zog die Hose hoch und ließ sich auf dem harten, schwarzen Sattel nieder. Seine blassen, dünnen Beine reichten kaum an die Pedale heran, aber er streckte die Zehen aus und schaute sich glücklich zu Kalle um.

»Achtung, fertig, los.« Kalle packte den Besenstiel und lief los. Joseph trat in die Pedale, und schlingernd fuhren sie durch das Tor, wobei der Junge den Lenker so fest hielt, daß seine Fingerknöchel weiß wurden.

Juliane stand vor ihrem braunen Kommodenspiegel und musterte ihr Gesicht. Fünfundvierzig Jahre. Seltsam, daß sie im letzten Jahr so rote Wangen bekommen hatte. Hitzewellen hatten sich auch eingestellt, und wenn sie wütend wurde, dann spreitzten sich ihre Ohrläppchen ab.

Rikke und Josephine meinten, sie hätte zu hohen Blutdruck und vielleicht könne ein Aderlaß ihr helfen.

Vielleicht war sie auch in den Wechseljahren, obwohl ihre Regel sich noch immer pünktlich einstellte. Wer ihr aber auf die Nerven ging, das war Kalle Schmidt. Sie konnte es nicht ertragen, wie Thora diesen Schlappschwanz umwarb. Die beiden tauschten gierige Blicke, und Juliane hatte auch schon gesehen, daß Kalle unter dem Tisch mit seinem Knie zugange war.

Julianes Oberlippe bedeckte sich mit Schweißperlen,

wenn sie an ihren Mieter nur dachte. Sie konnte sich genau vorstellen, was passieren würde, wenn er Thora endlich verführt hätte. Und das würde ihm bestimmt gelingen. Sie war von hassenswerten Bildern erfüllt, die ihr alle Kraft raubten. Seit Ottos Tod hatte Juliane keinen Mann mehr gehabt und glaubte auch nicht, daß sich jemals wieder einer einstellen würde. Wenn sie wollte, würde sie sicher einen finden. Viele hatten ein Auge auf sie, und Hansen hatte noch immer nicht aufgegeben. Aber noch einmal einen Mann im Haus, einen Mann, der neue Ansprüche stellte, der versorgt werden mußte, der über die Kinder bestimmen wollte und nachts laut keuchte. Es hatte keinen Sinn, sie war inzwischen zu eigen. Jeden Tag dachte sie an Otto, an gute Tage und schlechte Tage. Gott weiß, wie lange das noch so weitergehen würde. Aber angeblich dauerte es ja zehn Jahre, bis die Trauer ihre scharfen Zähne verlor. Sie seufzte, griff zu einem Staubtuch aus Flanell und polierte das Klavier. Kalle Schmidt hatte es eines Tages angebracht. Er fand, Thora solle spielen lernen. Sein Onkel hatte das Instrument einlagern lassen wollen, und da konnte es doch auch hier stehen. Sie hatten überhaupt keinen Platz dafür. Aber Thora hatte sofort zu üben begonnen. Jetzt spielte sie »Im kühlen Klostergarten« und »Die Abendglocken« richtig schön mit Trillern, und Kalle Schmidt legte hingerissen die Hand aufs Klavier und hörte zu.

Juliane griff zu einem Notenheft und betrachtete es. Auf dem Deckblatt war eine Dame in elegantem Kleid vor einer Fächerpalme abgebildet. Ein Herr in Frack und mit pomadisierten Haaren saß neben ihr.

Es war Sonntag, und Juliane war mit Rikke bei Josephine zu Mittag eingeladen, auch die Kleinen. Zum ersten Mal im Matrosenanzug. Seit Juliane ihren Mieter hatte, konnten sie sich bisweilen etwas leisten, auch wenn sie jeden

Monat hoffte, er könne die Miete nicht bezahlen, damit sie ihn vor die Tür setzen könnte. Aber sie konnten das Geld brauchen, obwohl die Kleinen, Viggo und Wilhelm, schon Milch austrugen. Sie standen bei Wind und Wetter jeden Morgen um vier Uhr auf; bekleidet mit ihren blauen, dünnen Hemden und ihren Hosen aus grobem Stoff, Unterwäsche hatten sie nicht, Wollpullover auch nicht, machten sie sich auf den Weg.

Sie hatte lange überlegt, ob sie mehr arbeiten und die Kinder zu Hause allein lassen sollte. Aber sie hatte ihren Entschluß gefaßt, ohne sich mit ihren Schwestern oder den großen Kindern zu beraten. Besser die Kinder gingen arbeiten, dann wußte Juliane, wo sie steckten, und sie war zu Hause für sie da.

Es war wichtig, eine Mutter im Haus zu haben, eine, die aufpaßte, die Entscheidungen fällte, eine feste Anlaufstelle. Sie wußte nur zu gut, wie die Leute redeten. »Da geht die Königin in ihren feinen Kleidern, die Kinder schuften, um den Karren in Gang zu halten. Sie sitzt stickend auf ihrem Podest, während die Kleinen beim Milchaustragen frieren müssen. Was für eine Rabenmutter!«

Juliane nahm das nicht schwer. Sie sah sich als Kapitänin auf einem Schiff. Sie führte das Kommando, sie dichtete die Risse ab und befahl die anderen an die Pumpen, wenn es eng wurde. Aber sie dachte ganz klar und war nicht vor Angst benebelt. Das war sie während ihrer Ehe mit Otto gewesen.

Sie trat noch einmal vor den Spiegel und sah sich an. »Mit dem Alter wird man böse«, flüsterte sie und mußte plötzlich lachen. »Was ist das bloß für ein Leben, zum Teufel.« Sie zog sich an, öffnete ihren Schmuckkasten mit der Muschel auf dem Deckel und preßte die Ringe über ihre geschwollenen Finger.

Joseph mußte an diesem Tag zu Hause bleiben. Thora sollte mit diesem Stecher nicht stundenlang allein zu Hause sein. Juliane rief ihren Sohn. Joseph kam zu seiner Mutter und setzte sich auf die Sofakante.

»Wohin geht Mutter?«

»Zu Josephine. Und jetzt hör zu. Ich habe ein Buch für dich. Es heißt ›Die Familie Buchholz‹. Es soll witzig sein, hat Onkel Linder erzählt. Du darfst heute darin lesen, wenn du Mutter versprichst, den ganzen Tag zu Hause zu bleiben und auf Thora aufzupassen. Sie darf nicht zu Schmidt ins Zimmer gehen, und wenn sie das doch tut, dann gehst du mit. Wenn sie die Tür zumachen, dann reißt du sie wieder auf. Hast du das verstanden?«

Der Junge nickte ernst. »Warum dürfen sie nicht miteinander gehen, Mutter? Kalle ist doch nett, und viel Geld hat er auch.«

»Er ist ein Schwänzelschwalli, und du willst doch nicht, daß Thora einen dicken Bauch kriegt, oder? Und daß wir dann mit einem Hurenkind dasitzen!« Juliane sah, daß Joseph rot wurde. Sie wühlte in ihrer Tasche, fand eine Tüte mit klebrigen Malzbonbons, warf sie Joseph hin, hob die Hand an die Haare, strich sie glatt, befeuchtete ihren Finger mit Spucke und glättete ihre Augenbrauen.

Im Zimmer war es still. Joseph hielt das Buch in der Hand und starrte es an. Er war nervös. Wie sollte er denn auf die beiden aufpassen? Er konnte Kalle doch eigentlich egal sein? Juliane bedachte ihn mit einem strengen Blick, und er ließ den Kopf hängen.

»Nicht vergessen, Joseph. Die beiden dürfen nicht eine Minute allein sein!«

Joseph nahm sein Buch und setzte sich in die Küche. Er stellte sich einen Stuhl in die Mitte zwischen den beiden strategischen Punkten, Kalles Tür und Thoras Tür.

Juliane öffnete die Tür zu Thoras Zimmerverschlag. Thora saß frisch frisiert auf dem Bett. Es duftete nach Esprit de Valdemar, neben ihr saßen die drei kleinen Brüder in ihren Matrosenanzügen. »Ja, das sieht reizend aus«, sagte Juliane, als Thora sie anlächelte.

»Aber man soll nie nach dem Äußeren gehen«, fauchte sie und nahm die drei Knaben an der Hand.

Thora sprang auf, strich ihr Kleid glatt und starrte ihre Mutter wütend an. Eine Sekunde lang standen sie einander gegenüber. Joseph blätterte nervös in seinem Buch. Juliane wandte sich in der Tür noch einmal um und schaute Joseph lange und vielsagend an. Er blickte nicht auf, sondern vertiefte sich in die erste Seite. Dann war Juliane verschwunden.

Es war ein witziges Buch, in dem Buchholzens immer wieder ins Fettnäpfchen traten. Es war das erste witzige Buch, das er je gelesen hatte, und er lachte laut.

»Das ist so komisch«, sagte er zu Thora, die mit ihrer Näherei in der Küche saß und Kalle Schmidts verschlossene Tür anstarrte. Joseph erhob sich wie in Trance mit dem Buch, ging lesend ins Wohnzimmer und ließ sich auf die Chaiselongue fallen. Langsam verschwand er im Buch und befand sich plötzlich in Berlin, wo Herr Buchholz über Zahnschmerzen klagte.

Die Tür zu Kalle Schmidts Zimmer wurde geöffnet. Thora stand auf, legte ihre Näherei beiseite und glitt in Kalles Arme. Es knackte ein wenig, als der Schlüssel umgedreht wurde.

12

Juliane durchsuchte mit hämmerndem Herzen den Wäschekorb. Ihr Besuch bei Josephine lag zwei Monate zurück, und seit damals hatte sie keine von Thoras gestrickten Monatsbinden mehr gesehen.

Diese Binden waren aus dickem, gelblichem Baumwollgarn gestrickt; sie wurden gekocht und auf dem Dachboden zum Trocknen aufgehängt. Keine hängte ihre Binden auf die Wäscheleine im Hof.

Kein Zweifel. Sie hatte es schon geahnt, weil Thora jetzt noch trotziger war als früher.

Joseph war bereits verhört worden. Und zwar, als sein Kopf auf dem Schoß seiner Mutter lag, die ihn mit dem Läusekamm traktierte. Das fand er schrecklich. Der Geruch des Läusemittels vermischte sich mit dem herben Körpergeruch seiner Mutter. Sie hielt seinen Nacken fest und fragte ihn, was an jenem Sonntag geschehen sei.

Er begriff nicht, worauf sie mit ihren seltsamen Fragen hinauswollte, er riß sich los und stürzte auf den Hof hinunter. Dort setzte er sich in einen Sonnenflecken auf dem Lattenzaun, zog seinen schönsten Marmorklicker aus der Hosentasche und ließ ihn über seine Hand kullern. Das beruhigte ihn, er schaute zu dem kleinen blauen Himmelsstreifen über dem dunklen Hof hoch. Um zwei Uhr mußte er in der Schule sein, die Arbeit in der Fabrik lag für diesen Tag bereits hinter ihm. In einer Viertelstunde mußte er los. Er hatte Hunger und dachte wie immer an Essen. Am Vortag hatte es Brotsuppe mit eingelegtem Hering gegeben, am Tag danach hatte er immer schrecklichen Durst. Als sein Vater noch lebte, hatte es jeden Donnerstag Frikadellen mit Mehlsoße und braunen, weichen Zwiebeln gegeben. Der Vater hatte immer gesagt, sie sollten die Kartoffeln nicht in der Soße zermatschen. Das gehöre sich nicht. Aber solche Frikadellen hatten sie schon lange nicht mehr gegessen. Joseph fuhr sich über den Mund und versuchte an etwas anderes zu denken, an die Schule. Wenn er ans Essen dachte, wurde sein Hunger nur noch größer. Vielleicht würde er auch an diesem Tag kein Pausenbrot für die Schule bekommen, und bis sechs Uhr war es noch lange.

Kalle hatte ihm Radfahren beigebracht, aber was half das? Er würde niemals ein eigenes Rad haben, die Mutter konnte Kalle ja nicht leiden. Es gab dauernd Ärger. Und jetzt ging es wieder los. Er hörte Julianes Gezeter oben aus der Küche. Er mußte hochlaufen und das Fenster schließen, damit die Nachbarn nichts hörten. Das Benehmen seiner Mutter war ihm peinlich. Warum konnte sie keine Ruhe geben?

Joseph ging es nicht so gut. Er wurde immer dünner und unruhiger. Selbst in der Schule, wo sich niemand um den gesundheitlichen Zustand der Kinder kümmerte, war das aufgefallen. Joseph fiel auf, weil er anders war, mit seinem unglaublichen Gedächtnis. Er stand gerade da und konnte die Lektion auswendig aufsagen, auch die unverständlichen Texte der Choräle, an denen die anderen aus der Klasse jämmerlich scheiterten. Die Mitschüler schwiegen und starrten ihn verwundert an. In der Pause schikanierten sie ihn nicht so wie den ehemaligen Primus Heinrich. Joseph wurde in Ruhe gelassen. Er lebte in seiner eigenen Welt und teilte seinen Tag zwischen Schule und Fabrik. Die Lehrer sprachen über ihn und begriffen nicht, warum seine seltsame Mutter ihn nicht ein wenig schonte. Er arbeitete zu hart, er schien das Familienoberhaupt ersetzen zu wollen. Er war doch erst zwölf. Der Klassenlehrer fragte den Schulleiter, was man für den Jungen tun könne. Es wäre schön, wenn er weiterlernen könnte, vielleicht konnten sie ihm einen Freiplatz verschaffen. Aber sie glaubten nicht, daß Familie Jensen für solche Pläne Verständnis haben würde. Lehrer und Schulleiter kannten das Milieu zu gut.

Joseph befand sich im Niemandsland der Kinder, wo das Schicksal ganz willkürlich regierte. Ein Lehrer hatte ihm ernsthaft geraten: »Joseph, du mußt dein Glück pflegen, wenn es dir gutgehen soll.«

Joseph hatte lange über diese Bemerkung nachgedacht. Sie gefiel ihm so gut wie ein Zauberspruch. Er wußte nun, daß er vielleicht ein Glückskind war und alle guten Zufälle nutzen mußte.

Manchmal, wenn er abends in seinem Bett lag, hatte er schreckliche Angst. Er hatte Alpträume, in denen er ertrank; er war nicht ganz wach, schlief aber auch nicht. Er war wie gelähmt, wollte nach seiner Mutter rufen, brachte aber kein Wort heraus. Vielleicht war es so, wenn man tot war. Er geriet immer in diesen Zustand, wenn es Streit gegeben hatte. Die Mutter und Thora zankten sich fast jeden Tag, und Joseph liebte Thora doch so sehr.

Er lief über den Hof. Scheibelein, das Original, kam gerade durch das Tor. Scheibeleins langer, schwarzer Mantel war mit Orden besetzt. Seine Soldatenmütze war leicht schräg gerückt. Er ging zu Joseph. »Glaubst du, deine Mutter gibt mir eine Tasse Kaffee?« Joseph schüttelte den Kopf. Scheibelein bekam manchmal von Juliane einen Kaffee, wenn er einigermaßen nüchtern war. Sie hatte eine Schwäche für Sonderlinge, sie hörte sich ihre Geschichten an und lachte. Doch wenn sie sich dann wie zu Hause fühlten und Geld wollten, wurden sie vor die Tür gesetzt. Manchmal packte Juliane sie energisch am Kragen und beförderte sie die Küchentreppe hinunter.

Eines Tages hatte Juliane im Erker gesessen. Scheibelein kam ziemlich angetrunken daher. Er breitete die Arme aus und rief: »Hab ich vielleicht gelogen?« Als er sah, daß Juliane ihm vom Fenster aus zuwinkte, ging er die Treppe hoch.

Juliane musterte ihn kalt. Sie hielt die Hand hoch und kehrte ihm den Handrücken zu. »Ich habe nicht so gewunken, Scheibelein, sondern so.« Sie drehte die Handfläche nach außen, und Scheibelein zockelte die Treppe wieder hinunter. »Mutter hat zu tun«, sagte Joseph kurz. Er mochte die Originale Scheibelein und Jungfer Zeitvertreib nicht. Sie taten ihm leid, und er begriff nicht, wie Juliane sie witzig finden konnte. Er begriff auch nicht, warum sie sich die gelegentlichen Grobheiten seiner Mutter gefallen ließen und sie trotzdem noch leiden konnten.

Julianes Stimme scholl wieder über den Hof. Als Joseph die Küche betrat, saß Thora schluchzend am Tisch. Sie hob den Kopf, als sie ihn hörte. Ihre eine Wange war rot und geschwollen. Juliane stützte sich auf den Küchentisch. Ihr Gesicht war knallrot, sie schnappte sich eine Tasse mit Rosenmuster und knallte sie auf den Boden, wo sie in tausend Stücke zersprang. »O nein, Mutter!« rief Thora.

Joseph nahm sie in den Arm. »Keine Angst, Thora. Die Tasse hatte schon einen Sprung, deshalb hat Mutter sich gerade die ausgesucht.« Juliane blickte ihn überrascht an.

Er trat vor seine Mutter hin. »Mutter soll jetzt aufhören. Jetzt reicht es.« – »Deine Schwester kriegt ein Kind!« schrie Juliane.

Leise machte Joseph das Fenster zu.

Kalle und Thora heirateten, ehe Thoras Schwangerschaft zu sehen war. Die Trauung fand vormittags statt, nur die Verwandtschaft war anwesend. Den Hochzeitsschmaus in der Gaststätte Wiwel spendierte Helbig.

Als ersten Gang gab es Hummer, um Kalle Schmidts gesellschaftliche Fähigkeiten auf die Probe zu stellen. Als der tote Hummer tiefrot und verheißungsvoll auf dem Teller des Bräutigams lag, herrschte tiefes Schweigen. Aller Augen richteten sich auf Kalles dünne Finger. Wußte er, wie Hummer gegessen wird? Kalle, der schon immer seinen eigenen Humor gehabt hatte, der die bürgerliche Familie immer wieder schockierte und in Verlegenheit brachte, griff zur Hummergabel und gab sich elegant dem Hummergenuß hin. Thora musterte ihren Mann mit liebevoller Bewunderung und bedachte die anderen mit einem triumphierenden Blick. Die waren enttäuscht. Als alle Kalle ansahen, auch die Leute an den Nebentischen, nahm er die Fingerschale mit der Zitronenscheibe, hob sie an den Mund, schlürfte lautstark das Wasser, stellte sie wieder hin und betupfte sich die Lippen mit der Damastserviette. »Ach, ein Schluck frisches Wasser tut doch immer wieder gut!« Linder und Helbig brachen in schallendes Gelächter aus. »Ein Stich für ihn, ein Stich für ihn …« Die drei Schwestern, Juliane, Fine und Rikke, starrten vor sich hin. Thora wurde tiefrot und flüsterte: »Warum mußt du dich immer so aufspielen, Kalle?«

Im Fahrradladen lief für Kalle alles ausgezeichnet. Inzwischen stellten sie auch Automobile her. Zwei waren bereits fertig, konnten auf dem Hof inspiziert werden, und Kalle erteilte Fahrunterricht. Kalle und Thora hatten in der Amagerbrogade eine große Wohnung gefunden. Die Möbel hatten sie bestimmt auf Raten gekauft, meinte die Familie. »Wie hätte dieser Kalle die denn sonst finanzieren sollen!«

Thora war glücklich, sie blühte auf in ihrer Schwangerschaft, wurde rund und anmutig und legte sich helle Perlmuttfarben zu. Kalles böser Traum jedoch wurde Wirklichkeit. Jeden Sonntag um zwölf ging die Türklingel. Draußen stand Juliane im Sonntagsstaat mit Hut und Handschuhen. Und erwartungsvoll fragen sie dann Tochter und Schwiegersohn: »Na, wohin gehen wir denn heute?«

»Ich habe aus der Schule einen Brief mitgebracht.« Joseph stand vor seiner Mutter und hielt ihr einen weißen Briefumschlag hin. Juliane riß ihn auf. Sie setzte sich und las. Joseph war zum Ferienkind ernannt worden. Der Schulleiter schrieb, Joseph sei ein hochbegabter Junge, man mache sich jedoch Sorgen um seinen gesundheitlichen Zustand. Es lägen ihm Angebote vor, Kinder aus Kopenhagen für zwei Wochen als Ferienkinder aufs Land zu schicken. Auch das Schullandheim Vrå hatte sich gemeldet, und die Wahl war auf Joseph gefallen, denn aufgrund seiner Begabung würde ihm der Aufenthalt an einer solchen Schule den meisten Nutzen bringen. Juliane legte den Brief hin. »Du kommst aufs Land, Joseph.« – »Hurra!« rief er und trat ganz dicht an sie heran. Sie drückte ihn an sich und brach in Tränen aus. »Mutter, ich schreib dir doch«, sagte er tröstend und streichelte ihre Arme. Er griff zum Brief und las ihn selber. »Ach, das ist ja gar kein Bauernhof, sondern eine Schule.«

»Eine Internatsschule«, sagte Juliane feierlich und putzte sich die Nase. »Gut, daß du so ein tüchtiger Junge bist. Es ist nur...« Wieder brach sie in Tränen aus. Joseph blickte sie nachdenklich an. Sicher würde sie ihn vermissen, schließlich kümmerte er sich um die Kleinen, und auf dem Land würde er kein Geld verdienen können. Wenn sie ihm die Reise nur nicht verbot! Aufs Land fuhr man mit der Bahn, er war noch nie Bahn gefahren, und man sah allerlei Tiere, und es gab alles, was man nur essen konnte. Leise verließ er das Zimmer, um ihre Aufmerksamkeit nicht zu erregen. Sie sollte nicht plötzlich seine Überlegungen wegen des Geldes erraten können. Die Mutter schien immer die Gedanken ihrer Kinder lesen zu können.

Juliane empfand den Brief als Anklage, als Vorwurf, nicht genug für ihre Kinder zu tun. Ferienkinder, das war etwas Neues. Aber dem Jungen würde es sicher nicht schaden. Frische Luft und gesunde Kost. Aber zu Fremden aufs Land geschickt zu werden? Ihr war das Land immer beängstigend vorgekommen. Es war zu still, und dann dieser Geruch. Sie selber war nie über Klampenborg im Norden Kopenhagens hinausgekommen. Und wenn Joseph dort krank wurde? Wenn es um ihre Kinder ging, hatte sie zu Fremden kein Vertrauen. »Ich habe so eine Art innere Uhr. Sie tickt, wenn mit den Kindern etwas nicht stimmt«, hatte sie zu Josephine gesagt. Sie hatte sich ihrer Schwester anvertraut, denn natürlich machte es sie auch stolz, daß unter allen Kindern Joseph ausgesucht worden war und daß man ihn auf eine Schule schicken wollte.

Der Schulleiter persönlich hatte einen Brief geschrieben, und Juliane hatte ihn Josephine laut vorgelesen.

Josephine mußte ihre Schwester beruhigen. Sie begriff nicht so recht, warum Juliane dermaßen außer sich war. »Dem Jungen wird es doch Spaß machen. Gut für die Bildung ist es auch, und du mußt zugeben, daß er nur Haut und Knochen ist.«

Juliane hatte das Gefühl gehabt, ihr werde ein Messer im Herzen herumgedreht. Aber eigentlich machten andere Dinge ihr größere Sorgen. Ihr Zuhause und ihre Kinder waren ihre Welt und ihre Verantwortung. Die Kinder waren von ihr abhängig, und bisher hatte sie sie durchbringen können, auch im vergangenen Winter, als sie weniger Geld gehabt hatten denn je. An manchen Tagen hatten sie wirklich hungern müssen. Aber nicht ein einziges Mal hatte sie ihre wohlhabenden Schwestern angebettelt.

Seit Thora geheiratet hatte, war alles anders. Die fest zusammengeschweißte Familie, die von Julianes eisernem Willen gelenkt wurde, veränderte sich.

Juliane spürte, daß die großen Kinder sie von außen betrachteten, daß sie nicht mehr so richtig zu ihr zu gehören schienen. Verletzt kämpfte sie darum, ihre Kinder zurückzugewinnen. In stillen Stunden schämte sie sich zwar über die Mittel, zu denen sie dabei griff, aber sie ließ nicht locker. Es war doch zum Besten der Kinder.

Johan reagierte auf seine Mutter wie auf ein Volksstück. Und sie ärgerte sich, wenn sie durchschaut wurde.

Wenn sich Ärger zusammenbraute, täuschte Juliane jetzt häufiger Ohnmachtsanfälle vor. Sie keuchte, lief feuerrot an und faßte sich an den Busen, als bekomme sie keine Luft. Sie hatte ohnehin zu hohen Blutdruck, und wenn sie sich aufregte, konnte sie diese Anfälle noch verstärken.

Ihre Auseinandersetzungen mit Johan drehten sich immer um dessen ausschweifendes Leben. Nie konnte er ihr deshalb Geld genug geben.

Auch Kalle Schmidt war ihr ein ständiger Dorn im Auge. Er heckte irgend etwas aus, und Thora stand doch kurz vor der Niederkunft. Kalle verdiente sehr gut. Angeblich stellte er jetzt solche neumodischen Automobile her, aber Juliane ärgerte sich über seinen Erfolg. Sie konnte einfach nicht glauben, daß ihr Instinkt sie getrogen habe. Daher behielt sie ihn im Auge.

Nachdem Juliane sich noch einige Male mit Rikke und Josephine beraten hatte, wurde beschlossen, Joseph aufs

Land reisen zu lassen. Die ganze Familie beteiligte sich an den Vorbereitungen, und Joseph genoß seine neue Wichtigkeit. In der letzten Nacht wachte er immer wieder auf. Wenn die Mutter sich nur nicht alles anders überlegte!

Er kam erst zur Ruhe, als er zusammen mit den anderen Ferienkindern im Bahnhof von Kopenhagen stand. Um den Hals trug er ein Pappschild mit der Aufschrift Joseph Jensen, Schule Vrå. Der Bindfaden kratzte. In der Hand hielt er einen grauen Filzsack, der ein Hemd, ein Paar Socken und ein großes Paket mit gut riechenden Wurstbroten enthielt. Seine Kusine Ingeborg hatte einen Kuchen gebacken und in Pergamentpapier eingewickelt. Das Proviantpaket mußte für die ganze Reise vorhalten, hatte die Mutter gesagt.

Juliane stand mit Klein-Otto und Wilhelm an der Hand ein wenig entfernt von ihm. Sie wußte ja, wie Jungen sind, sie mögen es nicht, wenn ihre Eltern klammern. Sie hielt die Hände der beiden Kleinen fest. Sie zeigte nicht ihre normale gerade Haltung, sie wirkte ein wenig zusammengesunken. Sie ließ Klein-Otto los, und der packte ihren Rock und winkte Joseph zu. Joseph schaute verlegen in eine andere Richtung.

Als der Zug einfuhr, verbargen dicke Dampfwolken Julianes Sohn. »Joseph«, rief sie ängstlich. Der Dampf löste sich auf. Juliane sah, wie Joseph das Schild gerade zog und zusammen mit den anderen Jungen in den Zug stieg. Er war als erster im Abteil und bekam einen Fensterplatz.

»Nimm dich in acht, wenn du Stiere siehst, und schreib mir«, rief Juliane. Joseph preßte sein Gesicht an die Fensterscheibe. Das Fenster war halb geöffnet, so daß er sein dünnes Händchen herausstrecken und winken konnte. Die Lokomotive pfiff und der Zug setzte sich langsam in Bewegung. Juliane putzte sich am Ärmel ihre Nase ab und winkte immer noch, als der Zug schon längst verschwunden war …

Joseph fuhr aus dem Schlaf hoch. Draußen war es hell, das Fenster stand offen. Die getupfte Mullgardine bewegte sich im Wind. Die Vögel sangen laut. Sie hatten ihn geweckt. Er setzte sich im Bett auf und hielt sich die Decke wie einen Schild vor den Leib. Es war kalt im Zimmer, es roch nach Bäumen und frisch gemähtem Gras. Er sprang aus dem Bett, zog züchtig sein Nachthemd nach unten und lief zum Fenster. Er war so gespannt, wie sonst nur an seinem Geburtstag.

Es war wohl gegen sechs, so, wie die Sonne stand. Hinter dem Garten lagen die Felder. Er konnte eine Kuh sehen, er konnte doch tatsächlich eine Kuh sehen! Eine seltsame Kuh, sie war schwarz-weiß, nicht braun. Plötzlich warf sie den Kopf in den Nacken und brüllte. Er fuhr zusammen und stürzte zurück zum Bett. Dort blieb er eine Weile sitzen und lachte darüber, daß er sich vor einer Kuh gefürchtet hatte.

Um elf Uhr abends hatte der Zug den Bahnhof von Vrå erreicht, Joseph war vor Erschöpfung wie erstarrt gewesen. Er hatte auch Angst gehabt, seine Gasteltern könnten ihn vergessen haben. Und was sollte er machen, wenn er mit seinem Schild um den Hals auf dem Bahnsteig stand und niemand ihn abholte?

Er hatte kein Geld für die Rückreise nach Kopenhagen, und der Lehrer und die anderen Jungen waren längst ausgestiegen, doch immerhin hatte er noch eins von Julianes Broten und damit etwas zu essen.

Aber natürlich war er abgeholt worden.

Und zwar vom Knecht der Schule. Die Schule war nicht

weit vom Bahnhof entfernt. Es war noch hell, als sie durch die kleine Provinzstadt gingen. Auf der Straße war kein Mensch zu sehen, alle Fenster in den kleinen Häusern waren dunkel. Die Leute waren schon längst schlafen gegangen. Joseph war so müde, er hatte das Gefühl, durch grünes Wasser zu wandern. Die helle Nacht, die grünen Bäume mit ihrem würzigen Duft. Von dem, was der Knecht sagte, hatte er kein Wort verstanden. Aber er hatte sich bestimmt gut benommen. »Ist es weit bis zur Schule?« hatte Joseph gerufen, als sie sich in Bewegung setzten. Und zwar so laut, als habe er einen Tauben vor sich. Das war blöd, im nachhinein war ihm das klar, bloß, weil der Mann aus Jütland kam, brauchte er doch nicht taub oder dumm zu sein. Der Knecht hatte nach Mist und Pfeifenknaster gerochen. Er hatte schwarze Zähne und schwarze Holzschuhe. Als Joseph rief: »Was ist das für eine Kirche?«, drehte der Knecht seinen Priem um und sagte: »Du brau's nich to brülln, ich bin nicht tauv, du Kleener.« Nach fünf Minuten hatten sie die Schule erreicht. Es war ein heißer Tag gewesen, über dem Garten hing ein leichter Dunst, deshalb konnte Joseph nicht sehen, wie groß er war. Es war eine große Schule, die ihm eigentlich mehr wie ein wunderschöner Bauernhof vorkam. Er merkte, wie seine Knie vor Anspannung zitterten. Wie die Leute in dieser Schule wohl waren?

Die Tür der Giebelseite öffnete sich, und ein eleganter Mann mit schwarzer Jacke, weißem Vatermörder und gepflegtem Spitzbart kam auf ihn zu. »Guten Abend, Joseph. Ich bin Schulleiter Terkelsen. Willkommen hier bei uns in Vrå, mein Junge.« Eine kleine, freundliche Frau in schwarzem Kleid und Häubchen nickte ihm zu.

Sie hieß Kristine Terkelsen und war mit dem Schulleiter

verheiratet. Der Schulleiter und seine Familie wohnten in der Schule. Kristine zeigte ihm sein Zimmer, eine Mansardenkammer. Er hatte geglaubt, einfach ins Bett fallen zu dürfen, aber er war mitten in der Nacht noch in die Badewanne gesteckt worden. Das war peinlich. »Es ist doch gar nicht Samstag!« hatte er gerufen, aber darauf hatte niemand geachtet. Wenn er nicht so müde gewesen wäre, dann wäre er vielleicht weggerannt, als sie ihn waschen wollten. Mit dreizehn Jahren wie ein Säugling gewaschen zu werden! Er war wütend und funkelte die anderen an. Aber das half nichts.

Am Ende kippten sie das Wasser aus der großen Holzwanne in der Waschküche aus, und es schäumte über den ganzen Boden. Anschließend bekam er glücklicherweise etwas zu essen. Frisch gebackenes Feinbrot mit Käse, Schinken und Marmelade. Er wurde gefragt, was er trinken wolle. Er hatte sich Buttermilch gewünscht, und sie hatten ihm ein Riesenglas gebracht. Ihm war heiß, er hatte schrecklichen Durst, und er leerte das Glas auf einen Zug.

Plötzlich hatte er dann, eingewickelt in ein gehäkeltes Handtuch, vor Kälte gezittert, obwohl er doch in der warmen Küche saß. »Du bist sicher total erschöpft«, hatte Kristine Terkelsen gesagt.

Sie brachte ihm ein Nachthemd, und er hätte heulen können, weil sie ihn anglotzten, als er es anzog. Sie legten ihm auch noch andere Kleidungsstücke hin. Die mußten von einem Jungen in seinem Alter stammen, sie paßten nämlich sehr gut.

Seine eigenen Kleider sollten gewaschen werden, hieß es. Die Magd, ein Mordsweib mit dicken, roten Armen, murmelte, daß sie jedenfalls keine »Koppenharner Leis und Fleeh« haben wolle. Auch seinen Filzsack wollte sie an sich reißen. Doch da sagte er, den habe seine Mutter gerade erst gewaschen. Frau Terkelsen zeigte ihm sein Zimmer. Sie fragte, ob er das Vaterunser beten könne. Blöde Frage, er ging ja schließlich in die Sonntagsschule! Er setzte sich ins Bett, betete laut und sagte auch noch einige Choralstrophen auf.

Doch als er mit dem dritten Choral gerade anfangen wollte, sagte sie, mehr brauche er nicht aufzusagen, sie habe nun schon gehört, daß er ein tüchtiger Junge sei.

Danach lag er noch lange wach. Er hätte heulen können. Plötzlich sehnte er sich nach den kleinen warmen Körpern seiner Brüder. Zu Hause schliefen sie alle zusammen in einem großen Bett, und er legte dann immer die Arme um seine Brüder. Klein-Otto legte ihm das Bein über den Bauch, Wilhelm hielt ihn an der Hand.

Jetzt war er allein, der Bettbezug war so kalt, es war aus steifem Leinen, und ganz bestimmt hörte er, kurz vor dem Einschlafen, draußen auch noch eine Eule.

Joseph stand auf. Er zog sich an und schlich aus dem Zimmer. Vorsichtig ging er die große Treppe hinunter und setzte behutsam seinen Fuß auf jede neue Stufe; kein Knacken sollte ihn verraten. Vorsichtig öffnete er die Tür zu einem Zimmer, das auf den Garten hinausführte. Im Zimmer war kein Mensch, und die Gartentür war abgeschlossen. Vorsichtig drehte er den Schlüssel herum und ging hinaus. Es war erst vor kurzem Gras gemäht worden. Es war so still. Joseph hielt sich die Ohren zu, die Stille erschien ihm bedrückend. Er schlich über den knirschenden Kies. Dann schaute er sich um. Es war so schön wie ein Bild in einem Buch. Plötzlich war er böse, neidisch. Warum hatten die Leute auf dem Land soviel? Warum waren sie so reich?

Auf dem Feld hinter dem Garten waren zwei jütische Pferde angepflockt. Als Joseph an den Zaun trat, hoben sie die Köpfe und sahen ihn an; sie schnaubten und rissen dann große Grasbüschel aus dem Boden. Er setzte sich auf die Wiese und betrachtete die Pferde. Das Gras war naß. Es hörte sich gemütlich an, wie die Tiere kauten, während der grüne Saft ihnen aus den Mundwinkeln schäumte. Er hatte noch niemals Pferde Gras fressen sehen. Zu Hause wurden ihnen Futtersäcke umgehängt, oder sie fraßen Hafer aus einer Krippe.

Sie hatten große Hufe und helle zottige Haare. Um ihre Augen drängten sich die Fliegen. Die Pferde wackelten mit den Köpfen.

Ob es etwas half, wenn er ihnen Luft zufächelte? Würden die Fliegen sie dann in Ruhe lassen?

Er streckte die Arme aus, brach zwei Fliederzweige ab und kroch unter dem Stacheldrahtzaun hindurch. Jetzt stand er vor den Pferden. Sie waren warm und rochen so wie früher sein Vater, wenn er von der Arbeit gekommen war. Joseph trat ganz dicht an das eine Pferd heran.

Der große Ackergaul wurde unruhig. Er drehte sich um und sah Joseph an, ärgerlich, weil er um diese Zeit von einem Menschen gestört wurde. Er legte die Ohren an. Joseph schwenkte seine Zweige. »Jetzt werde ich euch helfen. Mein Vater konnte auch gut mit Pferden umgehen.« Er schnalzte mit der Zunge, wie er das von seinem Vater gehört hatte, und schwenkte seinen Zweig. Ein Pferd hob seinen Huf und trat mit voller Kraft nach dem Jungen. Joseph sah den Huf auf sich zukommen, das schwere Hufeisen funkelte. Instinktiv ließ er sich gegen den Bauch des Pferdes fallen. Der Huf streifte seine Schulter und riß ihn zu Boden.

»Düwel ook, nie vun hinten an en Peerd ran!« rief eine Stimme. Joseph kam wieder zu sich, als er mit dem Gesicht nach unten im hohen Gras lag. Der Knecht hob ihn hoch.

Er wurde in die Küche getragen, und dort zog ihm jemand sein Hemd aus. Frau Terkelsen musterte seinen Arm, bewegte seine Finger. Es tat schrecklich weh, und seine Schulter war bereits dunkelblau angelaufen.

»Das hätte dein Tod sein können. Du darfst niemals von hinten auf ein Pferd zugehen, und du darfst nur zu den Tieren auf dem Hof, wenn Thorkild oder ein anderer Knecht dabei ist«, sagte Frau Terkelsen. »Gut, daß nichts passiert ist.«

Der ganze Wirbel war Joseph schrecklich peinlich. Er war blaß, und ihm wurde übel, als er aufstand.

»Jetzt mußt du erst mal ein wenig frühstücken.«

Frau Terkelsen legte ihm den Arm um die Schulter und führte ihn aus der großen Küche in den Speisesaal. Er hatte noch nie einen so großen Saal gesehen. Plötzlich öffnete sich die Tür, und lauter Mädchen kamen hereingestürmt. Sie kamen von allen Seiten, es wurden immer mehr. Joseph wurde es ganz schwindlig. Ihre hellen Kleider, ihr Duft – seine Schulter schmerzte, seine Knie zitterten. »Gibt's hier nur Mädchen?« fragte er. Kristine Terkelsen nickte. »Im Sommerhalbjahr haben wir nur Mädchen. Die Jungen kommen im November.«

Joseph schluckte. Was für eine seltsame Schule, gut, daß niemand wußte, daß er Feriengast in einer Mädchenschule war.

Es waren große Mädchen; sie waren schon konfirmiert, das war nicht zu übersehen. Ein Mädchen mit Reformkleid und Stirnband schaute ihm ins Gesicht und lachte. »Ich heiße Astrid. Ich bin die älteste Tochter des Schulleiters.« Joseph sah sie an. Was für seltsame Kleidung. Wie von einem Bild im Geschichtsbuch. Sie war bestimmt schon fünfundzwanzig. Sie sah gut aus und ging wie Josephs Mutter mit geradem Rücken und hocherhobenem

Kopf. Er steckte die Hände in die Taschen und ballte sie zu Fäusten. Die Mädchen drängten sich um ihn, er preßte sich die Arme an den Leib, um keine von ihnen zu berühren. Einige hatten schon richtige Brüste, wie er feststellte.

Die Mädchen sprachen nicht miteinander, sie riefen laut und jütisch durcheinander, und sie lachten die ganze Zeit.

Ein riesiger Frühstückstisch war gedeckt mit Haferbrei, Milch, frisch gebackenem Brot, Käse, Marmelade und Butter, keine Margarine. Als die Mädchen sich an den Stühlen zu schaffen machten, setzte er sich schnell neben Kristine Terkelsen. Er fühlte sich neben der freundlichen kleinen Frau mit der Haube am sichersten. Sie war so ruhig, sie sprach leise, und sie sprach nur mit jütischem Tonfall, aber mit normalen dänischen Wörtern.

Plötzlich standen alle auf, nur Frau Terkelsen nicht. Der Schulleiter kam herein, und alles verstummte.

Gesangbücher wurden ausgeteilt, und alle stimmten das Morgenlied an. Astrid und ihr Vater leiteten den Gesang. Eigentlich waren fast nur die beiden zu hören. »Im Osten geht die Sonne auf.« Schulleiter Terkelsen sang mit klangvollem Baß. Dabei ließ er Joseph nicht aus den Augen. Joseph lief ein kalter Schauer über den Rücken, und ihm sträubten sich die Haare. Er zitterte. Als der Schulleiter plötzlich die zweite Stimme sang, während die hellen Stimmen der Mädchen die Melodiestimme sangen, hatte Joseph einen solchen Kloß im Hals, daß er fast losgeweint hätte.

Er schluckte und versuchte sich zusammenzureißen. Aber er ahnte, daß Terkelsen auch ihn singen hören wollte. Terkelsens Kraft schien auf ihn überzugehen, und Joseph stimmte ein. Er kannte das Lied gut; zuerst zitterte seine Stimme noch, aber dann sang er klar. Kristine Terkelsen und der Schulleiter tauschten einen raschen Blick.

Ein langes gemeinsames Leben ermöglichte ihnen diese Art der Verständigung. Jørgen Terkelsen, der Idealist und Romantiker, und seine Kristine, die ihn immer auf den Boden der Tatsachen zurückholte, wenn seine rednerische Begabung und sein mitreißendes Temperament mit ihm durchzugehen schienen.

Sie hatten einander auf der Schule von Kristen Kold kennengelernt. Sie waren beide begeisterte Anhänger von Pastor Grundtvigs Reformlehre gewesen, und nach einer harten Pionierzeit auf der Schule von Stenum waren sie nach Vrå übergesiedelt. Er wurde als »Rebell von Vendsyssel« bezeichnet, seine Schule galt als »Brutstätte für Linke«. Die Schule hatte die staatlichen Zuschüsse gestrichen bekommen, aber der Freundeskreis der Schule hatte Jørgen und Kristine Geld zum Weitermachen geliehen. Jørgen und Kristine Terkelsen kämpften für die neue Zeit und die Aufklärung.

Die Schule in der kleinen Stadt war zu einer idealistischen Gemeinschaft geworden. Hochqualifiziertes Lehrpersonal aus allen Gesellschaftsschichten fand sich dort ein. Jørgen Terkelsen hatte sich politisch und kulturell engagiert. Die Landbevölkerung war in Bewegung geraten, stellte Fragen, war politisch aktiv.

In der Schule von Vrå wurde über alles gesprochen, über Gott und die Welt. Die farbenfrohe Götterwelt der nordischen Mythologie wurde von Jørgen Torkelsen eindringlich beschrieben. Er und seine Frau träumten davon, freie Menschen auszubilden, die so stark und unabhängig wie diese Götter waren.

Die Bauernkinder, die bisher nur alle zwei Tage zur Schule gegangen waren und mit vierzehn Jahren entlassen wurden, gingen jetzt regelmäßig zur Schule und wurden selbstbewußter. Kristine Terkelsen sprach mit den jungen

Menschen über die neuen Strömungen in der Gesellschaft. »Terkelsen ist ein gefährlicher Mann«, hieß es in der Regierung. Doch niemand wußte so recht, wie man ihn mundtot machen konnte. Der Freundeskreis der Schule, die sturen Bauern von Wendelbo, hatte offenbar genug gespart, um die Schule ihres Rebellen noch für eine Weile in Gang zu halten.

Zu den Frühjahrs- und Herbsttreffen strömten viele tausend Menschen zusammen. Die Regierung beobachtete dieses Phänomen beunruhigt. War das eine dänische Form der Revolution? Würden sich diese Gedanken auch in den Städten verbreiten? Würde es demnächst auch Arbeiterschulen geben?

Kristine und Jørgen Terkelsen saßen jeden Abend in ihrem Wohnzimmer, sangen und sprachen mit ihren Schülerinnen und Schülern. Während der großen Treffen kochte die Schule förmlich. Die stille kleine Stadt in Vendsyssel war seit Eröffnung der Schule in den Mittelpunkt der politischen Ereignisse gerückt. Die Bürger der Stadt waren stolz darauf, aber auch ein wenig nervös. Nicht alle verstanden, was auf dieser Schule vor sich ging, aber es machte etwas her, einen Sohn oder eine Tochter auf eine solche Schule zu schicken. Jørgen und Kristine Terkelsen und ihre Sippe waren eine Idealfamilie. Die anderen wollten von ihnen akzeptiert werden, ihnen ähnlich sein.

Es war Jørgen Terkelsens Idee gewesen, ein Ferienkind aus Kopenhagen aufzunehmen. Und zwar eins aus den ärmsten Vierteln der Stadt, ein Proletarierkind, das auf der Schule dieser kleinen Stadt in Vendsyssel zu neuen Kräften gelangen sollte.

An diesem Morgen musterte Kristine ihren Mann. Sie hatte verhindert, daß er für das Parlament kandidierte. Sie war dagegen gewesen, und sie war in sich gegangen, wie sich das gehört. War sie neidisch auf seine Begabung, war sie eifersüchtig, oder wollte sie ihn zu seinem eigenen Besten beschützen?

Sie war zu dem Ergebnis gekommen, daß sie ihn nicht enttäuscht sehen, daß sie in ihrem Leben keine Änderungen wollte. Sie hatten viele Tage, viele Nächte darüber diskutiert. Am Ende hatte er gesagt: »Ich kann meine Arbeit als Lehrer nicht aufgeben. Ich gehöre hierher. Hier werde ich gebraucht.« Sie war erleichtert gewesen. Sie würden in Vrå bleiben.

Die Schule lag auf der platten, windigen und baumlosen Heide, und deswegen hatten sie Bäume gepflanzt. Einen vor die Schule, einige im Garten. So war ihr Leben gewesen, immer auf die Zukunft ausgerichtet, sie pflanzten Bäume, und sie pflanzten Gedanken.

Sie sah den Jungen mit dem mageren Raubvogelgesicht neben sich an. Er war ausgehungert, auch geistig, das konnte sie sehen. Er stand bereits unter Jørgens Einfluß. Beim Singen starrte er den Schulleiter an, und sein schmächtiger Körper zitterte.

Kristine betrachtete ihren Mann, sie sang nicht mehr laut mit, sie formte den Text nur noch mit den Lippen. Jørgen Terkelsen und Joseph tauschten einen verständnisvollen Blick, so wie alte Bekannte. Kristine spürte, daß sie sich ärgerte und nervös wurde. Männer waren so anders. Was wollte er denn nun wieder mit diesem Jungen? Welches Recht hatte er, in das Leben dieses Jungen einzugreifen?

13

Nach einer Woche kannte Joseph jeden Winkel in der Schule, unermüdlich war er auf seinen dünnen Beinen unterwegs, riß Türen und Schränke auf, machte sich über die Mahlzeiten her wie über die Bücher, die er in der Bibliothek ausleihen durfte.

Er sprach nicht mit den anderen, er war zu schüchtern. Immer behielt er Terkelsen im Auge und folgte ihm in einiger Entfernung wie ein Schatten. Wenn Terkelsen sich umdrehte, lächelte und ihn ansprach, glaubte er, im Boden versinken zu müssen. Er wünschte sich nur, den Schulleiter predigen und singen zu hören.

Nach dem Frühstück trieb er sich in der Schule herum und wartete darauf, daß Terkelsen das Klassenzimmer betrat.

Zuerst hatte er horchend vor der Tür gestanden. Jetzt traute er sich hinein, er schlich sich in die hinterste Bank, auf den letzten Platz. Wenn die Mädchen ihn begrüßten, starrte er zu Boden und rieb sich seine Nase, als ob sie jucke.

Das Rednerpult schaute nach Osten. Terkelsen stand in der Morgensonne. Zuerst wurde ein Lied aus dem Gesangbuch gesungen. Joseph sang aus voller Kehle. Er war erfüllt von Terkelsens Baß, aber trotzdem wartete er gespannt auf das Ende.

Dann schloß Terkelsen das Buch, legte eine Pause ein und betrachtete die Versammlung über den Brillenrand hinweg. Wenn sich aller Aufmerksamkeit auf ihn gerichtet hatte, begann er mit dem Unterricht, und Joseph beugte sich vor, umklammerte sein Gesangbuch und hatte das Gefühl, zusammen mit den anderen eine Brücke in eine neue Welt zu überschreiten.

Joseph heftete sich an Terkelsens Siebenmeilenstiefel und durcheilte Weltgeschichte und nordische Mythologie. Er sah die ägyptischen Pyramiden, bewunderte die hängenden Gärten von Babylon. Er legte die Marathonstrecke zurück, um den Sieg über die Perser zu melden, kämpfte in der Arena als Gladiator und stand beim Wettkampf der Schmiede hinter Wieland und hörte das Schwert Mimung rauschen. Tag für Tag saß er auf seiner Bank und hörte konzentriert zu. Nach den Vorträgen machte er einsame Spaziergänge und dachte nach. Bei Sonnenschein lag er ausgestreckt auf dem Feld und schaute zum Himmel hoch. Er sah die Wolken, die immer wieder ihre Gestalt änderten, und dabei schien auch sein Körper zu verschwinden, wenn er sie lange angesehen hatte. Die vielen neuen Wörter und Namen, die er nicht verstand, bewahrte er in seinem Herzen auf.

Langsam kam er zu Kräften. Schließlich genoß er das Alleinsein, die Möglichkeit, sich in seinem Bett auszustrecken, seinen eigenen Gedanken nachhängen zu können, ohne immer wieder unterbrochen zu werden. Sich plötzlich in einer sauber geputzten Welt zu befinden, in der sogar Himmel und Licht anders aussahen. Anfangs erschien ihm das alles unwirklich. Es machte ihn wütend, daß andere ein so leichtes Leben hatten, genug zu essen und Zeit zum Diskutieren. Alles war so anders. Der Gott der Sonntagsschule zu Hause war streng und hart. Die Erbsünde wurde mit Krankheit und Tod bestraft. Hier in Vrå herrschte ein anderer Gott. Terkelsen legte Zeugnis ab, als kenne er Gott sehr viel besser. Sein Gott war liebevoll und konnte alles verzeihen. Er liebte fröhliche, freie Menschen. Man sollte lernen und Wissen anhäufen, dann konnte man nicht in die Knie gezwungen werden. Joseph drehte sich auf den Bauch und schaute zwischen den Grashalmen hindurch, die Licht und Schatten aussehen ließen wie einen Wald. »Wenn du an deine Sache glaubst, dann mußt du den Mut haben, dich dafür einzusetzen«, sagte Terkelsen. Aber der hatte gut reden, nicht er stand am Rad in der Fabrik, wo alle Macht bei den Gesellen lag und wo gefeuert wurde, wer nicht die Klappe hielt. Nur einmal hatte Joseph sich gewehrt, damals, als der Geselle Klein-Otto geschlagen hatte.

Sein Vater war Sozialist gewesen, auch er hatte an seine Sache geglaubt. Terkelsen war ein Aufrührer. Es hieß, er sei schon einmal von der Polizei verhört worden.

Eine Ameise kam in sein Blickfeld. Sie kletterte eilig den Grashalm hoch und schien ihren Weg genau zu kennen. Joseph hielt ihr einen Finger in den Weg. Die Ameise bezwang seinen Finger, der für sie doch ein Berg sein mußte, ohne jede Mühe. Terkelsen hätte die Ameise sicher als Bild genommen. Einen Moment lang fühlte Joseph sich versucht, die Ameise zu zerquetschen, doch er ließ sie den Berg passieren und weitereilen; vielleicht war sie ja zur Arbeit in irgendeiner Ameisenfabrik unterwegs.

Auch die Liebe in Vrå sah anders aus. Zu Hause kamen die Leute zusammen wie Thora mit Kalle. Thora war verliebt gewesen, es war romantisch. Doch als sie das Kind gezeugt hatten, während er in die »Familie Buchholz« vertieft war, war das die übliche Schweinerei gewesen. Hier jedoch hatten Liebe und Ehe etwas mit geistiger Gemeinschaft zu tun. Mann und Frau strebten dasselbe Ziel an, eine glückliche Familie, in der über alles gesprochen wurde. Aber konnte das stimmen? Vögelten die denn nie? Sie hatten doch Kinder. Aber die machten es vielleicht auf eine andere Weise als zu Hause in Christianshavn. Vielleicht mit geschlossenen Augen und nur, wenn sie sich ein Kind wünschten? Joseph dachte ganz schnell an etwas anderes. Die bloße Vorstellung, daß seine Idole Kristine und Jørgen Terkelsen so etwas tun könnten, war entsetzlich.

Kristine Terkelsen sprach immer ruhig und vernünftig mit den jungen Mädchen. Wenn sie abends im Wohnzimmer saßen, durfte er dabei sein. Manchmal fragten sie nach seiner Familie, hörten ganz still zu, wenn er erzählte, und lachten ab und zu. »Du bist ein guter Erzähler, Joseph«, fand Terkelsen. »Denk später daran, daß auch du einmal den geistigen Sturm erlebt hast, der über Vrå hinweggegangen ist.«

Den geistigen Sturm. Ein Sturm, der alles hinwegfegte, was die Menschen belastete.

Er stand auf und ging in sein Zimmer, setzte sich an den Tisch, um seiner Mutter zu schreiben. Plötzlich hatte er Sehnsucht nach ihr, hätte gern ihr Lachen gehört und ihre Hand gehalten. Zögernd fing er an. Was sollte er schreiben? Für den »geistigen Sturm« würde seine Mutter kein Verständnis haben. Aber Kristine und Jørgen Terkelsen und das Essen, das es hier gab, interessierten sie bestimmt.

Er schrieb zuerst das Datum, dann schrieb er, was er bisher gemacht hatte. Als er dann zu Terkelsen kam, wußte er nicht mehr weiter. Es war ein unsichtbares Geheimnis. Terkelsen hatte ihm gewissermaßen den Schlüssel zu einer neuen Welt geschenkt. Aber wer würde das verstehen, zu Hause würden sie nur weinen. Mit seiner schönsten Schrägschrift schilderte er alles, was es bisher zu essen gegeben hatte. Plötzlich hatte er Ameisen im Bauch, als ob er etwas Verbotenes tat; er fühlte sich unwohl. Sein Gewissen meldete sich. Er beschrieb für seine Mutter das Essen, weil sie nicht verstand, was er hier erlebte, weil sie nicht klug genug war, weil sie nichts kannte außer der Overgade oven Vandet. Er schob sein Unbehagen beiseite und beendete eilig den Brief. »Am Dienstagabend gab es Rhabarbergrütze mit Sahne. Liebe Grüße, Dein Sohn Joseph.«

In zwei Wochen ging es nach Hause. In diesem Jahr würde er auch aus der Schule entlassen werden. Im August wurde er vierzehn, danach sollte er eine Setzerlehre beginnen. Plötzlich brach alles über ihn herein. Er mußte nach Hause, zur Arbeit in der Fabrik, zur Schule, zum Hunger, zum Streit zu Hause. Seine Tränen fielen auf den Brief. Ärgerlich sah er, daß die Tinte in der letzten Zeile zerlief. Er schwenkte den Bogen und beschloß, den Brief nicht noch einmal zu schreiben.

Es war still in der Schule, die Mädchen saßen auf ihren Zimmern. Nach dem Mittagessen um zwölf hatten sie eine Stunde frei. Joseph schaute auf seinen blauen Wecker. Bevor der Unterricht weiterging, konnte er den Weg zum Bahnhof und zurück mit Leichtigkeit schaffen.

Es war heiß, und er ging am Straßenrand. Es duftete nach Klee. Wenn man an einer Kleeblüte sog, schmeckte es nach Honig. Er dachte an die Mädchen aus der Schule, an Gudrun, Astrid, Herdis und Ragnhild. Für welche sollte er sich entscheiden? Was war besser, eine Dunkle oder eine Blonde? Die Mädchen hier waren anders als zu Hause, wo die Jungen nur Zoten über sie rissen. Sie waren anders, so unerreichbar, so fein, so rein. Er schämte sich zutiefst darüber, daß er in einer der letzten Nächte Ragnhild mit seinen Gedanken fast besudelt hatte. Er hatte an ihre schwarzen Haare und an ihre braunen Augen gedacht, und ohne es zu wollen, hatte er auch an ihre Brüste und die Haare unten denken müssen, er hatte gegen den Wunsch zu onanieren angekämpft, hatte aber trotzdem lustvoll losgelegt und sich dazu vorgestellt, daß sein Kopf auf den dunklen Locken zwischen Ragnhilds Beinen ruhte. Er hatte sich so geschämt, als er dann erwacht war. In dieser Nacht war offenbar noch mehr mit ihm geschehen, sein Nachthemd war vorne naß gewesen. Wo sollte er es verstecken, die Mädchen durften doch nicht erfahren, was er für ein Schwein war! Er hatte es hinten im Garten zwischen den Brennesseln versteckt und dort trocknen lassen.

Was er machte, war eine Sünde. Und man konnte davon krank werden. Heinrich, dieses Schwein, hatte ihm das beigebracht. Und das würde er ihm nie verzeihen.

Wieder versuchte er, nicht an zu Hause zu denken. Das Bild von Heinrich, diesem blassen, ehrgeizigen Jungen, der jeden Samstag von seinem Vater verprügelt wurde. Heinrich, der mit seinem bläulichen Glied in der Hand im Tor stand und ihm zeigte, wie das mit dem Onanieren ging.

Joseph ging schneller. Hier oben bei Terkelsens änderte man sich. Warum besuchten nur reiche Kinder solche Schulen? Leute, deren Eltern Höfe hatten. Sie bezahlten für ihre Kinder, und dann konnten die Kinder lernen, soviel sie wollten. Manche hörten nicht einmal richtig zu. Wenn jemand für ihn ein halbes Jahr bezahlt hätte, dann hätte er alles gelernt, alle Wörter, den ganzen Zusammenhang der Geschichte. Møller Nørgaard, der junge Landwirtschaftseleve, Astrids Verlobter, hatte Josephs Gesangstimme gelobt. Vielleicht könnte er Sänger werden. Wenn Terkelsen irgendwann allein mit ihm sprach, würde er ihn fragen.

Auch der Bahnhof von Vrå schien Mittagsschlaf zu halten. Im Wartesaal summten die Fliegen, von der Herrentoilette her stank es nach Urin. Ein Dienstmann mit blanker Mütze lehnte an seinem Wagen, der Kopf war ihm im Schlaf auf die Brust gesunken.

Ein junges Mädchen mit einem Strohhut saß mit angezogenen Beinen auf der Bank. Ihr Kleid war hochgeglitten, man konnte ihre schwarzen Strickstrümpfe und ihre Stiefel sehen.

Joseph mußte einfach glotzen. Sie zog nicht einmal ihr Kleid herunter, als sie das sah, sie lächelte nur.

Er merkte, daß er heiß und wieder steif wurde. Verdammt, er eilte leicht gekrümmt weiter und warf seinen Brief in den Briefkasten.

»Du sollst zu Herrn Terkelsen kommen, Joseph. Er hat nach dir gefragt«, rief Herdis aus dem Fenster. Joseph starrte seine schmutzigen Hände an und rannte in sein Zimmer, goß Wasser in die Waschschüssel, wusch sich die Hände, fand kein Handtuch, trocknete sie an der Bettdecke ab, strich sich mit Wasser die Haare glatt und öffnete fünf Minuten später atemlos die Tür zu Terkelsens Arbeitszimmer.

Die Wände waren bis zur Decke mit Büchern zugestellt. Joseph hatte das Arbeitszimmer durch das Fenster gesehen, hatte sich aber niemals hineingetraut. Das Zimmer war dunkel und roch wunderbar nach Büchern und Staub. Vor dem Fenster stand Terkelsens Mahagonischreibtisch, unter den Fotos lagen Häkeldeckchen. An der Wand hingen Fotos von Terkelsen mit Schülerinnen und Schülern vor seiner alten Schule in Stenum. Terkelsen stand vor dem Fenster und drehte sich lächelnd zu ihm um, wie immer tadellos gekleidet, mit weißem, gepflegtem Kinnbart und einem Leuchten in seinen freundlichen hellblauen Augen.

»Ach, da bist du ja, Joseph! Komm her, mein Junge, setz dich.«

Joseph setzte sich auf die Kante des Ledersessels, der vor dem Schreibtisch stand.

»Mir ist aufgefallen, daß du gern lernst, daß du viel liest und eine schöne Gesangsstimme hast. Könntest du dir vorstellen, wieder herzukommen und vielleicht einige Monate hierzubleiben, wenn die neuen Jungen anfangen?«

Joseph nickte. Er war so glücklich. Aber er wußte auch, daß es unmöglich war, so unmöglich, daß allein schon der Gedanke undenkbar war.

»Ich möchte gern hierbleiben, aber dann verliere ich meine Arbeit in der Fabrik, und dann bekommt meine Mutter kein Geld, und ich soll ja auch eine Setzerlehre machen.«

Josephs Stimme brach, plötzlich schien er im Stimmbruch zu sein; er mühte sich schrecklich ab, sie unter Kontrolle zu behalten. Er räusperte sich verlegen.

Jørgen Terkelsen nickte bedächtig. »Ja, mit dieser Antwort habe ich gerechnet, Joseph. Aber im nächsten Sommer würden wir dich gern wiedersehen. Und so lange du noch hier bist, brauchst du dich im Klassenzimmer nicht in die hinterste Reihe zu schleichen. Ja, ich habe dich gesehen. Setz dich einfach dazu und hör dir die Vorträge an. Das ist dein gutes Recht. Auch du gehörst zu der Jugend, die unser verlorenes Land zurückgewinnen soll.«

Joseph setzte sich gerade und nahm seinen ganzen Mut zusammen. Vielleicht würde sich nie mehr die Gelegenheit zu einem solchen Gespräch mit Terkelsen unter vier Augen bieten.

»Ich bin sehr gern hier. Wenn ich Ihre Vorträge höre, dann glaube ich, alles zu verstehen. In der Schule ist das anders, aber ich möchte so gern noch viel mehr lesen, nur weiß ich nicht, woher ich die Bücher nehmen soll.«

Plötzlich verstummte er und lief rot an. Wie dumm er sich doch anhörte! Er starrte zu Boden.

Terkelsen setzte sich und betrachtete ihn über den Brillenrand. Dann nahm er die Brille ab und legte sie auf den blankpolierten Schreibtisch. Die Gläser funkelten und schienen Joseph ganz von selber zu mustern.

»In deinem Alter war ich genauso wissensdurstig, und so geht es vielen. Als unser Volk im Jahre 1864 diese Niederlage erlitten hatte, entstand im ganzen Land eine Bewegung.«

Terkelsen legte eine kleine Pause ein, und Joseph nickte und versuchte seinem Idol fest in die Augen zu blicken.

»Dalgas, dieser gute Däne, der sich anschickte, das brachliegende Land zu bestellen, sagte: ›Was nach außen verloren ist, soll nach innen gewonnen werden‹, und er brachte Tausende von dänischen Männern und Frauen dazu, ihre Kräfte einzusetzen, um unser Vaterland geistig größer und reicher zu machen. Auf diese Weise hat unsere Schulbewegung begonnen. Die jungen Leute kehren, von neuen Gedanken erfüllt, nach Hause zurück. Das Wort, das sie hier hören, ist wie ein keimendes Saatkorn. Und es kann auch keimen, wenn du nach Hause zurückkehrst.« Terkelsen beugte sich vor. Die Tür wurde geöffnet. »Terkelsen, es gibt Kaffee und Mandelhörnchen.«

Joseph blickte Kristine Terkelsen verärgert an. Interessierten Frauen sich denn nur fürs Essen? Hier unterhielt er sich von Mann zu Mann mit Terkelsen über wichtige Fragen, und da kam sie mit ihren Mandelhörnchen.

Terkelsen schaute zerstreut zu Boden. Kristine Terkelsen musterte die beiden einen Moment lang, dann ging sie wieder. Terkelsen hatte aber auch immer so viel zu sagen, immer mußte er predigen. Er hörte sich selber nur zu gern. Und etwas an der Beziehung ihres Mannes zu diesem Jungen ärgerte sie. Vielleicht lag das an der offenkundigen Anbetung, die dieser Junge an den Tag legte. Wozu sollten diese schwärmerischen Gedanken denn gut sein? Sein Alltag bestand aus harter Arbeit, seine Mutter war eine Witwe mit vielen Kindern. Plötzlich mußte sie an seine Mutter denken. Joseph hatte von seinem Vater erzählt, dem so jung verstorbenen Schmied. Sie war bestimmt eine starke Frau, diese Mutter, daß sie die ganze Familie zusammenhielt. Und Joseph war noch zu jung, um Terkelsens politische Vorstellungen begreifen zu können. Er sollte lieber mit Gleichaltrigen spielen, gut essen und sich ausruhen.

Sie hatten sich einen Sohn gewünscht, bekommen hatten sie fünf Töchter. Sie setzte sich ins Wohnzimmer und fing mit heftigen Bewegungen an zu häkeln.

Terkelsen legte die Hände gegeneinander. »Ich weiß, wie dir zumute ist. Mir ging das früher auch so. 1869 besuchte ich Kolds Schule und saß mit den anderen Schülern vor diesem seltsamen Mann, Kristen Kold, dem Bahnbrecher in lebendiger Schularbeit.«

Joseph ließ sich im Sessel zurücksinken und schlug die Beine übereinander. Terkelsen sprach wirklich mit ihm wie mit einem Erwachsenen. Sein Herz klopfte stolz, fast verliebt. Kristine Terkelsen öffnete die Tür einen Spaltbreit. »Der Kaffee wird kalt, Terkelsen.«

Ihr Mann nickte, nahm den Kaffee, trank mechanisch einen Schluck und blickte Joseph weiterhin an, »diesen jungen Proletarier«, wie er ihn in Gedanken nannte. Einen Jungen, der geweckt werden, der in einer grauen, feindseligen Welt zu einem Samenkorn für die neue Geistesbewegung werden konnte. Noch hatte sich nur die Landbevölkerung erhoben. Doch wie wunderbar, wenn die Bewegung auch auf die Arbeiterschaft in den Städten übergreifen würde.

»Ich wünsche mir, daß du das Gespräch entdeckst. Ein Gespräch, auch zwischen mir altem Mann und dir, ist keins, wenn die Gesprächspartner nicht offen widersprechen können. Wir glauben an das lebendige Wort. Zu Hause wirst du dir ein Ziel setzen und dafür kämpfen.« Joseph wagte kaum zu atmen. Gleich würde er Terkelsen fragen, wie man Sänger wird. Kristine erschien, stellte Joseph einen Teller mit einem Mandelhörnchen hin und nickte ihm freundlich zu.

Er flüsterte »danke«, nahm den Teller und blickte Terkelsen gespannt an. Als der sich räusperte, sagte Joseph: »Ich möchte so gern Sänger werden. Wie macht man das?«

Terkelsen musterte den Jungen überrascht. »Zuerst mußt du Noten lesen lernen, du mußt Klavier spielen und üben und wieder üben. Dann brauchst du Gesangsunterricht. Danach kannst du dich an der Opernschule des Königlichen Theaters bewerben. Aber es ist schwer, mein Junge. Es ist ein dornenreicher Weg. Ein Sänger wird immer viel kritisiert.«

Joseph nickte. »Das wird eine Hausfrau auch, sagt meine Mutter.«

Terkelsen fand, das Gespräch habe eine überraschende Wendung genommen. Er versuchte, das vorherige Thema wieder aufzugreifen. Er putzte seine Brille und lächelte freundlich.

Beide schwiegen. Joseph blieb das Mandelhörnchen in der Kehle stecken. Er wollte noch weitere Fragen stellen, war plötzlich aber wie gelähmt. Er hatte seine Auskunft erhalten. Jetzt wollte er in Ruhe über Terkelsens Worte nachdenken. Er war von Worten erfüllt, er konnte mehr nicht ertragen. Er war noch kein guter Gesprächspartner, und er zitterte vor Angst, Terkelsen vielleicht zu enttäuschen.

»Mit dem Wort ist es wie mit dem Samenkorn, das durch das Gesetz des Lebens keimt.« Terkelsen nickte Joseph vielsagend zu, und der kaute schwitzend auf seinem trockenen Mandelhörnchen herum. Zögernd erhob Joseph sich dann. Terkelsen hatte mit ihm gesprochen, das kam ihm vor wie ein Ritterschlag, wie die Aufnahme in die Welt der wichtigen Männer. Das Mandelhörnchen klebte ihm am Gaumen, er schluckte, aber es war zu spät. Die Krümel gerieten ihm in den falschen Hals. Er hustete, bis Rotz aus seiner Nase quoll, und unglücklich wischte er ihn mit dem Ärmel ab. »Das liegt an diesen verdammten trockenen Mandelhörnchen«, rief Terkelsen wütend und schlug dem Jungen auf den Rücken.

Kristine kam angelaufen, wischte die Krümel weg und stellte Joseph ein Glas Wasser hin.

Ach, Joseph hätte so gern Terkelsen gegenüber eine kluge Bemerkung gemacht, um ihm zu beweisen, daß er alles verstanden hatte. Doch Kristine bugsierte ihn mit mütterlichem Griff aus dem Büro. Als er über den Hof ging, drehte er sich zu den Fenstern des Schulleiters um. »Das schwöre ich, Terkelsen. Ich werde niemals vergessen, daß ich Ihr Samenkorn bin.«

14

Joseph kehrte an einem Samstag Ende Juli in die Stadt zurück. Die ganze Familie erwartete ihn im Bahnhof von Kopenhagen. Er stieg wie ein heimkehrender Millionär aus dem Zug, zog sich die Ärmel über die knochigen Handgelenke und versuchte, die Damen der Familie auf gebührende Distanz zu halten. Juliane jedoch umarmte ihn und drückte ihn an sich. »Ach, was bist du groß und braun geworden«, riefen Rikke und Josephine, und die Onkel klopften ihm auf die Schultern.

Juliane konnte sich an ihrem großen Jungen fast nicht sattsehen. Er hatte die schwarzen Haare und die braunen Augen wie ihr Otto, aber sein Gesicht war doch anders. Das sah sie jetzt. »Jetzt gehen wir zum Abendessen zu Tante Rikke.«

Josephs Brüder mochten ihn gar nicht loslassen, und erzählend und gestikulierend ging er mit den Kleinen über den Bahnsteig. Die hochschwangere Thora und ihr Mann bildeten die Nachhut.

Bei Rikke gab es Erdbeerbowle und ein kaltes Büfett, für das sie von allen gelobt wurde. Zuerst gab es selbstgebackene heiße Blätterteigpasteten mit Hühnerfleisch und Spargel, danach kalte Pasteten und Seehase in Aspik, gekochte Zunge, selbstgemachten Gemüsesalat, Räucheraal, gebratene Goldbarschfilets, Spargel mit zerlassener Butter, Lammkoteletts, heiße Käsebrötchen und zum Nachtisch Erdbeertorte.

Rikke hatte das alles auf einem Büfett arrangiert, jedes Gericht wurde in einer hohen Schale präsentiert. Die Lammkoteletts trugen unten kleine Manschetten, so daß man sie abknabbern konnte, ohne sich die Finger fettig zu machen.

Joseph stand eindeutig im Mittelpunkt. Alle waren wegen seiner Heimkehr zusammengekommen. Zum ersten Mal hatte er das Gefühl, wirklich dazuzugehören. Kinder galten in der Familie sonst vor allem als Plage. Man mußte sie dazu erziehen, möglichst wenig zu stören, hübsch auszusehen und später ihren Eltern Ehre zu machen, so einfach war das. Es gab nichts Schlimmeres, als Schande über die Familie zu bringen. Bei Thora wäre das um ein Haar der Fall gewesen. Doch jetzt war sie gerettet, mit einer schönen Wohnung und einem Ring am Finger, und Kalle hatte eine gute Stelle, und die Frauen der Familie hatten festgestellt, daß er trotz seiner seltsamen Neigungen und seiner Spielleidenschaft ein fügsames Gemüt hatte, das sich von einer Frau dominieren ließ, wie auch die anderen Männer der Verwandtschaft. Kalle Schmidt stand meist in einer Ecke, riß Witze und machte allerlei verblümte Bemerkungen über die Familie. Thora hielt sich immer in seiner Nähe, um eingreifen zu können, falls Juliane oder die Tanten plötzlich Lust bekämen, sich über ihn lustig zu machen. Solche Gelüste überkamen sie recht häufig. Er forderte das geradezu heraus.

Joseph saß in einem verschossenen grünen Plüschsessel und betrachtete die anderen. Es tat gut, wieder zu Hause zu sein. Aber er war müde. Es duftete nach Essen und Wein. Der Himmel war grau, es hatte den ganzen Tag geregnet. Bei Tante Rikke jedoch gab es immer sehr viele Kerzen in großen Leuchtern. Die Mutter freute sich sicher über das Wiedersehen, und Thora war enorm dick geworden.

Kalle Schmidt schien sie sehr zu lieben. Und die Onkel redeten jetzt auch mit ihm, wie Joseph feststellte.

Juliane, Rikke und Josephine standen plaudernd im Zimmer unter dem Kronleuchter. Sie trugen weiße Sommerkleider mit Spitzen und Schärpen. Alle in Kopenhagen lachten und redeten so laut, fand Joseph. Viel lauter als die Menschen in Jütland. Joseph hatte sich immer schon für sich gehalten, wenn die Familie sich versammelte. Er fand es schön, ihre Stimmen zu hören. Bei solchen Zusammenkünften waren sie immer guter Laune. Es war warm und hell, es roch nach Essen, Wein und Zigarren. Alle hatten sich feingemacht. Im Sommer standen immer große Blumensträuße in den Vasen. Die Onkel gingen zwischendurch nach unten, frische Luft zu schnappen, wie sie sagten, und dabei suchten sie dann oft irgendein Wirtshaus auf und stellten nach ihrer Rückkehr allerlei Unsinn an. An diesem Abend schienen sie jedoch zu Hause bleiben zu wollen, das Fest hatte ja auch erst spät angefangen. Onkel Helbig trat neben Joseph. Er hielt einen Teller mit einem riesigen Stück Erdbeertorte in der Hand. »Hast du genug gegessen, mein Junge, sonst ist hier noch ein Stück Torte. In dieser Schule hast du ja so reichlich geistige Nahrung genossen, da mußt du auch etwas zum Ausgleich zu dir nehmen. Wie ist denn so ein Schulheim? Gibt's da nicht ein wenig zu viele Bauerntrottel, Junge?« Helbig reichte Joseph den Teller.

Joseph lächelte verkrampft und nahm den Teller. Er wollte seinem Onkel gegenüber ja nicht unhöflich sein. Aber wie sollte er den anderen klarmachen, daß sie kein Wort verstanden hatten? Er hatte plötzlich das Gefühl, den Mann zu verraten, der ihm soviel bedeutete, wenn er hier nicht seine Meinung sagte. Joseph starrte die Erdbeertorte an, auf Schlagsahneschnörkeln lagen drei Erdbeeren. Dann betrachtete er seinen rotangelaufenen Onkel, der die Finger in die Armlöcher seiner Weste gehakt hatte. Die Weste war schwarz und elegant, eine schwere Goldkette hing über dem Bauch des Onkels, der sich über dem Hosenbund wölbte wie ein kleiner Pudding.

»Da waren keine Bauerntrottel, sondern nur junge Mädchen, die sich Vorträge über Geschichte und Religion anhörten. Schulleiter Terkelsen ist der klügste Mann, der mir je begegnet ist, und er singt wunderschön. Der Onkel hätte ihn nur einmal hören sollen!«

»Und du hast mit all den jungen Mädchen in der Schule gewohnt? Hast du denn allerlei Schönes gesehen, Junge? Denn du hast doch abends bestimmt durchs Schlüsselloch geschaut, oder?« Onkel Helbig wurde leiser und zwinkerte Joseph verschwörerisch zu. »Du hast vielleicht auch so ein kleines Bauernmädchen ins Heu gelockt?« Er lachte so herzlich über diese witzige Bemerkung, daß sein Bauch auf und ab wippte. »Nein, ich habe mich nur für die geistigen Dinge interessiert«, erwiderte Joseph mit scharfer Stimme. Er stellte seinen Teller weg und verschränkte die Hände hinter seinem Rücken. Helbig prustete los. »Das war wirklich gut. Wißt ihr, was der Knabe erzählt? Daß er sich nur für geistige Dinge interessiert. Wo zum Teufel hat er das her, Juliane? Das stammt doch weder von dir noch von deinem Schmied!«

Die anderen lachten laut und tranken Joseph zu. »Auf das Geistige in dieser Familie«, rief Linder.

Joseph wurde tiefrot. Was waren die anderen doch unaufgeklärt! Thora kam zu ihm und legte ihm den Arm um die Schultern. »Zum Glück hat Joseph mit niemandem von euch Ähnlichkeit. Er ist anders und nur er selbst.«

Eine peinliche Pause folgte. Die Familie hatte Thora in großer Gesellschaft noch niemals fünf zusammenhängende

Wörter sagen hören. Sie war immer so schüchtern gewesen. Die anderen blickten sie leicht verwundert an, dann machten sie sich wieder über das Büfett her und rissen dabei ihre Witze.

Erst um ein Uhr ging man auseinander. Da saß Joseph zusammen mit den kleinen Brüdern in einem Sessel und schlief.

Für Juliane war es ein wunderschöner Abend gewesen. Als die Kinder im Bett lagen, betrachtete sie sie noch lange. Sie bückte sich und schmiegte ihre Wange an Josephs. Es war so schön, daß alle wieder zu Hause waren. Joseph lag mitten im großen Bett und schlief tief und fest. Die Kleinen lagen neben ihm, sie mußte Klein-Ottos Arme vom Hals des großen Bruders nehmen, selbst im Schlaf hielt er den geliebten Joseph noch fest.

Gut, daß die Kinder einander hatten. Sie wußte immerhin, daß sie zusammenhalten würden, sollte ihr etwas passieren.

Sie seufzte und deckte sie wieder zu, ihre vier Söhne.

Juliane hatte jetzt nicht mehr solche Angst vor der Zukunft. Das Schlimmste schien vorüber zu sein.

Und sie hatte auch noch Hansen, den Schlachter. Im Hintergrund war er immer da. Während Joseph verreist gewesen war, hatte sie ihn häufiger gesehen. Er war in sie verliebt, ja, er war verrückt nach ihr. Sie gingen jetzt bisweilen miteinander aus, in aller Heimlichkeit natürlich. Es sollte doch nicht geklatscht werden. Hansen war so aufmerksam und behandelte sie wie eine richtige Dame. Sie hatte das Gefühl, ihn schon ewig zu kennen. Sie fühlte sich geborgen bei ihm, und immer fragte er nach den Kindern. Mit seiner sauren Pflaume zu Hause hatte er ja keine. Seine Frau sei jetzt religiös, hatte Hansen erzählt. Bei der Inneren Mission, das sei jetzt so modern. Dort standen die Leute auf und bekannten in aller Öffentlichkeit ihre Sünden. Juliane hätte da gern mal zugehört. Und erfahren, was Hansen so trieb, wenn die Lichter gelöscht wurden.

Juliane schmunzelte, räumte in der Wohnung auf, schloß die Vorhänge, fühlte sich wohl in der Stille.

Es war wirklich eine Erleichterung gewesen, Thora gut untergebracht zu haben. Johan kam sonntags nach Hause, ansonsten wohnte er in einem gemieteten Zimmer. Er gab die Hälfte seines Lohns zu Hause ab, große Sprünge konnte er deshalb nicht machen. Ein wenig schuldbewußt dachte sie an Johan, aber sie sagte sich, wenn er mehr Geld hätte, würde er es nur vertrinken oder mit Frauen durchbringen.

Sie zog sich aus und stand dann lange vor dem Spiegel und musterte ihren Körper. Sie war doch um einiges in die Breite gegangen. Ihr Bauch war etwas zu umfangreich. Das lag an den vielen Kindern, ihre Brüste waren schwer, und in ihrem Bauch saß eine deutliche Delle. Sie drehte sich um, ihr Hintern war noch immer fest und ansehnlich. Sie versetzte sich selber einen Klaps, lachte und streifte sich das Nachthemd über den Kopf. Sie hatte seit Ottos Tod keinen Mann mehr gehabt. Aber das Leben mußte doch weitergehen. »Mein Körper sieht zwar nicht mehr so schön aus, von vorne schon gar nicht, aber ich kann ihnen ja immer noch den Hintern zukehren«, sagte sie halblaut und löschte das Licht.

Im Dunkeln dachte sie dann an Hansen. Wie würde ihr Leben aussehen, wenn er sich wirklich scheiden ließe und sie heiratete? Im Bett leistete er sicher nichts Besonderes, das sah sie auf sieben Meilen Entfernung. Und würde es nicht vor allem Ärger bringen? Sie hatte es doch so gut mit den Kindern, und es würde schon gehen, bald würden sie ja alle Geld verdienen können.

Joseph würde auf jeden Fall bocken. Sie dachte an

früher, als Otto in die Familie gekommen war. Johan hatte ihr damals wirklich die Hölle bereitet. Vielleicht war er deshalb so geendet, mit seiner Sauferei und den vielen Mädels, diesen liederlichen Herumtreiberinnen, das waren sie nämlich. Aber er war bei der Sache mit Otto sicher oft verletzt worden. Otto hatte ihn sehr hart angefaßt.

Johan würde gegen eine Vernunftehe bestimmt keine Einwände erheben, dann würde er ja sein ganzes Geld behalten können. Wenn sie Hansen heiratete, dann würde sie dadurch auch zur Handwerksmeistersfrau, so wie Rikke und Josephine. Sie könnten es weit bringen, wenn sie den Laden gemeinsam bewirtschafteten. Die Frau würde keine großen Schwierigkeiten machen. Die ist ja verrückt, dachte Juliane zufrieden. Hansen sagte, er habe das Thema bereits zur Sprache gebracht.

»Und was sagt sie?« fragte Juliane mit hämmerndem Herzen.

»Sie sagt, ihr wahrer Bräutigam sei Jesus«, antwortete der Schlachter.

»Ja, dann werden sie sicher glücklich werden. Der macht ja keine großen Scherereien.« Juliane lachte erleichtert.

Sie lag in ihrem Bett und dachte an einen neuen Mann. Ob Otto wohl ihre Gedanken mitbekam, dort, wo er jetzt war? Plötzlich wurde sie wieder von Trauer überwältigt und spürte, daß sie niemals wieder wahre Liebe empfinden würde. Es war hart, es war verdammt hart, so alt war sie nun wirklich noch nicht. Sie setzte sich auf und schlug die Hände vors Gesicht, weinte jedoch nicht. Da das Leben so übel mit ihr umgesprungen war, wollte sie von der zweiten Lebenshälfte noch etwas haben. Warum auch nicht? Sie liebte diesen Specknacken Hansen zwar nicht, aber er war nett, und er hatte Geld. Geld bedeutete Sicherheit. Was brachte dagegen schon die Liebe? Otto hatte sie geliebt, das wußte sie. Aber war ihr Leben mit ihm ein Paradies gewesen? Nein, es war hart hergegangen, als sie versuchten, sich aneinander glattzuschleifen.

Sie legte sich wieder hin, zog die Decke über den Kopf und flüsterte: »Ach, Otto, mein Geliebter, du fehlst mir so, jeden Tag.«

Als sie am nächsten Morgen erwachte, stand ihr Entschluß fest. Sie würde Hansen nehmen. Sie würden heiraten, und dann wäre sie diejenige, die eine große Wohnung hatte und zum Büfett bitten konnte. Und wenn sie Geld hätte, dann könnte Joseph weiter zur Schule gehen. Ja, sie durfte nicht kritisch sein und sich mit Gefühlen aufhalten, wo sie doch vier Kinder zu versorgen hatte.

Nach dem Morgenkaffee beschloß Juliane, mit allen Kindern Otto Blumen aufs Grab zu bringen.

Juliane legte die Blumen aufs Grab, zog ihr Taschentuch aus dem Ärmel und betupfte sich damit die Augen. Joseph griff nach ihrer Hand. »Es war so schrecklich, Vater zu verlieren.«

»Ja, ja, mein Junge, aber wer weiß, wozu es gut war«, erwiderte Juliane und putzte sich die Nase.

Joseph musterte sie verärgert. Was für ein merkwürdiger Satz! Besorgt verließ er hinter ihr den Friedhof. Was mag sie nur aushecken, fragte er sich besorgt.

Um zehn Uhr waren sie wieder zu Hause. Die Glocken der Erlöserkirche läuteten, und Juliane wusch die Kleinen. »Wie kann man sich auf einem Friedhof so schmutzig machen? Warum wühlt ihr immer so im Dreck? Könnt ihr nicht einfach ganz normal herumlaufen, ohne alles anzufassen?« Die Kleinen versuchten, sich zu wehren, als sie ihnen mit einem Waschlappen durch die Gesichter fuhr.

»Ich will heute zu Thora und nehme die Kleinen mit. Wir gehen zum Taubenrennen«, erzählte Juliane fröhlich.

Joseph nickte, er freute sich darauf, allein zu Hause zu sein, umherzulaufen, sich alles wieder anzusehen, und mittags wollte Johan kommen. Er hatte am Vortag in der Druckerei arbeiten müssen und nicht zu Rikke kommen können. Aber sie hatten Essensreste für ihn mitgebracht. Die standen in einem blauen Henkelmann in der Speisekammer.

Johan hatte immer Verständnis für Josephs Zukunftspläne. Er lachte ihn nie aus, er hatte ja selber viel Phantasie. Johan konnte allerlei, Komödie spielen, singen und tanzen. Aber manchmal konnte er auch geradezu Amok laufen. Er machte blau, trieb sich in den Kneipen herum und erzählte Anekdoten oder spielte den Leuten etwas vor. Er schlug Räder und ging ins Spagat, wenn ihm dafür jemand ein Bier ausgab. Joseph wollte nicht daran denken. Es war ihm peinlich, seinen Bruder so zu sehen.

Juliane winkte ihm zum Abschied und zog die Kleinen aus der Tür. Wilhelm verpaßte sie einen Nackenschlag, so daß seine Matrosenmütze verrutschte, als er sich heulend am Türrahmen festhielt, er wollte lieber bei Joseph bleiben.

Joseph winkte ihnen vom Fenster aus zu und grinste. Kalle würde wieder mit sauer verzogenem Mund dastehen. »Guten Tag, Schwiegermutter, ach, du willst mit uns zum Taubenrennen, und die Kleinen hast du auch mitgebracht, wie ich sehe.«

Joseph hörte Kalles Stimme und sah Thoras enttäuschtes Gesicht. Niemals hatten sie sonntags ihre Ruhe, immer war die Mutter da.

Alles in der Wohnung kam Joseph jetzt so klein vor, selbst die Türklinke saß seltsam tief. Er lief umher, berührte alles, öffnete Schubladen und schaute sich die vertrauten Dinge an. Das Silber in der blaugefütterten Schublade, die Vase mit dem Bild und den goldenen Griffen, die

Palme auf dem Podest, die weiße Alabasterlampe. Er fuhr mit der Hand über die roten Plüschsessel und den Tischläufer mit den langen Seidenfransen und den chinesischen Vögeln.

Er ging in die Speisekammer, schmierte sich ein Brot, griff nach dem weißen Krug mit dem blauen Rand, nahm einen Löffel Puderzucker heraus und bestreute damit großzügig seine Schnitte.

Dann ging er zum Klavier, legte das Brot darauf, wischte sich die Hände an der Hose ab und spielte dann mit einem Finger. Dazu sang er.

Er wollte Sänger werden, wollte in der Oper singen. Terkelsen hatte seine Stimme gelobt. Aber konnte er Sänger werden? Vielleicht würde Gott ihm helfen, wenn er betete. Er wollte so gern an Gott glauben. Aber warum hatte Gott nicht geholfen, als der Vater krank geworden war?

Er hatte seine Mutter so viele Nächte hindurch weinen gehört. Durch den Tod des Vaters hatte das ganze Leben sich geändert. Es war schwer, keinen Vater zu haben. Dann brach alles auseinander. Jeden Tag mußte man kämpfen, mußte in der Schule darum kämpfen, der Beste zu sein, durfte die Arbeit in der Fabrik nicht verlieren, mußte sich um die Kleinen kümmern.

Wilhelm und Viggo konnten sich an den Vater gar nicht mehr erinnern. Der Vater war Sozialist gewesen, er hatte nicht an Gott geglaubt. Er hatte geglaubt, daß man sich selber helfen müsse. Die Reichen glaubten immer an Gott. Denen ging es ja auch gut. Gott war immer auf der Seite der Reichen. Joseph kannte keine Sozialisten, denen es gutging.

Man mußte sich wohl für Gott entscheiden. Oder vielleicht hatte Terkelsen auch recht, und Gott suchte sich seine Menschen selber aus.

Joseph stimmte Grundtvigs Choral über Kain und Abel

an. »Kain pflügte einst auf seinem Feld und dachte dabei nur an Geld, Abel trieb Schafe in die Ställe und dacht' dabei an seine Seele.«

Plötzlich fühlte er eine Hand auf seiner Schulter. »Johan, ach, Johan, du hast mir ja so gefehlt!« Johan hob ihn hoch und küßte ihn. Aber er sah schlecht aus, schien Fieber zu haben.

»Joseph, ich bin krank, ich muß mich hinlegen. Es tut verdammt weh, verstehst du?«

»Was tut weh, Johan, was denn? Hast du Halsschmerzen?« Besorgt lief Joseph neben Johan her, der in gekrümmter Haltung ins Schlafzimmer ging und sich aufs Bett fallen ließ.

»Hol mir ein Glas Wasser!«

Joseph lief in die Küche und holte das Wasser.

Johan hatte seine Kleider auf den Boden fallen lassen. Er trug nur noch sein Unterhemd und bebte wie im Fieber. Joseph setzte sich ans Fußende. Plötzlich brach Johan in Tränen aus.

Was fehlte ihm denn? So hatte Joseph seinen munteren, immer zu Scherzen aufgelegten Bruder noch nie gesehen.

Er rückte näher an ihn heran und streichelte ihm verängstigt die Haare. »Aber Johan. Wir müssen den Arzt holen. Ich lauf gleich zu ihm, ich weiß, wo er wohnt.«

»Nein, zum Teufel, das darfst du nicht, und Mutter darf auch nichts erfahren.«

»Mutter muß doch wissen, daß du krank bist, und sie kann es ja selber sehen.«

»Nein, schau her«, sagte Joseph, schlug die Decke beiseite und spreizte die Beine.

Sein Hodensack war so dick wie ein Ball, er war blaurot und entzündet.

»Was ist das denn?« fragte Joseph entsetzt.

»Ich hab mir was eingefangen. Einen Tripper, glaube ich. Das kriegst du, wenn du ihn in eine Kranke steckst. Verstehst du? Das darfst du nie tun, Bruderherz. Jetzt hast du es gesehen, deshalb laß die Finger von solchen Mädchen. Du wirst jetzt ja groß, aber du solltest das lieber mit der Hand erledigen, ja?«

Joseph schlug sich die Hand vor den Mund und riß die Augen weit auf. Er hatte Angst, er war außer sich, er hätte sich erbrechen mögen. Wie war es möglich, daß Eier dermaßen anschwollen?

»Was passiert denn jetzt, Johan? Du mußt doch hoffentlich nicht sterben?«

»Nein, aber ich muß zum Arzt gehen. Ich kann nicht pissen. Aber das ist peinlich, und das tut weh. Die Jungs beim Militär haben gesagt, daß der Arzt einen Pinsel hineinschiebt, und daß das so weh tut, daß man losbrüllt. Ach, wenn ich bloß pissen könnte, es tut so weh.«

Johan wiegte sich hin und her.

»Ich wußte nicht, daß sie so eine war. Sie war so niedlich. Wir kannten uns seit vierzehn Tagen, und dann standen wir im Treppenhaus, und ich durfte mit ihr machen, was ich wollte. Sie hat behauptet, ihre Eltern seien so streng, und deshalb dachte ich, sie sei ein anständiges Mädchen. Als ich dann krank wurde, das war drei Tage später, sagte ich zu ihr, sie müßte mich angesteckt haben. Ich war stocksauer, das kannst du dir ja vorstellen. Und weißt du, was sie da gesagt hat? Sie hat gesagt, sie könne es nicht gewesen sein, denn der Polizeiarzt habe ihre Möse erst eine Woche vorher untersucht.«

»War das denn eine Nutte?« flüsterte Joseph.

»Ja, aber ich hab's gratis gekriegt, weil sie mich so nett fand. Laß die Finger von den Frauen, Joseph, versprich mir das.«

Johan wickelte sich vorsichtig die Decke um seine geschwollenen Hoden, wischte sich die roten Augen und sagte: »Erzähl mir von der Schule, Joseph.« Joseph wußte nicht, was er sagen sollte. Er war entsetzt. Wie ekelhaft doch alles in Kopenhagen war, Hurerei, Suff und Schweinereien. Plötzlich hatte er schreckliche Sehnsucht nach Terkelsen. Wenn er doch nur von zu Hause weg könnte! Er konnte genug Geld verdienen und durchbrennen.

»Jetzt erzähl schon, Joseph, dann vergesse ich die Schmerzen vielleicht«, stöhnte Johan und nahm seine Hand.

»Es war ganz wunderbar. Sommer und Sonne, alles ganz offen und frei. Ich habe Kühe und Felder gesehen, und fast hätte so ein Drecksgaul mich totgetreten. Er hat mich an der Schulter getroffen. Und dann war da noch Terkelsen, unser Schullehrer. Er sprach wie ein Schauspieler und konnte wunderschön singen. Alles, was er erzählte, konnte man richtig vor sich sehen. Er ist der klügste Mann der Welt. Johan, sie wollten, daß ich zurückkomme. Ach, Johan, wenn er gesungen hat, dann lief es mir eiskalt über den Rücken.«

»So geht's mir im Theater.« Johan nickte.

»Vielleicht möchte ich Sänger werden.«

»Das ist vielleicht möglich, Joseph. Du kannst alles, was du willst. Das habe ich gesehen. Bei mir sieht das schon anders aus.«

»Johan. Du darfst nicht so krank werden. Vielleicht könntest du auch mal nach Vrå. Da waren viele Mädchen, richtige Mädchen, feine, mit reichen Eltern und großen Höfen, genau das richtige für dich.« Joseph lächelte seinem Bruder aufmunternd zu und streichelte die Decke. Johan streckte die Arme nach seinem Bruder aus und wollte ihn umarmen. Joseph wich erschrocken zurück.

»Das, das ist doch hoffentlich nicht ansteckend?«

»Nein, man darf sich nur nicht morgens die Augen reiben, wenn man nachts die Hände unter der Decke gehabt hat, sonst kann man angeblich blind werden.«

Joseph sprang auf und versteckte die Hände hinter seinem Rücken.

»Johan, du solltest mit Onkel Linder sprechen. Der weiß, wie man wieder gesund wird.«

»Was sagst du da? Wieso sollte der das wissen?» fragte Johan überrascht.

Joseph starrte den Boden an. »Weil er sich auch mal so was eingefangen hat.«

Johan mußte lachen. »Und woher weißt du das, Junge? Wer hat dir das erzählt?«

Joseph musterte ihn mit vielsagendem Blick. »Ich weiß alles, was in dieser Familie vor sich geht. Ich weiß, wie sie sind. Mich können sie nicht an der Nase herumführen.«

Johan erhob sich mühevoll und hielt dabei seine Hoden fest. »Ich glaube, das mache ich. Ich ertrag das nicht, und es ist gefährlich, wenn man nicht pissen kann.«

Er humpelte aus dem Zimmer. Joseph ging in die Küche, ließ Wasser ins Spülbecken laufen und schrubbte sich die Hände. Niemals, niemals wollte er das machen, ihn in Nutten hineinstecken, nur an Fressen und Saufen denken wie ein Tier. Er wollte nach oben, nach dort, wo Terkelsen war, empor zum Guten, Schönen und Wahren. Diese Worte wiederholte er immer wieder, dann ging er ins Schlafzimmer und ließ sich mit einem Buch ins Bett fallen.

»Was für ein Leben«, sagte er zu sich und öffnete das Buch. Das Scheuerpulver brannte auf seiner Haut.

Er war in die Geschichte über das aus Stroh gesponnene Gold von Udby vertieft. Terkelsen hatte ihm ein Buch mit

Sagen aus der Gegend von Thy geschenkt. Er hatte eine Widmung ins Buch geschrieben: »Für Joseph aus Christianshavn, lies es aufmerksam«, und »mit den freundlichsten Wünschen, von Jørgen Terkelsen«. Joseph fuhr mit dem Finger über den schwarzen Einband. Er dachte an alles, was Terkelsen ihm beigebracht hatte, an die schöne Stelle aus einem Choral: »Du Sonne hinter Sternen klar, sei lobgepriesen immerdar, du scheinst auf jede Schule, die baut auf Wahrheit Grund. Erhalte sie uns weiter, denn sie tun Wahrheit kund. Das Volk im ewigen Strom des Lebens sucht Aufklärung ja sonst vergebens.« Aufklärung suchen, sich selber erkennen, davon hatte Terkelsen oft gesprochen. Was das wohl bedeuten mochte? Natürlich kannte man sich selber. Er stand auf und ging zum Spiegel. Darin sah er einen Jungen mit großer Nase und Pickeln auf der Stirn. Er hatte schöne Haare. Ein Mädchen in der Schule hatte sie berührt und gesagt, »die sind ja so schwarz wie ein Rabenflügel«, das hatte sie tatsächlich gesagt. Wie schön das klang, Rabenflügel. Sie sagten viele romantische Dinge, die Mädchen auf der Schule. Er strich sich die Haare nach vorn und ließ einige Strähnen in seine Stirn fallen. Dann sang und gestikulierte er vor dem Spiegel. Plötzlich hörte er einen Schlüssel im Schloß. Er strich sich die Haare wieder zurück, stürzte zum Stuhl und griff nach seinem Buch.

Die Kleinen stürmten herein. »Bruder Jofes, du mußt auf uns aufpassen, Thora hat Bauchweh, und Mutter ist wütend, weil ihre Taube Else gerade am Gewinnen war, glaubt sie.« Viggo stotterte vor lauter Aufregung.

Juliane kam mit rotem Gesicht hinterher.

»Natürlich muß sie mitten im Rennen ihre Wehen kriegen. Du mußt sofort Tante Rikke Bescheid sagen. Nimm Johans Rad. Danach fährst du zu Tante Fine. Kalle hatte gerade eine Wette laufen, er ist noch draußen. Nie hat man seine Ruhe.«

Vorsichtig trug Joseph Johans Fahrrad die Treppe hinunter. In der Tür begegnete ihm Johan. »Mutter hat es mir erlaubt, ich muß Hilfe holen. Bei Thora haben die Wehen eingesetzt.«

Johan nickte gequält und schleppte sich die Treppe hoch. Joseph winkte ihm zu, sprang auf das Fahrrad, beugte sich über den Lenker, trat in die Pedale und jagte los, wobei er ununterbrochen die Klingel betätigte.

Ein fein angezogener Knabe mit Samtmütze und Knopfstiefeln rief: »Hör doch auf mit dem Krach, oder holst du gerade die Hebamme?«

»Justament«, lachte Joseph und strampelte weiter.

Als Kalle nach Hause kam, stand sein Haus auf dem Kopf. »Wir wollen hier keine Mannsbilder«, teilte ihm seine Schwiegermutter mit hochgekrempelten Ärmeln mit. »Else hat gewonnen«, sagte Kalle zaghaft und hielt ihr einen Zettel hin. Julianes Miene entspannte sich, und sie führte ihn in die Küche, setzte ihn auf einen Stuhl und reichte ihm eine Tasse Kaffee. Fine und Rikke saßen bei Keksen und Tee im Wohnzimmer. Sie winkten ihm kurz zu.

»Ich will zu Thora«, verlangte Kalle.

»Kommt nicht in Frage. Die Hebamme ist bei ihr.« Sie hörten einen Schrei. »Mutter, komm. Ich will nicht. Ich will nicht!«

Juliane leerte eilig ihre Tasse und lief zu ihrer Tochter.

Thora lag mit starken Wehen im Bett. »Mutter, es tut so weh. Ich will nicht, ich will nicht. Was ist, wenn es nicht herauskommen kann?«

Verängstigt setzte sie sich auf. Sie hätte nie gedacht, daß es so weh tun könnte.

»Wenn es reingekommen ist, wird es auch wieder rauskommen. Wer nicht hören will, muß fühlen«, lachte Juliane.

»Ich tu es nie wieder«, rief Thora in ihrer Qual. Die erste Preßwehe setzte ein.

Juliane und die Hebamme wechselten einen vielsagenden Blick, dann packten sie Thoras Beine, drückten sie auseinander und schauten nach.

»Der Kopf kommt zuerst.« – »Ja, dann geht es bei ihr leichter als bei mir«, sagte Juliane.

»Ich hoffe wirklich, Sie wollten sagen, als es bei Ihnen gegangen ist«, sagte die Hebamme schroff. Sie hatte Juliane bei fast allen Geburten geholfen.

Juliane lachte. »Ich habe mir doch einen neuen Liebhaber angeschafft.«

Thora preßte, und das Kind glitt heraus, es war ein Junge. Ermattet ließ sie sich zurücksinken.

»Gut gemacht, mein Mädel«, sagte Juliane, beugte sich über sie und wusch ihr mit einem feuchten Lappen den Schweiß weg. Dann betrachtete sie den schreienden kleinen Jungen. Die Hebamme wusch ihn gerade, und er sah wirklich gut aus. Juliane hob den Kleinen hoch. Sie war zutiefst gerührt, es war ihr erstes Enkelkind. Sie drückte in an sich und wiegte ihn hin und her.

Dann ging sie zu Thora und zeigte ihr den Kleinen. Thora setzte sich auf und streckte glücklich die Arme nach ihm aus. »Der ist aber niedlich, er sieht aus wie unser Puppenkind Viggo.«

Juliane hob ihn wieder hoch und blickte ihm forschend ins Gesicht. »Nein, leider sieht er aus wie dein Mann.«

Thora nahm ihr Kind in die Arme und deckte es zu, noch war der Kleine ganz nackt. Er lag still mit geschlossenen Augen und zuckendem Mund da, dann riß er die Augen auf und blickte seiner Mutter ins Gesicht. Thora sah den Jungen verliebt an und küßte ihn auf den Kopf.

»Ja, nach Kindern warst du immer schon verrückt«, sagte Juliane und nahm ihr den Kleinen weg. »Er muß gewickelt werden.«

Thora setzte sich auf und sah unruhig zu, wie die Hebamme und Juliane sich an dem Kind zu schaffen machten. Es bekam eine Nabelbinde aus Flanell und wurde in lange Wollbänder und Tücher gewickelt, und am Ende sah es aus wie eine kleine Rollwurst.

Juliane reichte Thora den Jungen, und sie legte ihn an die Brust. Sie sah sich das kurz an, dann öffnete sie die Tür.

»Kalle, hier ist ein kleiner Junge, der seinen Vater sehen möchte.«

Kalle stand verlegen am Bettrand und streichelte Thora und die kleine Rollwurst.

»Ist er nicht wunderbar?« fragte Thora.

»Wenn er groß ist, kann er mit seinem Vater Automobil fahren«, sagte Kalle.

Juliane und die Hebamme schlossen die Schlafzimmertür. Rikke und Josephine hatten den Tisch mit einer feinen weißen Decke und dem besten Porzellan gedeckt.

Die Damen wollten sich von der Anstrengung erholen.

Sie schenkten Kaffee ein und schnitten sich dicke Scheiben von Rikkes bestem Früchtebrot voller Rosinen, Koriander und Zitronat ab.

»Leckerer Kuchen, Frau Helbig«, sagte die Hebamme. »Ja, ich gratuliere zum Neuzugang.« Die Damen tranken sich mit den Kaffeetassen zu und spreizten dabei die kleinen Finger ab. »Die Familie wächst«, stellte Juliane fest und wischte mit der Serviette ein paar Krümel weg. »Das kann auch zuviel werden. Ich kann mich noch genau an meine Urgroßmutter erinnern. Sie war wirklich gesund

und munter, hatte noch alle Zähne und aß und trank. Mit achtundneunzig sagte sie: Jetzt will ich nicht mehr leben, mein Gott hat mich vergessen. Und wißt ihr, was sie gesagt hat, wenn wir fragten, warum sie nicht mehr leben wollte?«

Die Damen schüttelten gespannt den Kopf. »Sie sagte, ich kann es nicht ertragen, daß sie sich vermehren wie die Karnickel. Blagen, Blagen, Blagen, igitt.« Die Hebamme lachte und schlug sich auf die Schenkel. »Was reden Sie denn da, Frau Jensen, und das bei ihrem ersten Enkelkind.«

»Ja, aber es ist sicher nicht das letzte.« Juliane nickte zur Tür hin und nahm sich noch eine Scheibe Früchtebrot.

15

Das Kind fing an zu weinen. Zuerst wimmerte es leise. Thora drehte sich unruhig um. Kalle sah sie an. Sie hatte im Schlaf das Kind gehört. Jetzt brüllte es los. Thora stand schwankend auf, streckte die Arme nach dem Kleinen aus und legte sich mit ihm wieder ins Bett. Sie schob sich ein Kissen in den Rücken, zog mit halbgeschlossenen Augen ihr Nachthemd herunter und nahm ihre Brust heraus. Die Milch spritzte in drei dünnen Strahlen heraus, sie mußte den Kopf des Kindes so halten, daß er nicht von ihrer Milch naßgemacht wurde.

Als der Kleine anfing zu nuckeln, wurden ihre bleichen Wangen hellrot, sie öffnete die Augen, sah ihren Sohn liebevoll an und streichelte behutsam seinen Kopf.

Als ob sie sich gerade erst an seine Anwesenheit erinnert hätte, sah sie dann Kalle an.

Er streckte die Hand aus und berührte sie und das Kind.

»Faß ihn nicht an, wenn er gerade ißt«, sagte sie.

Seit das Kind da war, lebte Thora in ihrer eigenen Welt. Kalle hatte immer geglaubt, bei ihr an erster Stelle zu stehen. In ihrer Familie war es doch keine große Kunst, Kinder zu bekommen. »Kinder, die kann jeder Steinhauer machen, es zu verhindern, das ist die Kunst«, sagte Juliane.

Wieder berührte er den Kleinen. »Das ist auch mein Kind.« Thora sagte nichts dazu, sie hob das Kind hoch, legte es sich über die Schulter und versetzte ihm einen leichten Klaps auf den Rücken. Der Kleine öffnete seine blauen

Augen und sah seinen Vater an. Kalle hatte das Gefühl, daß dieser Blick durch ihn hindurchglitt wie Strahlen. Er stand auf und ging in die Küche. Dort entfernte er die Fliegendrahtglocke vom Käse und machte sich ein Brot mit Schmalz und Käse. Er holte sich aus der Speisekammer ein Bier und ging ins Wohnzimmer. Dort setzte er sich an den Schreibtisch und schaute sich um. Sie hatten sich wirklich elegant eingerichtet, er und Thora.

Ruhig und zufrieden trank er aus der Flasche. Es würde schon gehen. Es war schließlich ihr erstes Kind. Und früher, als Thora sich nur auf ihn konzentriert hatte, war sie ihm ja auch bisweilen auf die Nerven gegangen.

Er seufzte. Eigentlich könnte alles sehr schön sein, wenn nicht dieses Teufelsweib Juliane sich dauernd in ihr Leben mischte.

Anfangs war sie jeden Sonntagmittag gekommen. Jetzt tauchte sie auch mitten in der Woche auf, um sich davon zu überzeugen, daß ihr Enkelkind bekam, was es brauchte. Aber nie schmuste sie mit dem Kleinen, wie andere Großmütter das machen. Sie kam einfach herein, drängte sich an Thora vorbei ins Schlafzimmer und riß den Jungen aus der Wiege. Sie zog ihn aus, untersuchte seine Kleider, wechselte im Nu die Windeln, wickelte ihn fester, hielt ihn dann hoch und starrte ihn an. Manchmal lächelte sie dabei ein wenig, so, als wisse sie etwas, das die anderen nicht wußten. Dann legte sie das Kind wieder hin, ging in die Küche und stellte dort alles auf den Kopf.

Thora war nach der Geburt noch so schwach, daß Julianes Besuche für sie zuerst eine Hilfe gewesen waren. Jetzt stand Thora nur gereizt und verärgert daneben, wenn ihre Mutter ihr alles aus der Hand riß.

Manchmal stritt Thora sich dann lauthals mit ihrer Mutter. Kalle suchte in einem anderen Zimmer Zuflucht und hoffte, Thora werde ihr das Haus verbieten. Aber schließlich kroch Thora immer wieder zu Kreuze, und am folgenden Sonntag stand Juliane wieder mit einem gewaltigen Hut auf dem Kopf vor der Tür.

Man sollte so weit weg ziehen, daß sie nur zu Weihnachten und zu Ostern kommen könnte!

Plötzlich stand Thora mit dem Kind in der Tür. »Kommst du bald? Du weckst mich immer auf, wenn du ins Bett gehst.«

»Ich muß nur schnell etwas ausrechnen.«

Thora ging verschlafen wieder ins Bett, Kalle öffnete die Schreibtischschublade.

Er zog seine Berechnungen und den gelben Bleistiftstummel heraus und machte sich an die Arbeit. Die langen Zahlenkolonnen verrieten ihm, daß etwas passieren würde. Er war unruhig. In der letzten Zeit hatte es immer wieder Anzeichen dafür gegeben, daß er das System finden würde. Diese Anzeichen hatten sich auf die Zahl acht konzentriert. Auf diese Zahl stieß er immer wieder. Die Acht war der Schlüssel. Er fing noch einmal von vorne an. Morgens kam Thora ins Wohnzimmer. »Sitzt du immer noch hier? Hast du vergessen, daß wir mit Mutter ins Parkkonzert im Tivoli gehen?«

Kalle starrte sie verwirrt an. Sie stellte eine Tasse und die Kaffeekanne vor ihn hin.

»Du bist doch nicht ganz gescheit. Geht es jetzt wieder um die Tauben?«

Er goß sich schwarzen Kaffee in die Tasse und trank. Plötzlich war ihm so schwindlig, daß er sich an der Tischkante festklammern mußte. Dort stand sie, seine Kombination. Sie war es! Er rief Thora zu: »Zisch ab, zum Teufel. Siehst du nicht, daß ich zu tun habe? Geh zu deiner Mutter, aber verschwinde! Ich brauche meine Ruhe!«

Thora tauchte wieder auf. Sie hatte die ganze Babyausstattung zusammengepackt, Kissen mit Troddeln und Schleifen, Windeln, Hosen, Wickelbänder und Waschlappen. »Ich gehe zu meiner Mutter, und bilde dir ja nicht ein, daß du mich so bald wiedersiehst. Dein Essen kannst du dir selber machen«, sagte sie trotzig. Sie wartete noch einen Moment auf die Wirkung dieser Drohung. Kalle sah ein bißchen unheimlich aus, die Haare klebten ihm an der Stirn, seine Pupillen waren so groß, als ob er sich Belladonna in die Augen geträufelt hätte. Er nahm Thora gar nicht wahr.

Thora nahm ihr herausgeputztes Kind auf den Arm, band die Seidenschleifen seiner Haube und knallte energisch die Tür zu.

Kalle starrte seine Zettel an. Endlich. Er war sich ganz sicher. Er hatte es geschafft. Das hier war das System! Ein geniales System. Damit würde er jederzeit in Monte Carlo die Bank sprengen. Es war soweit. Er hatte alles auf diesen Tag vorbereitet, an dem er endlich das System gefunden haben würde. Sein Paß lag im Geheimfach in der Kommode, der Koffer stand bereit. Die Zugfahrpläne steckten in der mittleren Schublade.

Er ging ins Schlafzimmer, ruhig und zielstrebig packte er sein verschrammtes, braunes Köfferchen. Dieser Koffer brachte ihm Glück. Er nahm seine braun-weiß gestreiften Hemden mit, die Spazierschuhe mit den weißen Kanten, seinen Hochzeitsanzug. Im Kasino mußte man anständig angezogen sein. Lavendelpomade, das Etui mit den Haarbürsten, das Zahnpulver. Alles wurde ins Köfferchen gesteckt. Nicht zuviel, nicht zuwenig. Kalle war Perfektionist und Experte im Kofferpacken. Seinen Seidenschlafrock, ein Geschenk von Thora, faltete er ordentlich zusammen. Dann schrieb er mit ruhiger Hand auf einen Zettel: »Liebe

Thora, bin in wichtigen Geschäften in Monte Carlo. Bin in vierzehn Tagen wieder hier. Liebe Grüße, Kalle.«

Schließlich nahm er einen großen, gelben Briefumschlag, öffnete ihn und zählte die Geldscheine, die sie darin aufbewahrten. Ihre gesamten Ersparnisse. Er schloß den Umschlag sorgfältig, steckte ihn in seine Gürteltasche und machte sich in allerbester Laune auf den Weg zum Bahnhof. Der Zug nach Hamburg ging in einer Stunde. Unterwegs versteckte er sich ab und zu in einem Torweg und schaute sich um. Er hatte die ganze Zeit das Gefühl, Juliane zu sehen.

Dann fuhr der Zug nach Hamburg ein. Er betastete ein letztes Mal seine Tasche und stieg ein.

Joseph hatte sich den ganzen Tag um die Kleinen gekümmert. Er hatte nicht eine Minute für sich gehabt. Die Jungen waren durchgebrannt, und er hatte sie im Kuhstall des Schnapsbrenners gefunden; nun stanken sie nach Kuhmist. Der Gestank war noch nicht verflogen, obwohl Joseph versucht hatte, den ärgsten Schmutz abzuwaschen. Danach hatten sie sich um das einzige Spielzeug geschlagen, das sie hatten, den Blechwagen mit den Tonnen. Der fünfjährige Viggo, der noch immer lange goldene Locken hatte, verbiß sich in Wilhelms Arm und hinterließ dort deutliche Zahnabdrücke. Joseph riß die beiden auseinander, steckte Viggo in den Kleiderschrank, schloß ab und setzte sich mit einem Buch ins Schlafzimmer. Dem nächsten, der sich danebenbenahm, drohte er Prügel an.

Als Juliane in der Tür stand, fiel ihm plötzlich Viggo ein. »Wo ist Viggo?«

Wilhelm zeigte fröhlich auf den Kleiderschrank und bedachte seinen großen Bruder mit einem triumphierenden Blick. Juliane öffnete die Tür, und Viggo fiel ihr entgegen.

Er sah aus wie ein Engel, marmorweiß mit geschlossenen Augen, seine feuchten Goldlocken umstanden seinen Kopf wie ein Heiligenschein. Er war bewußtlos. Juliane warf sich über ihn und schüttelte ihn heftig.

Joseph rief: »Mutter, ich wußte nicht, daß er keine Luft bekommt. Verzeih mir, Mutter!« Er wurde immer lauter und schrie: »Stirbt er, Mutter, o nein!« Juliane schüttelte das Kind, dessen Kopf hin und her schlug. Viggo verdrehte die Augen. Sie schlug ihm auf den Rücken, hielt ihn an den Beinen und schüttelte ihn verzweifelt immer wieder. Er fing an zu weinen, schnappte nach Luft und lief feuerrot an. Joseph lag weinend auf dem Boden. Klein-Otto und Wilhelm standen engumschlungen an der Wand.

»Gott sei Dank, Gott sei Dank. O, lieber Gott, danke«, weinte Juliane und drückte ihren Jüngsten an sich. Dann richtete sie sich auf. Joseph hielt sich die Hände über den Kopf und stürzte davon. Sie bekam gerade noch seinen Arm zu packen, ehe er die Tür erreicht hatte. »Du hättest fast deinen Bruder umgebracht, du Grobian! Du bist doch angeblich so klug, aber du weißt nicht mal, daß man ersticken kann, wenn man in einen Schrank eingesperrt wird!«

Klein-Otto und Wilhelm wollten Joseph helfen. Sie hängten sich an Julianes Röcke. »Mutter, hör auf, er hat sich doch entschuldigt. Und Viggo war wirklich frech.« – »Er ist doch erst fünf«, rief Juliane und setzte sich auf einen Stuhl. Sie bebte noch immer, und ihre Tränen strömten. Viggo saß brüllend auf dem Boden.

Joseph setzte sich zu ihm, und widerwillig ließ Viggo sich umarmen. »Verzeihung«, flüsterte Joseph. Viggo reichte seinem Bruder gnädig die Hand.

Juliane betrachtete ihre Kinder. Gott sei Dank, es war kein Unglück geschehen. Wenn sie nun dieses Puppenkind verloren hätten! Und wenn Joseph mit dieser Schuld hätte leben müssen!

Wie sie die Kinder doch liebte! Die Blicke der vier Jungen hafteten an ihr. Sie lächelte, ein Lächeln der Erleichterung.

Klein-Otto merkte sofort, daß die Stimmung sich gebessert hatte. »Mutter lacht, Mutter lacht«, rief er.

Juliane sprang auf. »Ja, aber übel war das schon«, sagte sie. Um ihre Bewegung und ihre Gefühle zu verbergen, zischte sie: »Satansbrut!«

Das Abendessen wurde schweigend verzehrt.

Als die Kinder im Bett lagen und sich Friede über die Wohnung gesenkt hatte, setzte Juliane sich auf das Podest vor dem Fenster. Sie griff zu ihrem gelben kleinen Notizbuch mit den linierten Seiten und durchwühlte ihren Beutel nach dem kleinen silbernen Stift mit der Troddel, den sie für wichtige Aufzeichnungen immer benutzte.

Ganz oben schrieb sie: »Josephs Konfirmation.« Nachdenklich schaute sie aus dem Fenster. Wen sollten sie einladen, außer der engsten Familie? Mußten Josephines viele Töchter beim Essen dabei sein? Reichte es nicht, wenn sie in die Kirche kamen? Wovon sollte sie soviel Suppe, Fisch, Braten und Kuchen bezahlen? Und natürlich den Konfirmationsanzug. Sie könnte Ottos Jacke umnähen. Sie hatte alle seine Kleider aufbewahrt, hatte es aber noch nicht geschafft, etwas davon zu benutzen. Manchmal holte sie sie aus dem Schrank. In ihnen hing noch immer ein leichter Geruch nach ihrem Liebsten. Die Mottenkugeln im Schrank hatten den Duft von Mann und Pferd noch nicht ganz vertreiben können.

Doch wenn alle mithalfen und ein wenig dazu verdienten, würde es schon gehen. Bei »alle« dachte sie auch an Kalle, auch, wenn ihr das gar nicht recht war. Sie mochte ihn nicht, mußte aber zugeben, daß er auch seine guten Seiten hatte. Er war großzügig. Wenn er Geld hatte, was oft der Fall war, steckte er Thora immer einige Scheine für Juliane zu. Wenn sie eines Tages besser bei Kasse wäre, wollte sie ihm alles zurückgeben.

Ihre Gedanken wanderten zu Schlachter Hansen. Wenn sie ihn nun heiratete, dann hätten die vielen Demütigungen ein Ende. Die Kleinen müßten dann nicht mehr um vier Uhr morgens aufstehen und Milch austragen. Vielleicht könnte Joseph weiter zur Schule gehen, und sie selber hätte ein geborgenes, sicheres Leben. Aber sie war nicht glücklich bei dieser Vorstellung. Die Sache hatte einen argen Haken. Das kannst du nicht, Juliane, diesen Specknacken erträgst du nicht. Denk doch an den Abend, du weißt schon. Wenn sie an den Abend dachte, an dem Hansen zum ersten Mal versucht hatte, mit ihr ins Bett zu gehen, wand sie sich vor Verlegenheit. Sie hatte alles verdrängt, wollte nicht einmal daran denken. Sie hatte sich gescheuert und geschrubbt, als sie nach Hause kam, sie hatte sich einen großen Schnaps eingegossen. Als sie ins Bett ging, hatte sie sich bei Otto entschuldigt, und sie war wütend auf sich selber gewesen, weil sie einem seit drei Jahren toten Mann gegenüber ein dermaßen schlechtes Gewissen hatte.

Resigniert betrachtete sie ihre Notizen. Plötzlich wurde hart und ausdauernd an die Tür geklopft. Sie schaute auf die Uhr. Es war halb elf. Wer zum Henker konnte das sein? Ach, sicher war wieder irgend etwas mit Johan. Mit ihm stimmte etwas nicht, das hatte sie in der vergangenen Woche deutlich gemerkt. Sie raffte ihre Röcke, stürzte in die Diele und riß die Tür auf. Draußen stand Thora, in Tränen aufgelöst, mit dem Kleinen auf dem Arm und einem Koffer in der Hand. »Mutter, er ist weg«, sie ließ sich schluchzend gegen Julianes Busen sinken.

Juliane legte die Arme um Tochter und Enkelkind. Da war die Sache also zum Teufel gegangen. Es konnte nicht mehr schlimmer werden. Aber das fremde Element war verschwunden. Er war fort. Jetzt gab es wieder nur Juliane und ihre Kinder. Sie riß sich zusammen für den großen Auftritt, den ihre Tochter sicher erwartete, und rief: »Hab ich's mir doch gedacht! Was habe ich gesagt? Aber du wolltest ja nicht hören! Ich weiß wirklich nicht, was aus dir werden soll! Aber wir schaffen das schon, mein Mädchen. Das wäre ja noch schöner. Der wird schon noch gekrochen kommen. Denn er kommt zurück, das weiß ich so sicher, wie ich die Mannsbilder kenne.«

Thora schluchzte erleichtert auf. »Glaubt Mutter, daß er zurückkommt? Er hat geschrieben, es sei nur eine Geschäftsreise.« Sie hielt ihr den Brief hin.

Juliane achtete nicht darauf. Sie ging durch die Wohnung und riß die Tür zum Schlafzimmer auf, wo Joseph erschrocken im Bett saß. »Damit ist deine Konfirmation geplatzt«, rief seine Mutter.

Joseph ließ sich ins Bett fallen und zog sich die Decke über den Kopf. »Lieber Gott, mach, daß ich trotzdem konfirmiert werde«, betete er weinend. Klein-Otto, der an der Wand lag, stupste seinem Bruder tröstend den Rücken an. »Wirklich verdammt schade, dann mußt du immer kurze Hosen tragen und kriegst keine Bernsteinspitze.«

Am nächsten Tag machte Juliane eine Runde bei der Familie. »Lieber alles ganz offen sagen«, teilte sie ihren Kindern energisch mit. »Die anderen klatschen ja doch und suhlen sich in Schadenfreude. Und da ist es besser, es ihnen selber mitzuteilen. Das nimmt allem den Stachel, das kann ich euch sagen.« Sie hatte viel vor. Sie wollte zu Fine, zu Rikke, zu Schlachter Hansen und zur Chinesin.

Als sie wieder nach Hause kam, hatte sie ihre Entschlüsse gefaßt. »Am Sonntag kommt Schlachter Hansen zum Kaffee.«

»Was will der denn hier?« fragte Joseph mißtrauisch. Juliane und ihre Tochter wechselten einen Blick. Keine sagte etwas, und die beiden Damen zogen sich in die Küche zurück, um die Weissagungen der Chinesin zu diskutieren.

Schlachter Hansen stand vor dem Spiegel. Es war der große Tag. Juliane hatte ihn zum Kaffee eingeladen, und er würde die Kinder kennenlernen.

Er hatte wirklich ungewöhnlich großes Glück gehabt. Frau Hansen hatte ihren Mann seit kurzem verlassen. Sie hatte ihm einen Abschiedsbrief geschrieben und mitgeteilt, sie wolle sich zur Mission melden, um ihrer Berufung zu folgen. Hansen hatte den Brief einem Anwalt gezeigt, und die Scheidung würde bald ausgesprochen sein. Das einzige, wovor Hansen jetzt noch Angst hatte, war, daß Frau Hansen in Afrika verschwunden sein könnte, ehe sie die Scheidungspapiere unterschreiben könnte. »Was danach aus ihr wird, ist ja eigentlich egal«, sagte er zu Juliane. Gemeinsam hatten sie sich eine Illustrierte angeschaut, in der ein spannender Bericht über Stanleys Reise stand. Wenn Frau Hansen erst einmal in Afrika war, dann konnte ihr wirklich allerlei passieren.

Sorgfältig bürstete Hansen seinen Bratenrock. Er freute sich und ging in die Küche, um seine schwarze Melone zu dämpfen. »O, du wunderbare Frau!« Seit Jahren hatte er ein Auge auf Juliane gehabt, genaugenommen seit dem Tag, an dem sie im Alter von dreißig Jahren bei ihm Arbeit gesucht hatte.

Sie würden es so gut haben. Er würde sich um sie und die Kinder kümmern. Bei der Arbeit faßte sie tüchtig an, und sie war liebevoll und lustig. »Sie ist immer so munter«, sagte er, wenn er sie für Freunde oder Verwandte beschreiben sollte.

Da war nur dieses eine. Hansen wollte die unangenehmen Gedanken verdrängen, aber sie stellten sich immer wieder ein. Er war ja nicht mehr sehr geübt, was die eheliche Zweisamkeit anging. Beim bloßen Gedanken brach ihm der Schweiß aus. Seine Frau hatte es nicht gern gemacht. Anfangs war er wütend gewesen und hatte sich sein Recht geholt, wenn ihn die Lust überkam. Aber schließlich wollte er das nicht mehr. Er war verletzt und schämte sich, wenn er in ihre Augen schaute, aus denen solche Abscheu sprach.

Man konnte wirklich sauer werden. Es war ja schließlich ihre Pflicht!

Vielleicht hätte er ihr einfach eine scheuern sollen. Aber das konnte er nicht, dazu war er zu gutmütig, er konnte ja nicht einmal den Pferden eins mit der Peitsche versetzen. Sein großer Schäferhund Rollo sah ihn an. Rollo bewegte nicht den Kopf, sondern nur die Augen. Etwas braute sich zusammen, und das machte ihn nervös.

Wie ärgerlich, daß es nicht geklappt hatte, an dem Abend, an dem sie mit ihm nach Hause gegangen war. Juliane war bereit gewesen und hatte einen prachtvollen Anblick geboten, als er sie endlich aus ihren Röcken geschält hatte. Er hatte ihr natürlich zuerst einen Heiratsantrag gemacht. Sie war schließlich eine anständige Frau.

Es war ein richtiger Schock für ihn gewesen, eine so schöne, reife Frau. Begeistert hatte er gestammelt: »Was bist du wunderbar, du siehst ja aus wie ein kompletter Lebensmittelladen!« Er hatte das als Kompliment gemeint, denn es gab doch nichts Schöneres als einen fein dekorierten Lebensmittelladen. Doch Juliane hatte gelacht und sich nicht wieder beruhigen können, und als er dann mit ihr schlafen wollte, war alles schiefgegangen.

Unglücklich hatte er an sich hinunter geschaut. »Verzeihung, Juliane, ich bin nicht bei Kräften«, sagte er.

»Das macht doch nichts, Hansen«, antwortete sie, und sie hörte sich ein wenig erleichtert an.

Er hatte eine ganze Woche geschwiegen. Er konnte nicht schlafen, er fragte sich die ganze Zeit, ob sie ihn wohl noch wollte. Aber dann hatte sie ihn zum Kaffee eingeladen.

Die ganze Familie sollte dabeisein, auch die Tochter. Das war wirklich eine Geschichte mit diesem Burschen, der durchgebrannt war, um sein Geld zu verspielen! Er war jetzt schon seit drei Wochen verschwunden. Den würden sie nie wiedersehen. Hansen zog seinen Bratenrock an und steckte die Perlennadel in seinen Schlips. Rollo erhob sich. »Du bist nicht eingeladen, aber komm einfach mit.« Der Hund reckte sich und wedelte mit dem Schwanz.

Hansen setzte seine Melone auf, strich sich über den Rock, schnippte dem Hund mit den Fingern, und zusammen begaben sie sich zum Nachmittagskaffee in der Overgade oven Vandet.

Juliane räumte summend das Wohnzimmer auf. Alles strahlte. Der Kaffeetisch war mit der schön bestickten, weißen Decke belegt. Die Kristallschale enthielt Konfekt und Obst, der große Kuchen mit der Schokoladenglasur stand mitten auf dem Tisch. Die Schlagsahne war kunstfertig zu einer doppelten Spitzenkante gespritzt worden.

Den kleinen Jungen war eingeschärft worden, hinter der Türschwelle zu bleiben, der »Grenze«, wie Juliane die Tür zur guten Stube nannte. Sie trugen ihre blauen Matrosenblusen und warteten gespannt auf das Signal. Johan und Thora standen am Fenster und hielten Ausschau nach dem Ehrengast.

Zu Julianes großer Erleichterung war Joseph in der

Sonntagsschule. Er besuchte den Konfirmationsunterricht bei Pastor Paludan und diskutierte mit ihm über religiöse Fragen, während die anderen Jungen sich rauften und mit Papierkugeln schossen.

Joseph konnte Juliane verunsichern. Er war so anders. Im Moment ging er ihr oft auf die Nerven. Seit seinem Aufenthalt in Jütland lief er mit einem Gesicht umher, als müsse er das Leid der ganzen Welt tragen. Er vergrub sich in seine Bücher und benutzte Wörter, die sie noch nie gehört hatte.

Andererseits war sie stolz auf ihn. Jede Woche, wenn es Zensuren gab, landete er auf dem ersten Platz, und Pastor Paludan hatte beschlossen, bei der Konfirmation vor allem Joseph zu befragen. Die anderen Bengel, die er diesmal unterrichtete, waren der reinste Skandal. Die Konfirmation ... wenn sie daran dachte, wurde sie traurig. Wie sollte sie das finanzieren? In einem Monat war es soweit, die Einladungen mußten verschickt werden.

Joseph fragte nie danach. Er traute sich wahrscheinlich nicht. Er schien sich so weit von ihr entfernt zu haben. Aber das war sicher natürlich für einen Jungen in seinem Alter. Sie hatte ihm erzählt, daß Schlachter Hansen zum Kaffee kommen würde. Joseph hatte nichts gesagt, er hatte sie nur finster angeblickt und war grußlos gegangen.

Johan und Thora wechselten einen Blick. Die Mutter summte, das war kein gutes Zeichen, sie war also nervös.

Thora war jetzt meistens bei Juliane. In dieser Woche würde sie ihre Wohnung kündigen müssen. Sie konnte die Miete nicht bezahlen. Von Kalle hatte sie kein Wort gehört, und im »Blitz« hatten sie auch schon einen neuen Verkäufer eingestellt. Die Geschichte von Kalles Reise nach Monte Carlo war in der Overgade das große Ereignis. Die Leute stellten sich hinter den Vorhängen auf, um Thora anzustarren, wenn sie mit ihrem eleganten Korbkinderwagen den Kleinen auf dem Wall spazierenfuhr.

Jetzt hatte sie ihn auf dem Arm. Er trug sein feines Hemdchen, frisch gebügelt und mit Spitzen besetzt, und seine braunen, vollen Haare schmiegten sich an sein feingeformtes Köpfchen.

Juliane stand am Fenster, elegant wie immer in ihrer rosa Bluse mit den schwarzen Tupfen. Um den Hals trug sie ein schwarzes Samtband, in der Mitte saß die norwegische Silberbrosche, ein altes Erbstück. Der schwarze Rock saß eng über Hüften und Bauch.

»Also, wirklich, er bringt ja Rollo mit!«

»Wenn der nur keine Flöhe hat«, sagte Thora und wickelte ihren Goldschatz schnell in eine Decke.

»Guten Tag, Hansen, und willkommen.« Juliane bat ihn in die Wohnung und strich sich dabei die Haare glatt.

»Darf er auch reinkommen?« Hansen zeigte auf Rollo, der mit freundlichem Ausdruck in seinem schwermütigen Hundegesicht vor der Tür stand.

Juliane nickte, und der große Schäferhund tapste ins Wohnzimmer. Die kleinen Jungen überquerten sofort die »Grenze« und machten sich begeistert über den Hund her. Johan verbeugte sich höflich und knallte mit den Hacken. Thora grüßte und zeigte ihr Kind vor.

»Sitz, Rollo. Hier ist es wirklich gemütlich, genauso, wie ich mir das vorgestellt hatte«, sagte Hansen und gab sich alle Mühe, den Hund zum Hinlegen zu bewegen. Wenn Rollo saß, dann hatte er den Schokoladenkuchen genau vor Augen, und aus seinen Lefzen triefte schon der Speichel.

Juliane schob den Kuchen ein wenig beiseite, und Rollo verlegte sein Starren auf den Vanillekranz.

»Ja, das ist wirklich ein schöner Sommer«, sagte Hansen verlegen. Ihm brach jetzt schon der Schweiß aus.

Es war ganz still im Zimmer, als Juliane den dampfenden Kaffee einschenkte.

»Wirklich, Hansen, da hat es nun vierzehn Jahre gedauert, bis du dich hier zum Kaffee sehen läßt«, sie lachte.

»Das Warten hat sich gelohnt, Juliane.« Hansen zwinkerte ihr mit seinen blauen Augen zu.

Thora und Johan lächelten höflich.

»Das ist wirklich ein reizendes Kind, darf ich ihn mal auf den Arm nehmen?« Hansen streckte seine Pranken nach dem Kleinen aus. »Paß auf sein Köpfchen auf«, sagte Juliane automatisch, und Thora legte dem Schlachter den Jungen in den Arm.

»Möchtest du einen kleinen Schuß in den Kaffee, Hansen?« Juliane stand mit der Schnapsflasche bereit.

»Nein, nicht am Sonntag nachmittag.« Hansen gab das Kind seiner Mutter zurück und sah sich um. »Fehlt hier denn nicht einer? Wo ist denn Joseph?«

»Der ist in der Sonntagsschule. Er wird bald konfirmiert, und schaden kann es ja wirklich nicht.« Juliane schnitt den Kuchen auf.

Alle beobachteten schweigend diese Operation und atmeten erleichtert auf, als ein Kuchenstück unversehrt auf dem Muschelteller des Schlachters landete.

Hansen griff an seinen Kragen und lockerte ihn ein wenig. Er beschloß, den Stier bei den Hörnern zu packen.

»Ja, ich wollte mich also für diese Einladung bedanken«, sagte er mit belegter Simme und ließ seinen Blick von Johan zu Thora wandern. »Juliane und ich, wir haben viele Gemeinsamkeiten. Den Laden… und wir kennen uns so gut, und deshalb wollen wir eigentlich…«

Johan sprang auf, als habe er auf dieses Stichwort nur gewartet. »Entschuldigen Sie, Herr Hansen, aber sind Sie von Ihren Pflichten Ihrer Gattin gegenüber bereits entbunden?«

Juliane war sprachlos, und Thoras Kuchenstück landete klatschend auf der Tischdecke.

Johan, der dramatische Situationen liebte und sich in bessere Kreise hineinträumte, hatte sich diesen Satz ganz genau überlegt. So drückt jemand sich aus, dem die Familienehre wichtig ist.

Hansen räusperte sich.»Ja, sehen Sie, Johan. Ich habe mich an Rechtsanwalt Bach gewandt, der auch unsere Innung vertritt. Er meint, daß die Scheidung aufgrund der besonderen Umstände innerhalb eines Jahres ausgesprochen werden wird. Meine Frau ist ihrer religiösen Berufung gefolgt. Sie will nach Afrika, um Hottentotten zu bekehren.«

Johan verschränkte die Arme auf dem Rücken und nickte beruhigt.

»Nach der Hochzeit werden wir in Hansens Wohnung leben. Ja, und uns allen wird es dann richtig gutgehen«, sagte Juliane und starrte Johan an, um ihn an weiteren Kommentaren über das neue Leben seiner Mutter zu hindern. Sie streichelte Hansens Hand, und Hansen errötete vor Freude.

Johan ging zu dem großen Schrank. »Sollen wir da nicht ein wenig Johannisbeerlikör trinken, Mutter, und auf euch anstoßen? Das ist doch fast eine Art Verlobung.«

Juliane erhob sich und zog den Schrankschlüssel aus der Tasche. Die kleinen Gläser wurden hervorgeholt. Die Anwesenden wollten gerade anstoßen, als die Tür geöffnet wurde. Joseph kam herein.

»Komm und sag Hansen guten Tag, mein Junge.« Juliane legte ihm die Hand in den Nacken. Er warf den Kopf zurück, trat vor Hansen hin und machte, mit auf dem Rücken verschränkten Händen, eine steife Verbeugung.

Hansen streckte die Hand aus, ließ sie dann aber sinken

und sagte freundlich: »Schön, daß du da bist, Joseph. Wir wollten gerade anstoßen.«

Joseph blickte Johan an. Der nickte. »Hansen und Mutter wollen nächstes Jahr heiraten.« Joseph starrte wie gelähmt zuerst seinen Bruder und dann seine Mutter an. Das war doch unmöglich. Diese fette Blutwurst sollte sein neuer Vater sein? Nie im Leben!

Der Junge wurde kreidebleich. »Das gibt es nicht. Sie werden nicht mein Vater. Meinen Vater habe ich nicht vergessen. Ich weiß genau, warum Mutter heiraten will. Weil wir kein Geld für meine Konfirmation haben. Aber da will ich lieber als Heide sterben.« Er wurde immer lauter und wütender, wie sie ihn noch nie erlebt hatten. Er rannte durch das Zimmer und versetzte den Möbeln Tritte. Der Hund bellte und knurrte. Thoras Kleiner fing an zu weinen, und Juliane packte Joseph, um ihn zur Vernunft zu bringen. Am Ende befreite er sich aus dem eisernen Griff seiner Mutter, knallte mit der Tür und stürzte die Treppe hinunter.

»Das hatte ich nicht erwartet. Du hättest den Jungen wirklich ein wenig vorbereiten können«, sagte Hansen unglücklich.

Juliane war dunkelrot angelaufen. Sie keuchte in ihrem stramm geschnürten Korsett und preßte sich ein Taschentuch auf den Mund. Sie war über Josephs peinliches Verhalten zutiefst schockiert.

»Mutter fällt doch wohl nicht in Ohnmacht«, fragte Johan besorgt. Thora streichelte den Arm ihrer Mutter. Viggo heulte.

Es klingelte, dreimal kurz und einmal lang.

Familie Jensen schien zu erstarren. Niemand rührte sich. Schlachter Hansen sah sich nervös um. »Was jetzt?«

Juliane rief: »Da soll mich doch gleich der...«

Thora schrie: »Kalle, das ist Kalle…« Mit dem Kind auf dem Arm stürzte sie in die Diele.

Plötzlich stand Kalle in der Tür, tadellos gekleidet und mit einem braunen Diplomatenkoffer in der Hand.

»Guten Tag, liebe Schwiegermutter, hier bin ich wieder. Ich habe euch ein paar kleine Geschenke mitgebracht. Wie ich sehe, wird hier gefeiert.«

Johan schlug ihm auf die Schulter. »Na, hast du in Monte Carlo die Bank gesprengt?«

Kalle grinste, öffnete die braune Tasche und warf ein Bündel Geldscheine in die Luft. Schlachter Hansen erhob sich nervös. »Ich glaube, ich gehe, Juliane. Das hier ist nichts für Rollo und mich.«

Niemand achtete auf ihn. Rasch schnappte Juliane sich einige Geldscheine und schob sie unter ihre Bluse. »Hansen ist weg, Mutter«, teilte Johan mit. Juliane aber stand vor ihrem Schwiegersohn und stemmte die Hände in die Seite. »Hast du dieses viele Geld wirklich gewonnen, Kalle?« fragte sie. Er nickte stolz und schnitt sich ein Stück Kuchen ab. »Ja, und das wird nicht das letzte Mal sein, daß mein phantastisches Gehirn dich überrascht.«

Der Tag endete als Festtag. Als die Flasche mit dem Johannisbeerlikör leer war, ließ Juliane die Familien Linder und Helbig benachrichtigen. Kalle, der vierzigtausend Kronen gewonnen hatte, lud ins Angleterre ein. Die Verwandtschaft staunte darüber, daß er seinen Gewinn nicht auf den Kopf gehauen hatte. Leute wie er machten das sonst doch immer. »Das Seltsame an ihm ist, daß er immer das Gegenteil von dem tut, was man erwartet«, sagte Juliane resignierend zu ihren Schwestern.

16

»Ich widersage dem Teufel und all seinen Taten und all seinem Wesen.« Josephs Stimme klang laut und klar durch die Erlöserkirche. Er trug Ottos umgenähten Bratenrock und ein wenig zu große Stiefel. Sein ernstes Gesicht war auf Pastor Paludan gerichtet, der vor ihm stand und ihn befragte.

Hinter Josephs Stuhl saßen dichtgedrängt die Familien Jensen, Helbig und Linder. Die Damen der Familie waren aufsehenerregend elegant, und in der Kirche wurde getuschelt, daß sie gut etwas mehr für die Kleidung des Konfirmanden hätten ausgeben können.

Als der Pastor voller Stolz seinen besten Konfirmanden befragt hatte, nickte er. Joseph setzte sich und machte ein andächtiges Gesicht.

Das Festmahl war bei Kalle und Thora vorbereitet. Kalle, der jetzt in der Familie einen ganz anderen Stand hatte, war zum Automobil- und Fahrradfabrikanten mit eigener Fabrik avanciert. Die Fabrik hieß »Daisy«, und er hatte ihr eine Fahrschule angegliedert. Thora war wirklich für ihre Leiden während seiner »Geschäftsreise« Genugtuung widerfahren. Jetzt war sie die Gastgeberin bei Josephs Konfirmationsfest. Der engste Familienkreis war zum Essen eingeladen worden. »Es hat keinen Sinn, mit Geld um sich zu werfen«, sagte Thora vernünftig und fand damit Julianes energische Zustimmung. Juliane hatte noch immer ihre »Ahnungen«, wie sie das nannte.

Als die Familie in bester Laune zu Tisch gehen wollte und der Konfirmand vor seinem bescheidenen Gabentisch stand, meldete die zur Feier des Tages engagierte schwarzgekleidete Serviererin: »Pastor Paludan möchte den Konfirmanden besuchen.« – »O verdammt, wer hat denn den eingeladen?« fragte Helbig überrascht.

Als der Pastor mit feierlicher Miene das Zimmer betrat, hielt er eine schwarze Samtschachtel in der Hand. Alle verstummten und blickten ihn fragend an.

»Im Namen der Massmannschen Sonntagsschulen möchte ich meinem besten Konfirmanden eine Fleißprämie überreichen«, verkündete Pastor Paludan. Joseph dankte ihm mit zitternden Lippen, und der Pastor befestigte die Medaille an seiner Jacke.

»Tausend Dank«, flüsterte Joseph und machte einen Diener.

Die anderen applaudierten pflichtschuldig. Linder flüsterte Juliane zu: »Wie werden wir den wieder los? Mitessen soll er auf keinen Fall. Er verdirbt uns doch die ganze Stimmung. Ich kann Pfaffen nicht ausstehen.«

»Tausend Dank, Pastor Paludan. Hier ist ein Glas Portwein, und danke für Ihren Besuch», sagte Juliane und stellte sich zwischen den ungebetenen Gast und das Wohnzimmer, wo die braunen, knusprigen Enten in ihrem eleganten Herbstzubehör, Vogelbeergelee in halben Äpfeln, aromatischen Duft verströmten.

Pastor Paludan stand abwartend mit gefalteten Händen und einem milden Lächeln da. Thora wurde nervös. »Möchte der Herr Pastor nicht...» Sie stieß einen Jammerlaut aus, weil Juliane ihr energisch auf den Fuß getreten hatte. Pastor Paludan sah, verstand, und seine bleichen Wangen verfärbten sich ins Rötliche. Eilig verabschiedete er sich.

»Es ist eine Sünde und Schande, daß diese Familie das ernste und gläubige Gemüt dieses Jungen nicht besser zu würdigen weiß«, sagte er zu sich, als er die Treppe hinunterging. Er schaute zum ersten Stock hoch und seufzte.

Als die Feier ihren Höhepunkt erreichte und die Onkel mit Julianes und Thoras Hüten auf dem Kopf einen Sechstourigen tanzten, betrachtete der Konfirmand mit ernster Miene seine Fleißprämie. Niemand achtete auf ihn. Die Bowlenschüssel war leer, und die Wirkung war nicht ausgeblieben.

Es war vier Uhr, als Joseph endlich ins Bett kam. Er stellte die Geschenke an seinem Bett auf.

Juliane saß auf der Bettkante und versuchte, sich aus ihren spitzen Schnürstiefeln zu befreien. »Stell dir das vor, Joseph, ich habe so viel getanzt, daß ich sie nicht von den Füßen kriege.« Lachend ließ sie sich rückwärts aufs Bett fallen.

»Joseph, was war an diesem Tag für dich das Schönste?«

»Daß ich jetzt erwachsen bin, und daß ich keinen neuen Vater bekomme.«

Nach der Konfirmation begann Joseph wie einst Johan eine Setzerlehre. Er tat seine Arbeit, aber sie interessierte ihn nicht. Sein Meister war enttäuscht von ihm. Bei dem Zeugnis, das der Junge hatte, hatte er sich einen wirklich tüchtigen Lehrling erhofft. Joseph war ein Träumer, er war zu ungenau und machte viele Fehler. Seine Hände schienen einfach mechanisch zu arbeiten. »Joseph hat seinen Kopf nicht dabei, und an dem ist doch sonst nichts auszusetzen«, sagte der Meister enttäuscht, wenn er Fehler entdeckte und die Arbeit noch einmal gemacht werden mußte.

Joseph war unzufrieden mit sich. Er hatte ein schlechtes Gewissen und konnte sich nicht auf die Arbeit konzentrieren. Wenn er sich nicht besserte, würde er seine Lehrstelle verlieren. Manchmal fuhr er in plötzlicher Angst nachts aus dem Schlaf hoch... wenn er nur seine Arbeit nicht verlor! Die Alpträume stellten sich wieder ein. Er träumte, daß er in die Druckerei kam und daß sich ein anderer über seinen Setzkasten beugte. Doch zu seiner Verwunderung behielt der Meister ihn, nachdem er die Gesellenprüfung abgelegt hatte.

An einem Donnerstag im Januar ging Joseph durch die Østergade. Es schneite, große, lose Flocken, die am Mantel haftenblieben und innerhalb einer Sekunde geschmolzen waren. Er spürte, wie Wasser in seinen löchrigen linken Schuh lief. Und dabei hatte er doch doppelte Papiersohlen hineingelegt.

Es war acht Uhr abends, die Gaslaternen waren schon um sieben angezündet worden. Joseph war zu einer Probe beim Gesangverein der Setzer gewesen. Sie übten gerade Niels W. Gades »Elfenreigen«. Das war schwer. Joseph sang nicht vom Blatt, er tat nur so.

»Sie sind ein ungeschliffener Diamant, Joseph Jensen. Lernen Sie die Noten, dann können Sie es mit Ihrem hervorragenden Baß weit bringen«, hatte der Chorleiter gesagt. Joseph hatte sich an seine Kusine Ingeborg Linder gewandt. Sie war die Künstlerin in der Familie, sie spielte Klavier und malte auf Porzellan. Geduldig mühte sie sich nun Sonntag für Sonntag mit Josephs unbeholfenen Fingern ab. »Du bist ein so guter Sänger, so musikalisch, warum bist du so dumm, wenn es um Noten und Klavier spielen geht?« fragte sie ihren Vetter und schüttelte den Kopf.

Joseph war das sehr peinlich. Er wußte genau, daß sein Gehirn sich abschaltete, wenn logische Systeme gelernt und verstanden werden mußten. Er wehrte sich zwar dagegen, aber seine Gedanken jagten davon; er konnte sich nicht konzentrieren und verlor den Zusammenhang.

Er blieb vor einem Schaufenster stehen und merkte, daß jemand ihn von der Seite her ansah. Und zwar ein junges, dunkelhaariges Mädchen in grünem Samtkostüm mit weißen Lederkanten. Joseph errötete. Sie war so schön, an ihren langen, dichten Wimpern hingen Schneeflocken. Sie stand in dem kleinen Lichtkreis um die Laterne. Er lächelte sie an. Sie bohrte ihre Hände in ihren grünen Muff und ging weiter.

Joseph schaute ihr hinterher. Plötzlich drehte sie sich um, blieb einen Moment lang stehen, sah ihn an, dann war sie verschwunden.

Aber sie hatte sich wirklich nach ihm umgesehen. Ein feines junges Mädchen, gut angezogen und hübsch. Es war ein Wunder. Vielleicht lag es daran, daß er so seltsam aussah, mager und schmal mit seiner großen Nase und den struppigen Haaren, und an seiner Kleidung. Er schaute an sich hinunter. An der etwas zu kurzen Hose, dem altmodischen Mantel. Und auf seinem Kopf saß dieser Hut, Helbigs alter Hut mit der viel zu breiten Krempe.

»Aber sie hat mich trotzdem angesehen«, sagte er siegesbewußt zu sich und wußte plötzlich mit schwindelerregendem Herzklopfen, daß sie ihn angesehen hatte, weil sie ihn attraktiv fand. Panik erfaßte ihn. Wie sollte er sie wiedersehen? Vielleicht konnte er sie noch einholen. Joseph lief los, er rannte, aber es war zu spät, sie war verschwunden.

Seltsam, daß sie so spät noch allein unterwegs gewesen war, so ein anständiges junges Mädchen. Solche jungen Mädchen waren immer mit Tanten, Schwestern oder Freundinnen zusammen. Er hatte sich schon oft gefragt, wie man solche Mädchen kennenlernen könnte. Sie waren immer so weit weg, es war unmöglich, mit ihnen in Kontakt zu kommen.

Er ging nach Hause. Juliane döste im Sessel. »Bist du's, Joseph?« Sie sah müde aus, sie war jetzt fast achtundvierzig. Zweimal die Woche arbeitete sie als Papiervorlegerin. Aus der Sache mit Hansen und seinem Schlachterladen war nichts geworden. Als sie wegen Joseph nicht gewagt hatte, ihn zu heiraten, hatte er sich eine andere gesucht, und sicher war das die beste Lösung gewesen.

Jetzt zahlte Kalle für sie die Miete. Klein-Otto, Wilhelm und Viggo arbeiteten alle drei, wenn sie nicht in der Schule waren. Sie waren nicht leicht zu lenken. Mit Klein-Otto lief alles gut. Er war tüchtig in der Schule und ehrgeizig, was sich von den Kleinen nicht sagen ließ. Viggo konnte weder lesen noch schreiben, und dabei war er schon zehn. Er saß ganz hinten in der Klasse und war fast gestreift von den vielen Prügeln, die er in der Schule erhielt. Er tat Juliane leid, er hatte einfach etwas in sich, was ihn daran hinderte, Buchstaben zu begreifen. Wilhelm litt noch immer an seiner seltsamen Magenkrankheit. Er war dünn und blaß, und sie machte sich immer Sorgen um ihn.

Juliane erhob sich und ging in die Küche. Joseph ließ sich abends nur selten sehen. Sie war glücklich, wenn er endlich nach Hause kam. Entweder war er beim Gesangverein oder in der Bücherei, oder er trieb sich in der Stadt herum. Wenn er Geld für einen Galerieplatz hatte, ging er ins Theater. Er kaufte Opernpartituren und sang die großen Baßpartien auswendig. Alle sagten, er habe eine Stimme wie der Gesangsstar Helge Nissen. Juliane war stolz auf ihn. Er konnte es weit bringen. Wenn sie ihm nur dabei helfen könnte.

»Soll ich dein Essen warm machen? Es gibt dein Lieblingsessen, gebratene Leber mit Klößen und Saftsoße.«

Joseph hängte seinen Mantel auf, ging ins Schlafzimmer, goß Wasser in die Waschschüssel und wusch sich sorgfältig die Hände. Er ist der einzige in der Familie, der das macht, dachte Juliane. Sie stand in der Tür und betrachtete ihn. »Du siehst so froh aus, Joseph.«

Er lächelte sie an, setzte sich an den Küchentisch und zupfte an der karierten Wachstuchdecke herum.

Juliane füllte seinen Teller. »Du hast ein Mädchen getroffen.« Sie lachte. Er fuhr zusammen, dann lachte er auch. »Ach, kann man mir das ansehen? Mutter, sie hat sich nach mir umgedreht! Sie war eine feine Dame, so schön. Aber ich werde sie sicher niemals wiedersehen.«

»Ach du, du kommst auf deinen Vater. Sie ist von deinen Strahlen getroffen worden, sie kommt wieder. Mir ist schon aufgefallen, daß die Mädels dich anglotzen.«

»Wirklich?« Joseph aß sehr schnell. »Mutter ist eine so gute Köchin.« Juliane lächelte. Joseph machte sich über den Nachtisch her, die dicken Mehlklöße mit Rosinen, Zitronenschale und Kardamom, die in roter Saftsoße schwammen. Eine solche Mahlzeit war eine gute Grundlage.

»Ja, wenn du diese Klöße gegessen hast, dann schwebst du nicht sofort auf rosa Wolken davon. Wenn dein Vater ins Schweben kam, dann habe ich ihn mit Essen betäubt, und dann war er leichter zu lenken«, Juliane lachte und griff nach dem Teller.

Joseph stand auf. »Willst du schon wieder weggehen?« fragte Juliane.

»Nein, ich bleibe zu Hause.«

Er schlief erst gegen drei Uhr ein. Am Ende betete er: »Gott, mach, daß ich Glück habe, dieses eine Mal, mach, daß ich sie wiedersehe.«

Vierzehn Tage lang stand er jeden Abend um Punkt acht Uhr vor dem Schaufenster in der Østergade. Eines Tages war sie plötzlich da. Joseph hätte in Ohnmacht fallen können. Zuerst erkannte er sie fast nicht. Er hatte sie immer in dem grünen Kostüm mit den weißen Lederkanten vor Augen, und nun stand sie da in einem langen, braunen Mantel, mit einem kleinen Hund auf dem Arm.

Joseph ging zu ihr. Er kam sich vor wie eine Marionette. Alles war vorausbestimmt, wie in einem Theaterstück.

»Was für ein hübscher Hund.«

»Das ist ein Malteser, eine der ältesten Hunderassen.«

»Ich habe Sie schon einmal gesehen. Damals hat es geschneit, und an Ihren Wimpern hingen Schneeflocken«, sagte Joseph. Er war plötzlich gespalten. Neben dem Joseph, der sich mit der eleganten jungen Dame unterhielt, stand sein richtiges Ich und dachte: Woher hat er das bloß? Wie kann er das wagen?

Die junge Dame war verlegen, blieb aber stehen. »Ich kann mich auch an Sie erinnern. Sie sehen aus wie ein Künstler.«

»Ich bin Sänger. Wollen wir einen Spaziergang machen?«

Bei Gott, sie kam mit, sie stellte den Hund auf den Boden, der trippelte los und hinkte ein wenig auf dem linken Hinterbein.

»Gicht«, sagte sie. »Sie sind empfindsam, diese Hunde.«

So einfach war es also, eine schöne junge Dame kennenzulernen. Es war wirklich unglaublich.

17

Hannah ging zu ihrem Vater, der kleine weiße Malteser tänzelte hinterher. Georg Bernstein beugte sich über seinen Schreibtisch. Sie sah seinen großen Kopf mit dem Käppchen über der Rückenlehne. Die eisengrauen Locken standen zu beiden Seiten ab. Er trug eine dunkelrote Samtjacke mit schwarzen Litzen, seine Füße standen auf einem kleinen bestickten Schemel unter dem Tisch. Auf der Fensterbank stand der siebenarmige Leuchter. Überall in seiner Bibliothek standen alte Silbersachen, Riechfläschchen, Kerzenhalter, Figuren. Vor dem dunkelgrünen Samtsofa befand sich ein silberner Tisch mit geschwungenen, mit Traubendolden verzierten Beinen.

Georg Bernstein war Anwalt. Er war vielseitig begabt, war Kunstsammler und interessierte sich für klassische Musik und die Oper. Er stammte aus einer orthodoxen Familie, einer der bekannten alten jüdischen Oberklassefamilien Kopenhagens. Doch als er Hannahs christliche Mutter geheiratet hatte, hatte seine Familie den Kontakt zu ihm abgebrochen. Jetzt war seine Frau tot. Sie war vor einem Jahr an Tuberkulose gestorben, er war allein mit seinen drei Kindern, Hannah, Anne Margrethe und Leo. Leo, der Jüngste, besuchte eine auswärtige Schule. Hannah und Anne Margrethe kümmerten sich um ihren Vater und gingen aufs Musikkonservatorium. Hannah spielte Klavier, Anne Margrethe Cello. Bei ihnen zu Hause trafen sich junge Intellektuelle, jeden Sonntag gab es eine Art Salon.

Die jungen Leute diskutierten aktuelle Probleme, sangen und spielten miteinander. Georg Bernstein war immer dabei. Er hatte einen ausgeprägten Humor, liebte Diskussionen, vor allem, wenn junge Leute dabei waren, die in seinem enormen Wissen irgendeine Lücke fanden und ihn damit aufzogen.

Aber niemand wagte, zu weit zu gehen, denn dann konnte er ziemlich höhnisch reagieren.

Die Kinder waren christlich erzogen, aber seit dem Tod ihrer Mutter besuchte der Vater wieder die Synagoge. Sie sprachen nur selten mit ihrem Vater über Religion. Das Thema war zu emotionsgeladen. Sie spürten, daß er den Verrat an seinem Glauben bereute, während es ihnen peinlich war, daß er plötzlich so jüdisch geworden war. Das gaben sie jedoch nicht zu, nicht einmal untereinander. Als die Mutter noch lebte, hatte er sein Käppchen nur zu den Mahlzeiten getragen. Jetzt legte er es nie mehr ab. Früher waren sie eine ganz normale Kopenhagener Familie gewesen. Die Änderungen ärgerten sie, und dieses Problem hatte Vater und Töchter voneinander distanziert.

Georg Bernstein liebte seine Töchter, sehnte sich aber nach seiner Frau und jetzt auch nach der Familie, und deshalb suchte er Trost in der Religion.

»Vater, ich möchte mit dir sprechen«, sagte Hannah. »Ich habe einen jungen Mann kennengelernt. Nein, es ist wirklich nicht so, wie du glaubst. Das feierliche Gesicht kannst du dir schenken. Er ist Sänger, genauer gesagt, er möchte Sänger werden. Aber er ist arm. Seine Mutter mußte fünf Kinder allein großziehen. Er war erst zehn, als sein Vater gestorben ist. Ich habe ihn für Sonntag zum Essen eingeladen. Ich habe ihn bei seinem Gesangverein singen gehört, er hat einen feinen Baß.«

»Ach, das hört sich interessant an«, sagte Georg Bernstein, legte seine langen, weißen Hände gegeneinander und blickte seine Tochter freundlich an.

»Leider liebt er Wagner«, gestand Hannah und nahm ihren Hund auf den Arm.

»Wagner. Ich will nichts wissen von dieser grauenhaften Musik, sie steht für alles, was ich verabscheue.«

Georg Bernstein stand auf, strich sich über die Haare, das Käppchen fiel herunter, und aufgeregt machte er sich an dem Klämmerchen zu schaffen, das das Käppchen auf seiner widerspenstigen grauen Mähne festhalten sollte.

Seine Tochter half ihm lachend. »Aber Vater, hör doch auf. Er singt auch andere Musik.«

»Was denn, was denn?« fragte Gerog Bernstein mit seiner leicht singenden jüdischen Aussprache.

»Arbeiterlieder, sozialistische Lieder«, antwortete Hannah und errötete ein wenig. Jetzt hatte sie das Schlimme gesagt.

»Eine seltsame Bekanntschaft, ich muß schon sagen. Ist das die Alternative? Soll ich entweder mit Wagner oder mit ›Brüder zur Sonne, zur Freiheit‹ gequält werden? Dann nehme ich den sozialistischen Marsch.«

Georg Bernstein breitete die Arme aus. Dann bedachte er Hannah mit einem durchbohrenden Blick. »Kommen am Sonntag noch andere von euren jungen Freunden, um deinen neuen Sänger kennenzulernen?«

Hannahs Hals überzog sich mit tiefer Röte. »Nein.«

»Schau an«, sagte Bernstein triumphierend. »Hab ich's mir doch gedacht. Er ist also nicht fein genug, dein neuer Freund, wie immer er heißen mag. Das ist merkwürdig. Stell dir vor, plötzlich finde ich ihn sympathisch. Die wirklich interessanten Leute sind immer die, zu denen man sich nicht so recht bekennen mag. Sie spiegeln nämlich etwas von unserem eigenen Ich wider. Ich werde bei diesem Sonntagsessen dabeisein, mein Kind, ich werde dabeisein.« Er lachte und rieb sich das Kinn.

Hannah zupfte ihn am roten Samtärmel. »Laß diese Scherze. Er ist so verlegen und ärmlich angezogen. Ich finde, du solltest ihn singen hören. Vielleicht können wir ihm helfen.»

«Wann kommt er denn?«

»Um eins.«

»Und jetzt gibt es Abendtee, oder?« Georg Bernstein legte seiner Tochter den Arm um die Schulter und schob sie lachend zur Tür.

Er ging vor ihr her. Sie musterte ihn liebevoll, aber auch beunruhigt. Er geht jetzt anders, dachte sie gereizt. Er schlurft. Ihr fiel ein, wie sie einmal zusammen mit einem Freund hinter einem alten Juden hergegangen waren. »Sieh ihn dir an«, hatte der Freund gelacht. »Man sieht noch immer, daß sie vierzig Jahre durch die Wüste gewandert sind, sie schleppen noch immer die Füße durch den Sand.«

Diese Bemerkung hatte sie getroffen wie ein Peitschenhieb. Zum ersten Mal hatte sie sich überlegt, daß sie und ihre Familie anders waren als andere. Beim Wort »Jude« verkrampfte sich alles in ihr. Es gab in Kopenhagen so viele Antisemiten. Und in den Zeitungen standen ständig Witze über Juden.

Hannah ging in das elegante Wohnzimmer. Gut, daß sie ihren Vater überredet hatte, sich Joseph anzuhören; sie hatte auf die richtigen Knöpfe gedrückt. Ihr Vater würde keine Schwierigkeiten machen, das wußte sie. Sie zeigte auf eine Kuchenschüssel. Sie war beim jüdischen Bäcker gewesen. Bernsteins Lieblingsgebäck, der leckere Bolisch, der Butterkuchen mit bunten Zuckerkugeln, Mandeln, Koriander und Zitronat, stand auf dem Tisch.

»Bolisch, der köstliche Butterkuchen, na, so was!« sagte

Georg Bernstein und setzte sich an den Teetisch. Seine Tochter schenkte ihm ein und schnitt ein großes Stück Bolisch ab. Er lachte. »Ach ja, das Leben ist ein großer Tauschhandel. Ein Stück Bolisch gegen einen jungen Sänger.« Hannah kniff plötzlich die Lippen zusammen, und Georg Bernstein beschloß, sich weitere Scherze zu verkneifen.

Endlich war der Tag gekommen. Joseph hatte schon nächtelang nicht mehr schlafen können. Und nun saß er hier in diesem vornehmen jüdischen Haus am Tisch. Vor Nervosität war ihm beinahe schlecht. Neben seinem Teller lagen drei Gabeln und drei Messer. Welche Gabel sollte er als erste nehmen? Das junge Mädchen hatte ihm als erstem die Schüssel mit den Pastetchen gereicht. Seine Hände hatten dermaßen gezittert, daß die Pastete jetzt umgekippt auf seinem Teller lag, die Füllung war herausgelaufen. Anne Margrethe, Hannahs Schwester, kicherte und kassierte einen Eisenblick ihres Vaters.

Es ist eine Katastrophe, dachte Joseph unglücklich. Warum war er überhaupt hergekommen? Er hätte doch wissen müssen, daß er in diesen Keisen nichts zu suchen hatte. Sie waren feiner als die reichen Leute, denn sie hatten etwas, das man nicht kaufen konnte, Bildung und Kultur nämlich.

Die Töchter wußten viel über Musik. Wie schön mußte es sein, eine Frau zu sein und das Konservatorium zu besuchen! Ihr Vater war so vornehm, so anders. Er war Jude, das sah man. Er sah aus wie jemand aus dem Alten Testament. Vielleicht hatte Moses so ausgesehen. Ehrfürchtig blickte Joseph den alten Bernstein an.

Die Blicke der beiden begegneten sich. Joseph war verlegen und starrte schweigend auf seinen Teller. Bernstein aß langsam und sorgfältig. Er fand diesen jungen Mann, Joseph, nicht unsympathisch. Er hatte ein jüdisches Gesicht, irgendwann mußte jüdisches Blut in die Familie gekommen sein. Wie sauber er aussah, sauber und anständig, aber was für Kleider, und dann diese Sprache! Bernstein blickte Hannah an. Ob sie verliebt in ihn war? Schon möglich, aber deutlich zu sehen war es nicht.

Joseph wartete ab. So, jetzt aß der Vater, jetzt konnte er auch anfangen. Joseph kamen das Messer und die Gabel plötzlich zwei Meter lang vor, er wurde kaum damit fertig. Er dachte daran, wie zu Hause bei ihm gegessen wurde. Wenn es Frikadellen gab, wurden sie auf die Gabel gespießt und dann benagt. Natürlich konnten sie auch manierlich essen, das machten sie, wenn sie ins Restaurant gingen. Aber er mußte wirklich ein bißchen mehr üben.

Die Bernsteins sprachen während des Essens über Theater. Sie staunten darüber, daß ihm das Repertoire sämtlicher Kopenhagener Theater bekannt war. »Mein Bruder Johan und ich gehen so oft wie möglich ins Theater. Mein Bruder ist Amateurschauspieler. Ich interessiere mich vor allem für die Oper.« Joseph redete hektisch. Er zerbröselte sein Brot und sah zu seinem großen Entsetzen, daß er seinen Platz schon reichlich verdreckt hatte. Soße auf der Tischdecke und überall Krümel. Zum Glück hob Herr Bernstein bald die Tafel auf, und Joseph stand erleichtert auf.

Die Töchter verschwanden in der Anrichteküche, während Herr Bernstein und Joseph in den Musiksalon gingen.

Anne Margrethe flüsterte ihrer Schwester zu: »Er sieht gut aus, aber diese Manieren! Gut, daß wir sonst niemanden eingeladen haben. Er ißt ja fast wie ein Wilder. Er hat sein Messer abgeleckt und mit der Gabel fast Rigmor erstochen, als sie das zweite Mal servieren kam.« Die Mädchen prusteten los. Hannah zeigte auf die Tür. »Hör auf, Anne Margrethe, es wäre doch schlimm, wenn er das hörte. Er ist anders, und das fällt mir noch deutlicher auf, da ich ihn jetzt hier sehe. Aber warte nur, bis du ihn singen hörst. Ich war bei einem Konzert seines grauenhaften Gesangvereins. Ich bin hingegangen, weil er mich interessiert, und es war wirklich eine Überraschung. Heute hat er Noten mitgebracht.«

»Ich lache mich tot«, sagte Anne Margrethe und machte Joseph noch weiter nach.

»Untersteh dich«, sagte Hannah ernst.

Georg Bernstein führte Joseph durch die große Wohnung in Østerbro. Joseph war stumm vor Begeisterung. Bernstein zog kleine Silber- und Jadefiguren hervor und erzählte von ihrer Herkunft. Dabei ließ er seinen Gast nicht aus den Augen. Ein sympathischer junger Mann, wirklich einnehmend, und ein guter Zuhörer. Ganz anders als die üblichen Flaneure, die sich sonst sonntags hier im Salon einfanden. Die hörten nur mit höflicher Miene zu und fürchteten sich wohl auch ein wenig vor ihm. Nein, dieser junge Mann war wirklich etwas Besonderes.

Die Tür öffnete sich, das junge Mädchen mit dem weißen Häubchen und der weißen Schürze brachte den Kaffee. Sie deckte den Tisch und klapperte dabei mit dem Geschirr.

»Setzen Sie sich, Herr Jensen, rauchen Sie?« – »Nein, ich muß auf meine Stimme aufpassen«, antwortete Joseph ernst und griff sich an den Adamsapfel.

»Was wollten Sie für uns singen?«

»›Die letzte Rose des Sommers‹ aus ›Martha‹.« Georg Bernstein nickte lächelnd. »Ich hatte schon mit ihren sozialistischen Liedern gerechnet. Ich habe gehört, Sie haben da ein ganzes Repertoire, und Sie werden Arbeitersänger genannt.«

Joseph errötete. Woher wußte Herr Bernstein das denn? Eine Zeitung hatte ihn als »jungen Arbeitersänger« bezeichnet, nachdem er am 1. Mai im Fælledpark gesungen hatte. Aber es gefiel ihm nicht, daß das auch in diesem vornehmen Haus bekannt war. Bernstein amüsierte sich über seine Verwirrung. Die Notiz über Joseph hatte unter einem Bericht über eine große Kunstausstellung in Berlin gestanden. Er hatte den Bericht ausgeschnitten und dabei diese Notiz entdeckt.

Anne Margrethe und Hannah kamen ins Zimmer. »Holen sie Ihre Noten, Joseph, dann begleite ich Sie. Ich muß das Lied nur einmal schnell durchspielen«, sagte Hannah. Joseph sprang auf. Darauf hatte er sich gefreut. Jetzt würden sie staunen. Er holte seine braune, verschlissene Mappe und nahm die Noten heraus. »The last rose of summer«, stand auf dem Titelblatt. Hannah spielte das Lied in aller Eile einmal durch, legte eine Pause ein und blickte Joseph vielsagend an. Er stellte sich vor dem Flügel in Positur, steckte eine Hand in die Tasche und machte eine Kopfbewegung, die ihm einen interessanten Pony einbrachte.

Bernstein unterdrückte ein Lächeln. Jetzt war am Selbstvertrauen des jungen Mannes nichts mehr auszusetzen. Und nun fing er an zu singen. Überrascht nahm Georg Bernstein die Zigarre aus dem Mund. Was für eine Stimme, wirklich gut, ein ganz besonderer Klang. Hannah bedachte ihren Vater mit einem triumphierenden Blick. Er nickte ihr zu.

Anne Margrethe aß jetzt keine Plätzchen mehr. Sie schwieg. Josephs Gesang, seine kraftvolle, maskuline Stimme machten sie nervös. Sie schien diese Stimme am ganzen Leib zu spüren. Unruhig rutschte sie auf ihrem Stuhl hin und her.

Joseph merkte, wie gut er ankam, und deshalb sang er

lauter. Anne Margrethe blickte besorgt zum Kronleuchter hoch.

Als Joseph aufhörte, zitterten ihm plötzlich die Knie so heftig, daß er sich am Flügel festhalten mußte. Georg Bernstein applaudierte begeistert. »Ich muß schon sagen, junger Mann. Sie haben eine hervorragende Stimme, ungeschult und primitiv, das schon, aber das Potential ist vorhanden. Sie müssen Unterricht nehmen. In welcher Sprache haben Sie übrigens gesungen? Ich habe sie nicht erkannt.«

»Englisch, glaube ich«, antwortete Joseph und wurde rot.

»Vater, hör doch mal zu. Joseph, würden Sie diese Etüde singen? Ich spiele sie vor, Sie hören zu und singen dann.«

Joseph trug die Etüde vor und hielt mit volltönendem Baß das tiefe A.

»Das habe ich noch nie gehört. Sie haben ja einen russischen Baß, Jensen, wie interessant«, sagte Bernstein, stand auf und klopfte Joseph auf die Schulter. Hannahs Augen strahlten, und hinter dem Rücken ihres Vaters streckte sie ihrer Schwester triumphierend die Zunge heraus.

Erst um acht Uhr abends kam Joseph zu Juliane nach Hause. Glücklich taumelte er in die Wohnung.

»Mutter, mein Glück ist gemacht. Herr Bernstein will mir zu einem Legat verhelfen, und wenn das klappt, dann soll ein Sänger namens Tersling mich unterrichten. Er unterrichtet nach der Müller-Brünow-Methode. Dabei muß man Tierstimmen nachahmen, um die Stimme festzulegen.«

»Das klingt aber merkwürdig, was sollen denn die Nachbarn sagen?« fragte Juliane besorgt.

»Mutter, Herr Bernstein glaubt, ich könnte Opernsänger werden.«

»Was du nicht sagst«, erwiderte Juliane verdutzt und faßte sich an den Busen. »Aber was ist mit der Tochter?«

»Ach, die«, antwortete Joseph zerstreut. »Die ist ganz reizend. Aber stell dir das doch bloß vor, Mutter. Habe ich nicht ein Riesenglück? Aber ich habe auch so laut gesungen, daß der Kronleuchter geklirrt hat.«

Juliane lachte. »Gut, mein Junge, aber jetzt setz dich und erzähl mir alles. Was gab es zu essen?«

Joseph verlor seine Arbeit. Unter den Setzern herrschte schon lange Unruhe. Streiks wurden angekündigt, und jeden Abend gab es Treffen bei der Gewerkschaft. Bei einer der letzten Versammlungen waren Plakate verteilt worden. »Der junge Arbeitersänger Joseph Jensen unterhält mit sozialistischen Liedern.« Am nächsten Tag wurde Joseph zum Chef gerufen. »Ich will hier keine Provokateure. In letzter Zeit haben Sie außerdem Ihre Arbeit vernachlässigt, Joseph Jensen. Sie sind entlassen.«

Joseph stand mit der Kündigung auf der Straße. Ich trau mich nicht nach Hause, dachte er. Er lief den ganzen Abend in der Stadt umher. Was sollte er bloß tun? Jetzt würde er sich den Gesangsunterricht auf keinen Fall mehr leisten können. Nicht einmal dann, wenn er das Legat bekäme. Er riskierte, auf der schwarzen Liste zu landen, und dann würde niemand ihn einstellen. Er ging zu Johan, der weiterhin sein kleines Zimmer bewohnte.

»Ich habe dich gewarnt, Joseph, schon damals, als du die Rede gehalten hast. Du landest noch auf der Liste. Aber wir müssen eine Lösung finden. Schau in die Zeitung. Du kannst dich ja auch für andere Arbeit bewerben.« – »Ja, aber was soll Mutter machen? Sie kann doch auf meinen Lohn nicht verzichten.« – »Sicher kann sie das. Du wirst ihr erzählen, daß du zu mir ziehst. Ich helfe dir schon. Ich trinke einfach einen Monat lang kein Bier«, lachte Johan. »Ach, Johan, du bist immer so optimistisch, ich wollte, ich wäre das auch«, sagte Joseph dankbar.

Er zog zu Johan. Zwei Monate lang trieb er sich auf der Straße herum. Er stand auf der schwarzen Liste. Er hungerte, weil er Johan nicht zur Last fallen wollte. Zwei geräucherte Heringe konnten für zwei Tage reichen, wenn er sie auf einem Stück Brot verschmierte. Er nahm ab und sah entsetzlich aus. Ab und zu verdiente er bei einem Kaufmann ein wenig mit Aushilfsarbeiten. Juliane hatte nicht gegen seine Umzugspläne protestiert. Joseph war immerhin schon neunzehn und mußte versuchen, auf eigenen Füßen zu stehen. Sie wußte nichts von seiner Kündigung, machte sich aber Sorgen über sein Aussehen. Jeden Morgen stand Joseph in der Schlange der Arbeitsuchenden. Eines Tages hatte er Glück. Eine kleine Buchdruckerei, Hofs Bogtrykkeri, konnte ihn brauchen. Als er sich am folgenden Morgen über seinen Setzkasten beugte, dachte er: Sie werden mich doch nicht in die Knie zwingen. Sobald ich das Geld zusammen habe, werde ich Gesangsstunden nehmen. Bisher habe ich gehungert, das kann ich wieder tun. Er arbeitete hart, war schweigsam, knüpfte in der Druckerei keine Kontakte. Abends saß er auf Johans Bett und schmiedete Zukunftspläne. »Ich habe den Sozialismus satt. Die anderen haben keinen Finger gerührt, als ich gefeuert worden bin. Sie hätten streiken können, aber sie haben nichts getan. Von jetzt ab können sie sich ihren Arbeitskampf sonstwohin stecken. Ich will nur für einen Menschen kämpfen, nämlich für mich selber. Ja, und für dich, Johan, natürlich. Du wirst jeden Öre zurückbekommen, den du für mich ausgelegt hast. Und ich ziehe jetzt zu Mutter zurück.«

Juliane fand es wunderbar, daß Joseph wieder zu Hause

war. Sie kochte sein Lieblingsessen und versuchte, ihm ein wenig Fleisch auf die Knochen zu bringen. Er erzählte von seiner neuen Arbeit und der Kündigung. »Das habe ich ja immer schon gesagt, du bist wie dein Vater. Aber du hast immerhin etwas gelernt. Das kann man von deinem Vater nicht gerade behaupten. Zweimal im Kaschott, aber geholfen hat es nichts. Immer wollte er demonstrieren, wild und verrückt, so war er.« »Aber Mutter hat ihn doch gern gehabt?« fragte Joseph. »Ich habe ihn geliebt, und ich werde ihn nie vergessen«, sagte Juliane. Sie machte nur selten so große Worte. Mit den anderen Kindern sprach sie niemals auf diese Weise, aber Joseph war ihr und Ottos erstes Kind, und oft war sie ihm sehr nah, auch wenn sie vieles an ihm nicht verstand. Woher hatte er nur diese Leidenschaft für Musik? Von ihrer Familie kam die jedenfalls nicht.

Eines Tages fiel ein großer, vornehmer Briefumschlag durch den Türschlitz. »Bütten«, stellte Juliane mit Kennerinnenblick fest. Sie legte den Brief auf den Ziertisch in der guten Stube.

»Der Brief ist da.« Juliane zeigte auf den großen, gelben Briefumschlag auf dem polierten Tisch. Joseph war gerade von der Arbeit gekommen. Juliane musterte ihn besorgt. Er wartete seit zwei Monaten voller Ungeduld. Schon in der Woche nach dem Sonntagsessen bei Bernsteins hatte Georg Bernstein ihm geschrieben. Joseph war für Großhändler Cohens Legat für junge, vermögenslose Künstler nominiert worden. Joseph hatte erwartet, das Legat sofort zu erhalten. Aber das war nun schon Monate her. Er hatte die Hoffnung fast aufgegeben.

Hannah hatte ihm einmal geschrieben. Einen Brief aus Deutschland, wo sie gerade unterwegs war, einen freundlichen, nichtssagenden Brief. Das hatte Joseph traurig gestimmt. Vielleicht hatte er bei dem Essen etwas falsch gemacht.

Er wußte, daß Hannah sich für ihn interessiert hatte. Eines Tages, auf einem Spaziergang, hatte sie ihn sogar auf die Wange geküßt, aber er hatte nicht gewagt, ohne Einladung zu ihr zu gehen.

Dieser Brief stammte nicht von Hannah, das verriet ihm die Briefmarke. Der Brief kam aus Dänemark. Er öffnete ihn mit zitternden Händen. Juliane schaute ihm über die Schulter: »Was steht drin, Joseph?«

Er ließ sich in den roten Plüschsessel fallen und brach in Tränen aus. »Ich habe es bekommen, Mutter, das Legat. Es ist viel Geld, und das bekomme ich nach und nach. Jetzt kann ich studieren. Herr Bernstein hat mich dem Gesanglehrer Tersling empfohlen. Aber hier steht nichts über Hannah, auch kein Gruß von ihr. Er schreibt nur, wann ich Geld bekomme und daß er mir alles Gute wünsche.«

»Aber freust du dich denn nicht?« Juliane legte die Arme um ihn.

»Sicher, aber warum läßt sie nichts von sich hören? Ich habe viele Briefe an ihre Postlageradresse in Deutschland geschrieben, aber ich habe nur einen Brief bekommen. Sie hat auch nicht geschrieben, warum sie überhaupt in Deutschland ist. Vielleicht besucht sie dort einen Freund?«

»Zieh deinen guten Anzug an. Morgen bringst du Herrn Bernstein zum Dank für das Legat einen Blumenstrauß, und dann kannst du auch gleich fragen, wie es seiner Tochter geht.«

Juliane blickte ihren Sohn gebieterisch an. Das wäre ja noch schöner. Sie konnte sich schon denken, wo das Problem lag. Er war nicht fein genug. Hannah wollte ihn nicht ihren Freunden vorstellen, und der Vater bemühte sich zu sehr um ihn. Wenn er versucht hätte, die beiden auseinanderzubringen, dann wäre die junge Dame sicher mit hängender Zunge vor der Tür gestanden.

Am nächsten Tag bügelte Juliane Josephs Hemd, bürstete seinen Anzug und kaufte einen wundeschönen Blumenstrauß. Ehe er ging, faßte sie ihn am Arm. »Joseph, sieh mich an. Dieses Mädchen ist nichts für dich. Mein Sohn ist keine Fußmatte!«

Joseph wurde zu Georg Bernstein ins Wohnzimmer geführt. Der Mann begrüßte ihn freundlich. Der stattliche Jude sah müde aus. Joseph kam er seit ihrer letzten Begegnung kleiner und älter vor.

»Ich hoffe, der Unterricht macht Ihnen Freude«, sagte Georg Bernstein. »Aber es ist ein dorniger Weg.«

»Wie geht es Fräulein Hannah? Ist sie noch immer in Deutschland?«

Georg Bernstein blickte Joseph mit ernster Miene an. »Sie ist krank und hält sich in einem Sanatorium im Schwarzwald auf. Wir haben den Eindruck, daß es ihr bessergeht. Aber sie hat schon einmal an Schwindsucht gelitten, und vor zwei Monaten kam dann ein Rückfall mit Wechselfieber. Wir haben sie sofort ins Sanatorium geschickt. Man kann nicht vorsichtig genug sein. Meine Frau ist an Schwindsucht gestorben. Vielleicht kann Hannah in zwei Monaten wieder nach Hause kommen. Aber den Frühling soll sie noch dort verbringen.«

»Das wußte ich ja gar nicht«, sagte Joseph unglücklich und verwirrt. Georg Bernstein reichte ihm zum Abschied die Hand und führte ihn zur Tür. »Ausgezeichnet, mein junger Freund. Bestimmt wird alles klappen. Ich werde Hannah von Ihrem Besuch berichten. Sie möchte sicher wissen, wie es Ihnen geht.« Joseph verspürte eine plötzliche Distanz. Er verbeugte sich und sagte: »Danke für das

Legat.« Georg Bernstein klingelte dem Mädchen, das Joseph hinausbrachte.

Langsam ging er nach Hause. Er fühlte sich total erschöpft.

Juliane öffnete die Tür, als er die Treppe hochkam. Sie hatte während der letzten Stunde am Fenster gestanden.

Joseph erzählte seiner Mutter alles. Erleichtert sprang sie auf. »Das ist ja traurig, aber da kannst du's sehen. Was hilft ihnen ihr ganzes Geld? Die Gesundheit ist das wichtigste. Aber wie gut, daß du das Legat bekommen hast.«

Joseph erhob sich ebenfalls, ging ins Schlafzimmer und schloß hinter sich die Tür.

18

Joseph mietete in der Ingerslevgade eine kleine Wohnung. Es war ein modernes Haus mit Wasserklosett auf dem Flur. Er hatte zwei Zimmer. Er mietete ein Klavier, das ein Zimmer ausfüllte. »Mein Musikzimmer«, so nannte er es. Jeden Abend, wenn er von der Arbeit kam, übte er hingebungsvoll.

Die anderen Hausbewohner staunten über den jungen Mann. Angeblich studierte er Gesang, aber aus seiner Wohnung waren die seltsamsten Laute zu hören. Herr Tersling hatte ihm aufgetragen, den Klang in den Kopf zu verlegen, wie eine Kuh beim Muhen. »Muuuh!« schrie Joseph aus voller Lunge.

Bald würde er die Aufnahmeprüfung für den Opernchor machen können. Sein Gesanglehrer war wirklich begeistert von ihm. In den vornehmen musikinteressierten Häusern liefen schon Gerüchte über den jungen Sänger mit der selten schönen Stimme um.

Die Damen der feinen Gesellschaft waren sehr angetan von seiner Stimme. Eine stöhnte: »Ich merke, wie er direkt in meine Gebärmutter hineinsingt.« Diese Bemerkung wurde in Kopenhagens kleinem Kreis von Musikliebhabern weitergetragen, und immer gab es Damen, die vielsagende Blicke austauschten, wenn Joseph Schuberts »Doppelgänger« anstimmte.

Joseph fühlte sich unbehaglich und verlegen, wenn die Damen sich um ihn scharten und ihm Komplimente machten oder ihm Briefchen in die Hand drückten. Er war davon überzeugt, daß sie sich über ihn lustig machten. Die Sache mit Hannah hatte ihm angst gemacht. Er spürte den Klassenunterschied zu deutlich. Er wollte in nichts hineingezogen werden. Er hatte große Angst, daß ihm etwas die Aufnahmeprüfung verderben könnte. Zu Hause war er immer allein. Wenn er den Abend über geübt hatte, aß er etwas und trank Tee. Dann ging er ins Bett und konnte vor Nervosität nicht schlafen, wälzte sich hin und her und wurde von sexuellen Träumen geplagt. Einmal war er ganz außer sich, als er aus dem Schlaf hochschreckte. »Ich halte das nicht aus, ich brauche Ruhe. Ich kann bald nicht mehr singen, weil ich die ganze Zeit Lust verspüre!« Er stand mit dem festen Vorsatz auf, zu einer Nutte zu gehen, um Ruhe zu finden. Er ging bis ins Majonnaiseviertel und fand eine, die einigermaßen sauber wirkte. Sie gingen zusammen die Treppe zu ihrem Zimmerchen hoch. Sie zog ihren Mantel aus, darunter trug sie ein durchsichtiges, hellrotes Negligé. »Komm rein«, sagte sie gastfreundlich. Joseph sah sich um. Das Zimmer war ordentlich und adrett, mit Häkeldeckchen auf den Stuhllehnen. Der Diwan war aus rotem Plüsch mit schwarzem Muster. Eine Wand zierte ein großer Spiegel, von der Decke hing eine Lampe mit langen Perlenschnüren. Die Frau sammelte Bilder von Katzen, das war nicht zu übersehen. Ihre kleinen Pantoffeln mit den Pompons standen unter dem Diwan. Auf dem Tischläufer neben einer Schale mit künstlichen Früchten lag eine weiße Angorakatze.

Wortlos legte die Frau sich hin, hob ihr Negligé und spreizte die Beine. Sie hatte nicht einmal ihre schwarzen, spitzen Stiefel ausgezogen.

Joseph machte sich eine Weile an seiner Hose zu schaffen. Wie konnte man? Wie konnte man sich einfach fallen lassen und ihn hineinstecken, wo sie doch gar nichts sagte. Das war doch lächerlich. Er hatte keine Lust mehr, er starrte sie nur an. »Komm schon«, sagte sie ungeduldig und öffnete ihre Beine noch weiter. Zum ersten Mal sah er die Geschlechtsorgane einer Frau. Zwischen den Schamlippen war sie feuerrot. Sie sah krank aus, fand Joseph. Er griff in seine Tasche, zog einen Fünfer heraus, warf ihn auf den Tisch und lief die Treppe hinunter. Er hörte sie lachen, und nachts, wenn er Lust bekam, verfolgte ihn dieses Lachen noch lange Zeit.

Als er am nächsten Morgen aufstand, betrachtete er traurig sein Spiegelbild. »Na, Johans Fußballeier sind mir immerhin erspart geblieben«, versuchte er sich selber zu trösten.

Der Tag rückte näher. In drei Wochen sollte die Aufnahmeprüfung sein. Er wollte Lieder singen, den »Schwanengesang« und Sarastros Arie aus der »Zauberflöte«. Jeden Abend war aus der kleinen Wohnung in der Ingerslevgade zu hören: »In diesen heil'gen Hallen kennt man die Rache nicht. Und ist ein Mensch gefallen, führt Liebe ihn zur Pflicht. Dann wandelt er an Freundeshand vergnügt und froh ins bess're Land.«

Drei Tage vor der Aufnahmeprüfung fühlte Joseph sich krank. Er hatte Halsschmerzen. Er gurgelte mit Kamillentee und wickelte sich einen gewaltigen Schal um den Hals. »Sängernerven«, meinte sein Lehrer beruhigend. Juliane flößte ihm Haferbrei ein. Er wagte kaum, sich zu räuspern, machte immer wieder Mimimi, schlief nachts nicht, fuhr immer wieder hoch und glaubte, die Theaterglocke zu hören, zum ersten, zum zweiten, zum dritten Mal. Sein üblicher Alptraum quälte ihn, und er erwachte schweißgebadet und unglücklich. »Ich schaffe das nie. Was ist, wenn ich durchfalle? In einem halben Jahr ist das Legat verbraucht.«

Sein Lehrer hatte Georg Bernstein mitgeteilt, daß er die Aufnahmeprüfung am 3. März machen würde, und bei Bernsteins wurde gespannt auf das Ergebnis gewartet. Hannah ging es besser, sie wurde für Mai zu Hause erwartet. Aber ihr Briefwechsel mit Joseph war eingeschlafen. Ihr Alltag war zu unterschiedlich. Er wußte genau, daß sie unerreichbar war, und wenn er verliebt ihre Briefe überflogen hatte, ehe er sie dann richtig las, war er immer traurig gewesen. Nie gab es ein warmes Wort, das kleine Eingeständnis, daß er ihr wichtig war, die Briefe enthielten nur höfliche Floskeln und langweilige Berichte über die Kranken im Sanatorium.

Am 3. März stand Joseph vor dem Königlichen Theater und zitterte vor Nervosität. Er hatte den ganzen Morgen gebetet. Als er aufgerufen wurde, war er wie gelähmt. Er konnte plötzlich die Füße nicht mehr heben. Er schaute sich um, sein Herz hämmerte in wilder Panik. Der Opernrepetitor war schon bereit. Er saß am Flügel auf der Bühne, hielt nach Joseph Ausschau und winkte. Ein alter Bühnenmeister sah den jungen Mann wie angewachsen und leichenblaß dastehen. Er ging zu ihm, versetzte ihm einen ordentlichen Stoß, und Joseph taumelte auf die Bühne, riß sich zusammen und trat mit zitternden Knien in die Mitte. Im Zuschauerraum war es dunkel, aber er wußte, wo das Prüfungskomitee saß. Langsam begann der Repetitor mit dem Vorspiel und nickte Joseph zu. Der holte tief Luft und fing an.

Er bestand die Prüfung und wurde an der Oper engagiert, die Familie atmete erleichtert auf. Das war wichtig. Es bedeutete, endlich kein Arbeiter mehr zu sein und eine Stufe höher zu steigen. Joseph bezog jetzt ein monatliches Gehalt.

Juliane überbrachte Josephine diese Nachricht, und Josephine umarmte ihre Schwester. »Herzlichen Glückwunsch, Juliane, jetzt bist du sicher stolz!«

Juliane betupfte sich die Augen. »Ja, wenn er jetzt bloß keinem Mädel in die Hände fällt und alles ruiniert.«

Ihre Intuition hatte sie nicht getrogen, Joseph war wieder verliebt. In Anna Korsberg, die er auf einer Abendgesellschaft bei Großhändler Bjerregaard kennengelernt hatte. Solche Abende, bei denen »junge, vielversprechende Namen« für die Unterhaltung sorgten, waren jetzt sehr beliebt. Gedichte wurden aufgesagt, man las vor, sang und spielte. Anna Korsberg war schmuck und smart. Sie sah romantisch aus, spielte Gitarre und sang wehmütige Lieder auf französisch und schwedisch. Ansonsten war sie Damenfriseuse und besaß in der Bredgade einen Maniküresalon. Als sie Joseph zum ersten Mal sah und singen hörte, war sie, wie sie es einer Freundin malerisch beschrieb, »erotisch zutiefst angesprochen«. Sie griff sonst nicht zu solch starken Ausdrücken. Sie war achtundzwanzig Jahre alt und Jungfrau. Eine junge Frau, die auf sich selber hatte aufpassen müssen. Ihr ganzes Interesse und ihre Liebe widmete sie ihrer Pflege und Verschönerung. Sie war elegant und attraktiv mit ihren schönen, glänzenden Haaren, ihrem blassen, elfenbeinfarbenen Make-up und den geschwungenen, zurechtgezupften Augenbrauen. Ihre Fingernägel waren rosa lackiert, und um den Knöchel trug sie eine spinnwebenzarte Goldkette, was als äußerst gewagt galt.

Sie hatte viele Verehrer, aber wenn diese auf eine intimere Beziehung drängten, geriet sie in Panik. Sie hatte schreckliche Angst, durch eine Schwangerschaft ihre Figur zu ruinieren, und das, was sich in den Hosen der Herren regte, ekelte sie an. Sie hatte mit ihrer Schwester darüber gesprochen, daß das alles eigentlich eine Schweinerei sei, aber in der Ehe natürlich notwendig. Sie wünschte sich einen Mann, der sie liebte und sie weiter eine freie und unabhängige Frau sein ließ, die keine Kinder wollte.

Joseph fühlte sich unendlich geschmeichelt, als diese schöne Frau, die noch dazu älter war als er und ihren eigenen Salon hatte, sich in ihn verliebte. Sie sprachen miteinander eine schwärmerische Sprache, und Annas Freude kannte keine Grenzen, als Joseph seinen großen Widerwillen gegen das herkömmliche Familienleben mit Kindern und Windelwaschen zum Ausdruck brachte.

Er bewunderte ihre Schönheit, und sie genossen ihre romantischen Treffen, ihre Spaziergänge, Theater- und Restaurantbesuche. Sonntags sang Joseph im Chor der Matthäikirche, das brachte zusätzlich etwas ein. Er kleidete sich neu ein, und Anna arbeitete an seiner Erscheinung. Sie verpaßte ihm eine elegante Frisur, seine breiten Hände, derer er sich immer schämte, wurden manikürt, und schließlich wurde er ihren Eltern vorgestellt, dem Herrenbekleidungshändler Korsberg nebst Gattin. Juliane hatte er Anna noch nicht vorstellen können. Wann immer er darauf zu sprechen kam, wechselte Anna ganz schnell das Thema.

Er hatte Juliane erzählt, daß er mit Anna Korsberg »ging«, und Juliane wartete gespannt und nervös darauf, Josephs erstes festes Verhältnis kennenzulernen.

Joseph hatte Annas ersten Besuch in seiner kleinen Wohnung sorgfältig geplant, aber unmittelbar vor ihrem Kommen brachte ein Dienstmann Joseph einen Strauß Rosen mit einer Karte. Eilig stopfte er die Rosen in den Kachelofen und steckte die Karte in die Tasche.

Als Anna Joseph umarmt hatte, setzte sie sich in den Sessel, um seine Bemühungen zu bewundern. Sie war zum ersten Mal hier. Er hatte zwei Tage gebraucht, um die Wohnung einladender und geschmackvoller werden zu lassen. Er hatte für das Klavier einen spanischen Schal und Räucherstäbchen gekauft, er hatte Kissen mit türkischem Muster, zwei neue Palmen und eine blaue Vase samt Blumen angeschafft. Auf dem Tisch lag eine Veloursdecke mit goldener Stickerei, darauf standen eine Flasche Rheinwein in einem Weinkühler und zwei hellgrüne Römer. Er hatte außerdem eine Tischlampe gekauft, um das Licht im Raum regulieren zu können.

Anna öffnete ihre Tasche aus Schlangenleder, zog ihre langen, schwarzen, russischen Zigaretten mit dem goldenen Mundstück heraus und bat Joseph um Feuer. Kokett und neckend griff sie ihm in die Tasche, um sich selber ein Streichholz zu nehmen. Und was fischte sie heraus? Eine Visitenkarte, Ellinor Skov. Darauf stand: »Mit den wärmsten Grüßen von Ihrer Nachbarin.« Zitternd vor Wut hielt sie die Karte in der Hand und zeigte aus dem Fenster. »Wohnt sie da gegenüber?«

»Anna, hör mir zu. Die Frau singt mit mir im Chor. Sie wollte nur nett sein. Sie findet es witzig, daß wir uns gegenüber wohnen. Das ist doch nicht weiter schlimm.«

»Was war noch bei der Karte?« rief Anna und hielt sie ihm anklagend unter die Nase. »Blumen bestimmt!«

Sie blickte sich im Zimmer um, entdeckte den Blumenstrauß in der blauen Vase, riß ihn heraus, öffnete das Fenster, warf ihn auf die Straße und stampfte mit dem Fuß auf.

Joseph war außer sich. Er riß ihr die Karte aus der Hand. »Was soll das denn? Ich habe alles so schön hergerichtet, weil du mein erster Gast bist. Die Blumen haben fünf Kronen gekostet. Ich habe mit dieser Frau nichts zu tun. Bilde dir bloß nicht ein, daß ich mir alles gefallen lasse.«

Er öffnete die Tür und seine Augen waren schwarz vor

Zorn. Anna musterte ihn schockiert. Das hatte sie nicht erwartet. Die Herren wurden sonst immer kleinlaut, wenn sie diese Nummer abzog. »Hau ab«, rief er. Er hatte das Temperament seines Vaters geerbt. Zuerst sprühte er Funken, dann geriet er in Wut, sein Kopf schien zu bersten, und er sah alles wie durch einen Nebel.

Er hatte schon lange das Gefühl, daß Anna ihn herumkommandierte. Immer wollte sie ihn bei sich zu Hause haben, wo ihre Eltern auf dem Sofa saßen. Er durfte sie nur ganz sanft küssen, nicht leidenschaftlich, sonst wandte sie den Kopf ab. Er hatte ihre Brüste anfassen dürfen, aber als er dann versuchte, ihre Oberschenkel und ihre Hüften zu streicheln, hatte sie gereizt ihren kleinen korallenroten Mund verzogen und seine Hand weggeschoben.

Er war noch nie mit einer Frau im Bett gewesen. Doch nun war er zwanzig, nun sollte es sein, und zwar mit Anna. Aber wenn sie ihn nicht wollte, obwohl er sogar von Verlobung sprach, dann eben nicht. Es war auch seltsam, daß sie seine Mutter nicht besuchen mochte. Vielleicht war sie ihr nicht fein genug, aber er hatte nicht vor, sich seiner Mutter zu schämen.

Anna streckte die Arme nach ihm aus, aber er stieß sie zurück. Sie brach in Tränen aus. »Joseph, verzeih mir, es ist doch nur, weil ich dich so liebe. Du weißt doch nicht, wie Frauen sind, du bist so unschuldig. Sie will nur unsere Beziehung ruinieren. Ich kenne sie, sie ist eine gemeine Kuh.«

Joseph sah sie an und ärgerte sich plötzlich über ihr theatralisches Gehabe. Er ging zum Sofa, setzte sich und blickte sie wütend an.

Himmel, was sieht er gut aus, dachte Anna plötzlich. Sie hatte Angst, er könne sie wirklich wegschicken, und sie schluchzte laut und schlug ihre kleinen Hände vors Gesicht.

Joseph spürte, daß das alles nur Theater war. Er schaute zur Decke hoch, als ob er sich langweile. Anna fiel ihm um den Hals. Plötzlich hatte sie das seltsame Bedürfnis, sich vor ihm zu demütigen. Sie wünschte, daß er etwas mit ihr machte, hart und energisch, damit nicht sie die ganze Zeit entscheiden mußte, ob sie ein anständiges Mädchen bleiben wollte oder nicht.

Als Joseph ihren weichen Leib an seinem spürte, wußte er, daß er gewonnen hatte. Er küßte sie hart und merkte zu seinem großen Erstaunen, daß sie willig ihren Mund öffnete, der feucht und weich war.

Fieberhaft knöpfte er ihr Kleid auf. Wie eine schöne Puppe lag sie in seinen Armen, ganz still. Sie hatte die Augen geschlossen, wollte das alles nicht sehen.

Rasch zog Joseph seinen feinen neuen Anzug aus, doch nun riß Anna entsetzt die Augen auf. »Himmel, hast du denn keine Unterwäsche!« Er stand verlegen vor ihr. Die Jungen in seiner Familie trugen nie Unterwäsche, und er hatte beim Einkleiden auch nicht daran gedacht. Er hatte ja auch nicht ahnen können, daß er so bald in eine solche Situation geraten könnte. Er merkte, daß sein Piepmatz schrumpfte und faßte schnell seinen Entschluß. Er zog sich vollends aus und machte sich über Anna her. »Damit mußt du dich abfinden. Morgen kaufen wir Unterwäsche.« Anna schloß wieder die Augen. Joseph streichelte ihre weißen Oberschenkel, die sie fest zusammenpreßte. »Ich will nicht schwanger werden, du mußt das verhindern«, flüsterte sie ängstlich. Joseph legte sie aufs Sofa, sie schlug einen Arm vor ihr Gesicht, und er lief gekrümmt zur Kommode und nahm die beiden Kondome heraus, die er für diese Gelegenheit angeschafft hatte.

Er legte sich über sie und versuchte vergeblich in sie einzudringen. Sie jammerte und entzog sich, wenn er gerade die richtige Stelle gefunden hatte. Unglücklich stützte er sich auf die Ellbogen und sah sie an. »Anna, wenn du mich liebst, dann mußt du mir ein bißchen helfen. Denk daran, wir wollen uns doch verloben, und bald wird es dir nicht mehr weh tun, dann gibt es nur noch Liebe und Wärme.«

Anna weinte jetzt wirklich. »Ich mag den nicht anfassen.«

»So schlimm ist das nicht«, tröstete Joseph und nahm ihre Hand.

Nach einer Stunde hatten sie es noch immer nicht geschafft. Joseph war erschöpft und konnte nicht mehr. Anna sah ziemlich mitgenommen aus. Sie war verweint, und Josephs Bart hatte ihr das Kinn zerkratzt. Sie war völlig verspannt, ihr Schoß pochte. Joseph küßte sie und versuchte sie zu beruhigen. Sie blickte ihn ängstlich an. Er streichelte mit einem gewissen Besitzerstolz ihren perfekten weißen Leib. Auf jeden Fall war klar, daß Anna nicht log, wenn sie sagte, sie sei noch Jungfrau. Und sie war so schön und anmutig. Beim nächsten Mal würden sie es sicher schaffen. Man mußte geduldig und liebevoll sein. Nur egoistische Mannsbilder legten gleich voll los, das rächte sich später, das hatte er gelesen.

»Anna, ich liebe dich, mein schönes Frauchen. Du bist zu anmutig, du hast die schönsten kleinen Brüste und den vollkommensten Po.« Anna blickte stolz an sich hinab. Sie küßte ihn und streichelte seine dunklen Haare.

»Liebst du mich, auch wenn ich schwierig bin?«

»Sehr sogar«, antwortete Joseph. Plötzlich schien die Sonne durch das Fenster. Die Kleider von Joseph und Anna lagen auf dem Boden. Die Weinflasche hatte feuchte Flecken hinterlassen, der Schal war vom Klavier gerutscht.

»Willst du dich mit mir verloben?« fragte Joseph. Anna nickte.

»Aber dann mußt du auch meine Mutter kennenlernen.«

Anna schwieg. Sie stand auf und wickelte sich in den spanischen Schal. Joseph blickte sie fragend an. »Also?«

Sie setzte sich. »Ich geh nicht gern zum Kanal.«

»Warum nicht, Anna? Was ist los? Nun sag schon.«

»Du darfst es nicht verraten.« Joseph schüttelte den Kopf und zog sie an sich. Er hatte das seltsame Gefühl, eine Schicht nach der anderen von dieser sonst so sicheren und selbstbewußten Frau zu ziehen. Er wiegte sie sanft hin und her.

»Ich war fünf Jahre alt. Wir wohnten in der Strandgade, und eines Tages spielte ich mit drei anderen Kindern in der Overgade beim Kanal. Ein Junge kletterte aufs Geländer. Er lief wie ein Seiltänzer darüber, mit ausgestreckten Armen, und fiel plötzlich ins Wasser. Die anderen Kinder rannten weg. Ich ging zum Geländer und schaute hinein. Er tauchte noch einmal auf, sagte nichts, schaute nur zu mir hoch und streckte die Arme aus. Dann ging er unter. Ich sah, wie sein Körper da unten fortglitt. Und es kam mir vor, als sei ich an allem schuld. Ich lief nach Hause, sagte aber nichts. Ich habe das niemandem erzählt. Aber zum Kanal gehe ich nicht mehr.«

Anna lag zitternd neben ihm. Joseph blickte sie fragend an.

»Warum hast du keine Hilfe geholt?«

»Ich hab mich nicht getraut.«

»Und weißt du, was dann passiert ist?«

»Nein, aber ich habe immer Angst davor gehabt, einem der anderen Kinder über den Weg zu laufen.«

»Ich gehe mit dir dorthin, wenn wir meine Mutter besuchen, und dann sehen wir uns die Stelle an, wo es passiert ist. Ich kenne mich aus mit Angst. Der muß man in die Augen schauen«, flüsterte Joseph in ihre Haare.

Anna legte sich hin. »Wenn du willst, kannst du es noch einmal versuchen.« Joseph schüttelte den Kopf. »Wir warten. Wir haben Zeit.«

Josephs erster Auftritt im Königlichen Theater war in den »Aprilnarren«. Er sang in dem Quartett mit, das Frau Plane ein Geburtstagsständchen bringt.

Ganz vorn im Parkett saßen die Familien Jensen, Helbig und Linder. Als sie ihre Plätze einnahmen, sagte Juliane: »Ich will meine Leute um mich haben«, und Johan, Thora, Klein-Otto, Wilhelm und Viggo setzten sich in der richtigen Reihenfolge neben ihre Mutter.

Eine Reihe dahinter saß Anna im eleganten schwarzen Spitzenkleid mit ihren Eltern.

Sie war ihrer Schwiegermutter vorgestellt worden, und die beiden hatten einander im Foyer verbindlich zugenickt. Anna war zum Sonntagsessen in der Overgade oven Vandet gewesen. Anfangs war die Stimmung ziemlich angespannt gewesen, aber zum Kaffee hatte Anna dann zu ihrem kleinen Lederkoffer gegriffen. Den hatte sie geöffnet. »Sagen Sie, Frau Jensen, haben Sie jemals Make-up aufgetragen?« Juliane blickte sie wütend an, Anna jedoch zog Krüge, Puder, Rouge und kleine Bürsten hervor. Routiniert begann sie, Juliane zu schminken. Juliane ließ sich überwältigt zurücksinken, während ihre Kinder mit angehaltenem Atem zuschauten. Als Juliane sich danach im Spiegel betrachtete, lächelte sie Anna an. »Ich muß schon sagen, Fräulein Korsberg. Sie sind wirklich tüchtig.«

Joseph strahlte wie die Sonne und flüsterte Anna später zu: »Du bist eine kluge Frau.«

Juliane preßte Johans und Thoras Hände, als das Quartett die Bühne betrat. »Wir grüßen heut mit Festtagsglanz«, sangen sie, und sie konnte Josephs Stimme deutlich heraushören. Und wie lustig er angezogen war. Jetzt lief er über die Bühne und sagte den hundertmal geübten Satz: »Hier bringe ich das Eau de Cologne.«

Juliane ließ sich in ihrem Sessel zurücksinken und seufzte zufrieden, ihre ganze Familie war bei ihr. Sie fühlte sich geborgen. Zuletzt war sie mit Otto im Theater gewesen. Was der wohl dazu gesagt hätte, daß ihr Sohn da oben stand und sang? Sie wandte sich zu Johan und flüsterte: »Du mußt Visitenkarten für ihn drucken. Joseph Jensen, Opernsänger.«